LA BEAUTÉ DU MAL

Rebecca James

La Beauté du mal

Traduit de l'anglais (Australie)
par Marie-France Girod

Roman

ÉDITIONS

À Hilary

PREMIÈRE PARTIE

Je n'ai pas assisté aux obsèques d'Alice.

À l'époque, j'étais enceinte et folle de douleur. Mais ce n'était pas la perte d'Alice que je déplorais. À ce moment-là, je la haïssais et j'étais heureuse qu'elle soit morte. Alice avait gâché ma vie. Elle m'avait pris ce à quoi je tenais le plus au monde et l'avait fait voler en éclats. Je ne pleurais pas Alice, je pleurais à cause d'elle.

Quatre ans après, pourtant, installée dans le confort d'une existence tranquille avec Sarah, mon adorable, ma très sérieuse petite fille, je regrette parfois de ne pas m'être rendue à son enterrement, après tout.

Car il m'arrive de voir Alice ici ou là, au super-marché, devant le portail de la maternelle, ou au snack où nous allons parfois grignoter quelque chose, Sarah et moi. Du coin de l'œil, j'aperçois l'or clair de sa chevelure, son corps de mannequin, ses vête-ments voyants, et je m'arrête, le cœur battant à tout rompre. Je sais qu'elle n'est plus de ce monde, qu'il s'agit de quelqu'un d'autre, mais je me force à m'approcher pour m'assurer que son fantôme ne vient pas me hanter. Même si, vues de près, certaines de ces femmes lui ressemblent parfois, jamais leur beauté n'égale la sienne. D'ailleurs, la plupart du temps, elles n'ont pas grand-chose de commun avec elle.

Je me détourne alors et reprends mes activités, mais ma journée est systématiquement gâchée.

J'aurais dû aller à l'enterrement. Je n'aurais pas été tenue de sangloter ni de feindre le désespoir. J'aurais pu avoir un rire plein d'amertume et cracher dans la fosse. Qui s'en serait soucié ? Si seulement j'avais vu son cercueil descendre dans le trou et être recouvert de pelletées de terre, j'aurais été sûre une fois pour toutes qu'elle avait définitivement disparu.

J'aurais au fond de moi la certitude qu'Alice nous a quittés pour de bon.

1.

« Tu veux venir ? »

Debout devant moi, Alice Parrie me regarde en souriant. C'est l'heure du déjeuner et je suis plongée dans la lecture d'un livre, assise sous un arbre.

« Pardon ? (Je place ma main en visière sur mes yeux et lève le regard vers elle.) Venir où ? »

Elle me tend une feuille de papier.

Je la prends et je lis. C'est une photocopie aux couleurs vives, une invitation à l'anniversaire d'Alice. Ses dix-huit ans. *Venez tous et amenez vos amis ! Champagne et nourriture à gogo !* Seule une fille aussi populaire qu'Alice peut rédiger une pareille invitation ; les gens plus ordinaires auraient plutôt l'impression de solliciter les invités. Pourquoi moi ? Je ne lui ai encore jamais adressé la parole, même si j'ai entendu parler d'elle, comme tout le monde. C'est l'une de ces filles, belles et recherchées, que l'on remarque forcément.

Je replie l'invitation en deux.

« J'essaierai. Ça a l'air super », dis-je.

C'est un mensonge.

Alice me scrute du regard. Puis, avec un soupir, elle se laisse tomber à côté de moi, si près que son genou pèse contre le mien.

Elle sourit.

« Tu ne viendras pas. »

Je me sens rougir. Même si j'ai parfois l'impression que ma vie n'est qu'une façade derrière laquelle se dissimulent des secrets, je ne sais pas très bien mentir. Je baisse les yeux.

« Sans doute.

— Mais j'ai très envie que tu viennes, Katherine. C'est important pour moi. »

Je m'étonne qu'elle connaisse mon prénom. Le plus surprenant, pourtant, c'est qu'elle tienne à ma présence. Au lycée Drummond, personne ou presque ne me connaît et je n'ai pas de vrais amis. Je reste dans mon coin et je travaille. J'essaie de ne pas attirer l'attention sur moi. Mes résultats ne sont pas exceptionnels, mais corrects. Je ne pratique aucun sport, ne fais partie d'aucune association. Je me cache, je sais, je suis une peureuse, mais actuellement j'ai besoin d'être invisible, de ne pas susciter de curiosité. Comme ça, personne ne saura qui je suis vraiment, ni ce qui est arrivé.

Je referme mon livre et commence à ranger mes affaires.

« Attends. (Alice pose la main sur mon genou. Je la regarde froidement et elle la retire.) Je tiens à ce que tu viennes. La façon dont tu as parlé à Dan, la semaine dernière, c'était extraordinaire. J'aimerais pouvoir dire des choses pareilles, mais j'en suis incapable, je n'ai pas l'esprit assez vif. Je n'aurais jamais imaginé ce que ressentait cette femme jusqu'à ce que tu remettes cet abruti de Dan à sa place. Tu as trouvé les mots justes. Tu as été formidable. »

Je comprends sur-le-champ à quoi Alice fait allusion. C'est la seule fois où j'ai baissé ma garde, temporairement. Dans la vie courante, je m'efforce de ne plus affronter les autres, mais l'attitude de Dan Johnson et de ses amis, il y a quinze jours, m'a tellement écœurée que je n'ai pu me contrôler. Une intervenante était venue nous parler d'orientation professionnelle et des procédures d'admission aux différentes universités. Je reconnais que son discours, déjà entendu cent fois, était très ennuyeux, d'autant plus qu'elle était nerveuse et qu'elle bégayait, hésitait et s'embourbait dans ses explications. Et bien sûr, comme l'assistance s'agitait et devenait de plus en plus bruyante, sa maladresse ne faisait qu'empirer. Mais Dan Johnson et sa bande d'affreux l'avaient prise pour cible et ils se sont montrés tellement cruels et déstabilisants que la malheureuse, humiliée, a terminé en larmes.

Dans le couloir, quand nous sommes sortis, j'ai donné une petite tape sur l'épaule de Dan.

Il s'est retourné, l'air satisfait. Visiblement, il s'attendait à recevoir des félicitations pour son comportement.

« Il ne t'est pas venu à l'idée que tu as pu blesser cette femme ? ai-je demandé d'une voix forte et pleine de colère. Il s'agit de sa vie, de sa carrière, de sa réputation professionnelle. Pour te faire remarquer, tu l'humilies. C'est vraiment lamentable. En fait, je te plains, Daniel, car tu dois te sentir bien minable pour avoir besoin de rabaisser quelqu'un que tu ne connais même pas. »

Alice poursuit : « Tu m'as bluffée. Personne ne parle comme ça à Dan. (Elle hoche la tête.) Personne ! »

Eh bien, si, moi. Du moins, mon vrai moi.

« C'était admirable. Courageux ».

Et c'est ce dernier mot qui me convainc : « Courageux ». Je tiens beaucoup à être courageuse. Je veux tellement que la peureuse en moi disparaisse, soit réduite en bouillie, que je ne peux plus résister à Alice.

Je me lève et prends mon sac.

« Entendu, dis-je, je vais venir. » Et j'en suis la première surprise.

2.

Alice tient à ce que nous nous préparions ensemble pour sa soirée d'anniversaire. Le jour dit, après le déjeuner, elle passe me prendre dans sa vieille Volkswagen déglinguée et me conduit chez elle. Tout en roulant beaucoup plus vite que la vitesse autorisée, elle me raconte qu'elle vit seule en ville, dans un deux pièces. Cela me surprend énormément, car je l'aurais plutôt vue habiter chez ses parents, dans une confortable maison de banlieue. Je l'imaginais gâtée et choyée, comme je l'avais été moi-même, et cet élément la rend soudain plus intéressante, plus complexe que je ne l'aurais pensé. Visiblement, nous avons un certain nombre de points communs.

J'ai envie de la bombarder de questions. Où sont ses parents ? Comment fait-elle pour payer son loyer ? Lui arrive-t-il d'avoir peur ? Souffre-t-elle de la solitude ? Mais je m'abstiens de l'interroger. J'ai mes propres secrets et, par expérience, je sais qu'en posant des questions je risque surtout d'en susciter. Mieux vaut ne pas me montrer trop curieuse avec les autres.

Son appartement se trouve dans un immeuble en brique très quelconque. L'escalier est sombre et peu engageant, mais quand elle ouvre la porte de chez elle, hors d'haleine après avoir monté quatre étages, nous nous trouvons dans une pièce chaleureuse.

Les murs couleur orange brûlée sont décorés de grands tableaux abstraits aux couleurs vives. Un tissu rouge sombre recouvre les deux canapés, immenses et profonds, sur lesquels sont jetés des coussins aux motifs ethniques. Des bougies occupent toutes les surfaces horizontales.

« Et voici mon humble demeure ! s'exclame Alice. (Elle m'entraîne à l'intérieur et me regarde, guettant ma réaction.) Comment la trouves-tu ? J'ai tout fait moi-même. Tu aurais vu comme c'était sinistre quand je me suis installée ! C'est fou ce que la couleur peut changer une pièce. Il suffit d'un peu de créativité et de peinture.

— Formidable. »

Je ne peux m'empêcher d'éprouver un pincement de jalousie. L'appartement d'Alice est beaucoup plus branché que celui où j'habite.

« C'est vrai, il te plaît ?

— J'adore.

— Tant mieux ! Parce que j'espère bien que tu viendras me voir souvent. On papotera et on échangera nos petits secrets toute la nuit. »

On dit que les gens dotés d'un grand charisme savent vous donner l'impression que vous comptez plus pour eux que n'importe qui. Avec Alice, je suis en train de comprendre ce que cela signifie. J'ignore comment elle s'y prend – quelqu'un d'autre se serait montré insistant –, mais quand Alice s'intéresse ainsi à moi, je me sens comprise et cela me réchauffe le cœur.

Pendant un bref instant de folie, je me dis que je vais lui révéler mon secret. J'imagine très bien la scène : Alice et moi dans cette pièce, heureuses, grisées et aussi un peu mal à l'aise, comme on l'est lorsqu'on s'est fait une nouvelle amie, une amie intéressante. Je pose la main sur la sienne pour montrer que je suis sur le point de dire quelque chose d'important, puis je lui dis tout d'un trait, sans croiser son regard. Et lorsque

j'ai terminé, elle se montre compréhensive, chaleureuse et indulgente, comme je l'ai espéré. Elle me serre
dans ses bras. Tout est bien. Je me sens légère, débarrassée de mon secret. Je suis libre.

Mais ce n'est qu'un rêve éveillé. Un fantasme
absurde. Je me tais.

Je suis habillée comme d'habitude en jean, bottes
et chemise, et j'ai apporté de quoi me maquiller avant
la soirée, mais Alice insiste pour que je mette une
robe. Elle en a plein ses placards, de toutes les
couleurs, de toutes les longueurs, de tous les styles. Il
y en a au moins une centaine, dont certaines ont
encore leur étiquette. Je me demande où elle trouve
l'argent pour les acheter.

« Je suis dingue de fringues, déclare-t-elle.

— Vraiment ? Je ne l'aurais jamais cru ! » dis-je en
plaisantant.

Alice sort des robes du placard et les lance sur le
lit.

« Choisis. Je ne les ai pas encore mises, pour la
plupart. (Elle m'en tend une de couleur bleue.) Celle-
ci te plaît ? »

La robe est jolie, mais j'ai déjà repéré celle qui me
tente, en tissu stretch rouge imprimé, avec une ceinture drapée et une jupe portefeuille. Le genre de vête-
ment que ma mère aurait pu porter dans les années
1970. Elle irait parfaitement avec mes bottes hautes.

Alice m'observe, puis elle éclate de rire. « Je parie
que tu préfères celle-là », dit-elle en prenant la robe
rouge.

Je fais « oui » de la tête.

« Elle est magnifique, n'est-ce pas ? (Elle la plaque
contre elle, se regarde dans le miroir.) Le prix est à la
hauteur, soit dit en passant. Tu as bon goût.

— Je la trouve très belle. Pourquoi tu ne la mets
pas ? Il y a encore l'étiquette. Tu la gardais peut-être
pour l'occasion ?

— Non, j'ai autre chose de prévu. Essaie-la. »

Comme je le pensais, la robe me va parfaitement et elle est bien assortie à mes bottes. Le rouge met ma peau et mes cheveux sombres en valeur et je souris au reflet d'Alice dans le miroir. Je suis excitée, enchantée d'avoir accepté de venir.

Alice va dans la cuisine et prend une bouteille dans le réfrigérateur. Du champagne. Rosé.

« C'est mon meilleur copain, ça ! » fait-elle en l'embrassant, puis elle ajoute : « Hé, je suis majeure, maintenant ! »

Elle ouvre la bouteille, fait sauter le bouchon au plafond et, sans me demander mon avis, nous verse une coupe à chacune. Elle emporte la sienne dans la salle de bains, où elle va se préparer. J'avale une gorgée. Je n'ai pas bu une goutte d'alcool depuis la nuit où ma famille a été détruite. Mais depuis, je n'ai pas non plus passé un bon moment en compagnie d'une amie. Je trempe donc à nouveau mes lèvres dans la coupe, profitant de la sensation des bulles sur mes lèvres et ma langue, puis je recommence. Je crois déjà sentir l'alcool passer dans mon sang et me monter à la tête. Le champagne est agréable à boire et je m'oblige à ne pas l'avaler trop vite.

Je savoure chaque gorgée et sens mon corps se détendre au fur et à mesure. Quand ma coupe est vide, je suis plus gaie, plus insouciante – *une adolescente de dix-sept ans normale* –, et je me laisse tomber sur le canapé en souriant aux anges. Je reste ainsi, confortablement installée, jusqu'au retour d'Alice dans la pièce.

« Oh la la ! Alice, tu es… (Je hausse les épaules, cherchant l'adjectif adéquat.) Tu es éblouissante ! »

Elle tourne sur elle-même, les bras levés.

« Merci, Katherine. »

Et c'est vrai qu'Alice est belle, d'une beauté stupéfiante. Grande, avec une poitrine généreuse et de longues jambes fuselées, elle a des traits proches de la perfection, des yeux d'un bleu profond, une peau lumineuse et dorée.

Je ne suis pas laide, mais, à côté d'elle, je me sens insignifiante.

Pendant que nous attendons le taxi, Alice remplit de nouveau nos coupes. Quand je me lève pour prendre la mienne, j'ai la tête qui tourne un peu. Ce n'est pas désagréable. En fait, je me sens à l'aise, bien dans ma peau. Cette légèreté, cette impression que le monde est un endroit agréable et amical m'est soudain familière et je me rends compte à quel point cette sensation m'effraie. Je sais qu'il s'agit d'une illusion dangereuse. L'alcool nous encourage à prendre des risques insensés, à faire des choix stupides. Et je connais trop bien les dégâts qui peuvent résulter d'un seul mauvais choix. Je vis quotidiennement avec.

J'accepte cette seconde coupe, mais je me contente d'y tremper les lèvres et, quand le taxi arrive, je jette le contenu dans l'évier.

Alice a loué la vaste salle de réception du *Lion Hotel*, située tout en haut du bâtiment, avec des baies immenses d'où l'on a une vue magnifique sur la ville. Il y a des ballons blancs, des nappes blanches, un orchestre, des garçons qui essuient des coupes à champagne, des petits-fours appétissants préparés par un traiteur. Et comme il s'agit d'une soirée privée, personne ne nous demande qui nous sommes.

Je me tourne avec curiosité vers Alice.

« C'est fantastique ! Tes parents se sont occupés de tout ?

— Non, répond-elle d'un ton méprisant. Ils ne sauraient même pas organiser un barbecue.

— Est-ce qu'ils habitent Sydney, eux aussi ? »

Elle fronce les sourcils.

« Qui ça ?

— Tes parents.

— Non, Dieu merci. Ils sont dans le nord. »

Jusque-là, je pensais que ses parents lui donnaient de l'argent pour vivre dans une grande ville comme Sydney, mais cela me paraît peu probable, maintenant.

« Quoi qu'il en soit, c'est vraiment chouette de ta part de faire une grande fête comme ça. C'est très généreux. Moi, à ta place, j'aurais plutôt gardé cet argent pour moi, pour faire un voyage ou quelque chose dans ce genre.

— Ce n'est pas vraiment de la générosité. J'adore les fêtes, surtout quand j'en suis la vedette. Pour moi, c'est le top. Et de toute façon, les voyages ne me tentent pas.

— Ah bon ?

— À l'étranger, personne ne me connaît et je ne connais personne. Quel intérêt ? »

J'éclate de rire, ne sachant si elle plaisante ou non.

« Il y a quand même de bonnes raisons, dis-je. Se baigner dans la Méditerranée, voir la tour Eiffel, la Grande Muraille de Chine, la statue de la Liberté. Et ne connaître personne ! On doit se sentir libérée… »

Je constate qu'elle me regarde d'un air sceptique et ajoute :

« Sérieusement, tu n'en as pas envie ?

— Non, j'aime bien être ici. J'aime bien mes amis. J'adore la vie que j'ai. Pourquoi voudrais-je m'en aller ?

— Parce que… »

Je suis sur le point de lui parler de ma curiosité vis-à-vis du reste du monde, de ma fascination pour d'autres langues, d'autres modes de vie et pour l'histoire de l'humanité, mais l'arrivée des premiers invités m'interrompt.

Soudain, elle est entourée par des gens qui crient son prénom. Certains sont des étudiants que je reconnais, d'autres, plus âgés, me sont inconnus. Les uns sont très habillés, en robe longue et costume cravate, les autres sont en jean et T-shirt, mais tous ont un point commun : ils veulent qu'Alice leur accorde du temps et de l'attention, qu'elle rie à leurs plaisanteries. Chacun veut être apprécié d'elle.

Alice veille à ce qu'ils se sentent accueillis et à leur aise, mais, pour une raison qui m'échappe, c'est à moi qu'elle choisit surtout de se consacrer. Elle me prend par le bras, m'entraîne d'un groupe à l'autre et me mêle à toutes les conversations. Nous dansons ensemble, commentons la tenue des uns et des autres, les attirances qui se dessinent. Je passe une soirée merveilleuse. Jamais, depuis des années, je ne me suis autant amusée. Je ne pense pas une seule fois à ma sœur, ni à mes parents effondrés. Je danse, je ris, je flirte. J'oublie un moment cette nuit où j'ai découvert la terrible vérité sur moi-même. J'oublie cette nuit où j'ai vu la honteuse, la lamentable trouillarde qui se cache au fond de mon âme.

3.

Après la soirée d'anniversaire d'Alice, je constate que l'on est plus sympa avec moi au lycée. Certains élèves, que je ne reconnais pas, m'adressent sourires et signes de tête dans les couloirs, et quelques-uns me lancent même des « Hé, Katherine ! » alors qu'ils n'ont aucune raison de connaître mon prénom. Alice vient me rejoindre à l'heure du déjeuner. Elle s'assoit à côté de moi et me fait rire en me racontant des potins sur des personnes dont j'ignore presque tout. Cela m'amuse et je suis contente de n'être plus seule désormais.

Je ne cherche pas à savoir pourquoi elle tient à me fréquenter. Après tout, moi aussi, j'ai été quelqu'un dont on recherchait la compagnie et suis habituée à ce que l'on m'aime. Alice veut être mon amie. Elle semble apprécier ma présence et elle est suspendue à mes lèvres quand je parle. Je lui en suis reconnaissante, c'est flatteur pour moi. Pour la première fois depuis la mort de Rachel, j'éprouve un sentiment proche du bonheur.

Le lendemain de la fête, je l'appelle pour l'inviter le samedi soir. J'habite chez Vivien, ma tante paternelle. C'est pratique. Vivien est chaleureuse et facile à vivre, et, grâce à elle, j'ai pu quitter Melbourne et finir ma scolarité dans un lycée où personne n'a entendu parler ni de Rachel ni des sœurs Boydell. Je suis seule le plus souvent, car Vivien est fréquemment en voyage d'affaires et, le week-end, elle part avec des amis. Elle m'encourage tout le temps à faire venir du monde dans l'appartement. Visiblement, elle trouve bizarre que je ne le fasse pas, mais je me suis habituée à la solitude et j'aime être libre de choisir ce que je veux manger, regarder, écouter.

« Je nous ferai à dîner, dis-je à Alice.

— J'espère que tu es bonne cuisinière !

— C'est l'un de mes talents secrets.

— Secrets, hum… (Elle reste quelques instants silencieuse avant de poursuivre :) Des secrets, tu en as un certain nombre, non ? »

J'éclate de rire, comme pour montrer que c'est une idée absurde.

Je passe le samedi à faire les courses. Avant la mort de Rachel, quand nous formions encore une famille, je cuisinais souvent et je sais ce dont j'ai besoin. J'achète tous les ingrédients nécessaires à l'un de mes currys préférés : cuisses de poulet, graines de cardamome, yaourt, cumin, coriandre moulue, riz basmati. Comme ça, je pourrai tout préparer à l'avance, et le plat mijotera pendant qu'on bavardera, Alice et moi. Il n'en sera que meilleur.

J'ai tellement l'habitude de garder tout pour moi, de tenir les autres à distance, que je suis surprise de constater à quel point je tiens à la présence d'Alice. J'ignore à quel moment et de quelle manière l'idée d'avoir une amie proche m'est devenue si précieuse, mais le fait de connaître une nouvelle personne et de partager de bons moments avec elle est soudain devenu une nécessité. Et même si j'ai encore peur de trop en dire, si je suis consciente que l'amitié peut présenter des risques, je reste très excitée à cette perspective.

Je rentre à la maison, prépare le curry, prends une douche et m'habille. J'ai une heure devant moi avant l'arrivée d'Alice et j'en profite pour appeler mes parents. Eux et moi, nous avons quitté Melbourne il y a un an. Nous connaissions trop de gens là-bas. Trop de gens savaient ce qui était arrivé à Rachel. Nous ne pouvions assumer les regards curieux ou apitoyés, les chuchotements sur notre passage. Je me suis installée chez Vivien pour pouvoir finir ma scolarité à Drummond, l'un des plus importants lycées de Nouvelle-Galles du Sud, un établissement si vaste que je pouvais rester dans mon coin et conserver l'anonymat. Mes parents ont acheté une maison en bordure de mer, à Newcastle, à deux heures de route vers le nord. Ils auraient voulu que j'aille vivre avec eux, bien sûr. Ils me trouvaient trop jeune pour me débrouiller seule. Mais je commençais à trouver leur tristesse pesante et leur présence même m'étouffait. J'ai donc réussi à les convaincre que Drummond était un établissement idéal pour moi, que mon bonheur en dépendait.

« Allô. »

C'est ma mère, Helen Boydell, qui décroche. Quand j'ai quitté la maison, j'ai pris le nom de jeune fille de ma grand-mère, Patterson. À ma grande surprise, je n'ai eu aucun mal à devenir une autre personne, du moins sur le papier. Mon ancien prénom me manque. Mais il va avec mon ancien moi, le moi heureux, sociable et insouciant. Katherine convient à la nouvelle version, moins remuante. Katie Boydell n'est plus. Rachel et Katie Boydell, les sœurs Boydell, ont toutes deux disparu.

« Maman, c'est moi.

— J'allais t'appeler, ma chérie. Ton père et moi parlions de ta voiture. Nous avons décidé de t'en acheter une neuve. Les voitures d'aujourd'hui sont plus sûres, avec les airbags, par exemple. On a l'argent et on trouve ridicule que tu continues à circuler dans cette ruine.

— Mais elle n'a que huit ans, maman. »

Je conduis la vieille Volvo de ma mère, ce qui est déjà bien pour quelqu'un de mon âge.

Sans tenir compte de mon intervention, elle reprend :

« On t'a trouvé une Peugeot adorable. Elle est compacte, vraiment très jolie. Et surtout, elle a d'excellents résultats aux tests de sécurité. Elle sera parfaite pour la ville. »

Inutile de discuter. Je ne veux pas la perturber. Depuis la mort de Rachel, mes parents sont obsédés par ma sécurité. Ils font tout leur possible pour s'assurer que je reste en vie, et je ne peux qu'accepter leurs cadeaux et leur sollicitude.

« Formidable, maman. Merci.

— Comment ça marche en classe ? Tu as de meilleures notes ? »

Je mens un peu.

« Oui. Je fais de grands progrès.

— J'ai eu de la documentation sur les études de médecine à l'université de Newcastle, reprend ma mère. La fac a une aussi bonne réputation que celle de Sydney. En fait, il paraît que c'est là qu'il faut faire médecine aujourd'hui. Ils ont des professeurs de haut niveau. J'aimerais que tu y réfléchisses, ma chérie. Tu pourrais habiter avec nous et tu sais à quel point ton père en serait heureux. Cela te permettrait de te concentrer sur tes études sans te préoccuper de payer ton loyer, tes factures et ta nourriture. Nous pourrions veiller sur toi, te faciliter la vie.

— Je verrai, maman. En ce moment, j'aime bien la littérature et l'histoire. Les sciences ne sont pas… Je m'orienterai peut-être vers un cursus littéraire ou quelque chose comme ça. Et puis, tu sais, ça me plaît beaucoup de vivre à Sydney.

— Bien sûr. L'appartement de Vivien est très agréable et elle sera ravie de t'avoir encore avec elle. Et la filière littéraire serait une excellente base de culture générale pour tes études, ma chérie. Mais ce n'est qu'un début. Il faudra que tu te remettes sur les rails plus tard. Quand tu seras prête. »

Il faudra que tu te remettes sur les rails. Quand tu seras prête. C'est une allusion à ce qui est arrivé à Rachel, à notre deuil, à la vie que nous menions avant sa mort. J'étais en seconde et tout se passait très bien pour moi en classe. J'espérais pouvoir m'inscrire en médecine plus tard. J'ambitionnais de faire gynécologie, j'avais tout prévu. Mais quand Rachel est morte, mes projets sont tombés à l'eau. Je n'étais plus sur les rails. Les rails eux-mêmes avaient été brutalement arrachés.

J'ai découvert alors, pendant cette horrible période, que les sciences et les maths, toutes ces matières concrètes qui me plaisaient tant, ne m'étaient d'aucun secours pour comprendre la douleur et affronter la culpabilité.

Je ne sais si je me remettrai un jour sur les rails. Pour le moment, je suis une autre voie sur laquelle je prends très lentement de la vitesse et je ne suis pas sûre de pouvoir, ni de vouloir, sauter sur le bas-côté.

« J'y réfléchirai, maman.

— Bien. Je vais t'envoyer les brochures, j'en ai un certain nombre. »

Elle se met à rire, mais sa gorge se serre et elle s'arrête sur un hoquet. C'est signe que cette conversation lui a donné envie de pleurer.

Je caresse le téléphone, comme si je pouvais la réconforter par ce geste. Mais tout réconfort est impossible. Sa vie n'est faite que de degrés de douleur.

« Je n'en doute pas, maman, dis-je, aussi chaleureusement que possible.

— Je suis en train de m'apercevoir que je monopolise la conversation, ma chérie... (Elle s'est reprise et il n'y a plus trace d'émotion dans sa voix.) Je suppose que tu voulais parler à ton père ? Il n'est pas là, mais je peux lui demander de te rappeler plus tard.

« — C'est moi qui rappellerai. Demain, peut-être. Ce soir, une amie vient dîner.

— Je suis ravie que tu t'amuses un peu. (Elle s'éclaircit la gorge pour ne pas céder de nouveau à l'émotion.) Passe une bonne soirée. Je dirai à ton père de t'appeler demain. C'est à notre tour de payer la communication. »

Quand je raccroche, je suis vidée. Toute l'excitation que j'éprouvais en prévision de la soirée a disparu. Je regrette d'avoir téléphoné. Ce coup de fil ne m'a fait aucun bien et je suis sûre qu'il a rendu ma mère encore plus malheureuse. C'est ainsi avec maman, ces temps-ci. Elle est toujours en train de bavarder, de faire des projets, de lancer des idées, de parler de choses concrètes, comme si elle se refusait le moindre moment de silence, afin de ne pas laisser d'espace au deuil, aux souvenirs, aux pensées douloureuses. Par cette agitation, elle empêche aussi ses interlocuteurs de placer un mot, d'aborder un sujet dont elle ne veut pas parler, de mentionner Rachel.

De nos jours, la façon censément correcte de faire le travail de deuil, c'est de se laisser aller à pleurer, à crier, à gémir. Ma psychothérapeute m'a dit que nous devions parler. Et pendant cette interminable première année après que Rachel a été tuée, j'ai tenté de raconter ce qui était arrivé, d'*exprimer* ma tristesse, de *verbaliser* notre perte, de m'*approprier* mon désespoir. Mais papa refusait de m'écouter. Maman, quant à elle, m'interrompait et changeait de sujet, puis, si j'insistais, fondait en larmes et quittait la pièce.

J'ai abandonné. J'avais l'impression de la torturer et j'ai fini par m'écœurer moi-même d'être ainsi en demande. En parlant de ce qui s'était passé, je cherchais l'absolution, l'assurance que mes parents ne m'en voulaient pas. Mais j'ai vite compris que c'était impossible. Ils m'en voulaient, bien sûr, d'avoir eu

30

peur, de m'être enfuie, d'avoir continué de vivre. Si l'une de leurs filles devait mourir, c'était moi.

Et j'ai cessé de croire qu'il existait un moyen de faire face au deuil. Il faut simplement se coltiner sa douleur, ce fardeau permanent, et parler ne l'allège pas, ne le soulage pas. Rachel est morte de la façon la plus horrible qui soit. Les mots sont impuissants face à cette terrible vérité. Rachel a disparu à jamais et nous ne reverrons plus son joli visage, nous n'entendrons plus sa musique. Elle est morte.

J'ai du mal à comprendre pourquoi nous avons besoin de patauger dans cette réalité, d'y revenir sans cesse, de la scruter à nous crever les yeux, le cœur déchiré par l'horreur et une indicible tristesse. Cela ne peut nous aider. Rien ne peut nous aider. Si maman préfère se montrer stoïque, faire semblant d'aller bien et dissimuler son désespoir derrière une pseudo efficacité, je n'y vois aucun inconvénient. C'est une façon comme une autre de poursuivre son chemin désormais rétréci.

J'appuie mon doigt sur la petite cicatrice circulaire au-dessus de mon genou. C'est la seule trace de blessure physique qui me reste depuis la mort de Rachel. Cette nuit-là, à Melbourne, ce n'est pas elle qui aurait dû mourir. Et sans aller jusqu'à regretter de ne pas avoir disparu à sa place – je n'ai pas l'étoffe d'une martyre –, je suis parfaitement consciente que, des deux sœurs, la meilleure est morte.

4.

Rachel est montée sur la scène et l'assistance a aussitôt fait silence. Elle était d'une beauté remarquable dans sa robe de velours rouge, que mes parents avaient payée une fortune et qui mettait en valeur sa haute taille. Elle n'avait que quatorze ans, mais là, on lui en aurait donné au moins vingt.

Maman m'a pressé la main, tout excitée. Je me suis tournée vers elle. Elle avait les yeux fixés sur la scène, avec cette moue qu'elle faisait lorsqu'elle tentait de se retenir de sourire, et des larmes de bonheur perlaient à ses cils. Papa, qui était assis à côté d'elle, s'est penché pour accrocher son regard, mais il a rencontré le mien : nous nous sommes souri, tous deux débordant de fierté et amusés par l'expression de maman.

Rachel s'est assise au piano. Elle a lissé sa jupe sur ses genoux et s'est mise à jouer. Son récital débutait par une sonate de Mozart, un morceau exquis dont je connaissais la moindre note, chaque *fortissimo*, chaque crescendo. J'étais fascinée, comme toujours, par la musique qui naissait sous ses doigts, mais aussi par la transformation qui avait lieu dès qu'elle jouait. En public, sa timidité et sa gaucherie disparaissaient. Elle était tellement concentrée qu'elle s'oubliait et qu'elle en imposait. Impossible alors d'imaginer qu'elle n'était qu'une très jeune fille manquant d'assurance.

Pendant tout le récital, qui a duré plus d'une heure, maman ne l'a pas quittée des yeux un seul instant. Chaque fois qu'elle écoutait sa fille, elle semblait entrer dans une véritable transe, perdant la notion du temps, oubliant où elle se trouvait et qui l'accompagnait.

Moi aussi, je jouais du piano. J'avais acquis une bonne technique, et je remportais souvent des concours, au niveau scolaire ou local. Mais Rachel, elle, était vraiment douée ; elle avait reçu trois propositions de bourses internationales. Elle avait la possibilité d'aller à Berlin, à Londres ou à Boston pour étudier et tenter de réaliser son rêve de devenir concertiste. Pendant des semaines, à la maison, cela avait été le grand sujet de conversation. Pour moi, le piano n'était qu'un loisir agréable et je n'avais aucune envie de répéter toute la journée, sept jours sur sept. Pour Rachel, c'était une passion et elle travaillait sans relâche.

Rachel était ma cadette de dix-huit mois et nous faisions mentir le dicton qui veut que l'aîné réussisse le mieux. Elle était ambitieuse et motivée. J'étais beaucoup plus intéressée par les garçons et par les sorties avec mes amis que par une éclatante réussite scolaire ou artistique.

Mes parents parlaient sans cesse de l'avenir de concertiste de Rachel. Ils se consacraient entièrement à sa carrière. Je sais que les gens étaient parfois choqués de ce qu'ils considéraient comme du favoritisme par rapport à moi. Je suis même certaine qu'ils me plaignaient, pensant à tort que je me sentais négligée. Mais ce n'était pas du tout le cas et je n'avais aucune raison d'être jalouse. Rachel et moi poursuivions des buts très différents et j'étais ravie qu'elle soit la plus brillante de nous deux. Je savais à quel point elle se donnait du mal pour devenir un prodige et cela ne me tentait pas. Je tenais trop à ma vie amicale et sociale. Rachel était peut-être un génie, mais je m'amusais beaucoup plus, malgré les apparences. À mes yeux, j'avais la meilleure part.

Rachel était différente. Elle n'avait pas besoin d'être entourée d'amis comme la plupart des gens. Ce n'était pas un signe de froideur. Elle aimait avec générosité et sincérité, et elle faisait preuve d'une grande loyauté envers les êtres qui lui étaient chers. Mais sa timidité la rendait encore plus gauche et mal à l'aise en société. Son calme et sa discrétion extrêmes pouvaient passer au premier abord pour de la réserve ou de l'indifférence. Pourtant, quand on réussissait à l'entraîner dans la conversation, on s'apercevait qu'elle avait tout suivi. Elle avait une grande sagesse pour son âge, qui s'exprimait avec douceur et compassion, et presque tous ceux qui faisaient l'effort de la connaître finissaient par l'admirer. C'était la seule personne de ma connaissance dénuée d'envie, de cupidité ou de méchanceté, la seule que je comparerais à un ange.

Ainsi, en dépit de ce que les journaux ont pu raconter lorsqu'elle a été tuée, toutes ces douloureuses et fausses spéculations sur nos rapports, j'ai toujours su où j'en étais de mes véritables sentiments. J'ai adoré Rachel de son vivant comme après sa mort. J'étais et resterai à jamais sa fan numéro un.

5.

Alice arrive à l'heure pour le dîner et elle dégage tant d'enthousiasme et d'énergie que je me sens mieux dès qu'elle passe le seuil et se met à parler.

« Fabuleux ! s'exclame-t-elle en promenant son regard sur l'appartement de Vivien. Tes parents doivent être superbranchés ! »

Je secoue négativement la tête.

« Nous ne sommes pas chez mes parents. Je vis chez ma tante. Elle est absente ce week-end.

— On est donc seules toutes les deux ?

— Oui. »

Alice pousse de petits cris de joie.

« Formidable, Katherine ! Je pensais que tes parents étaient là et que tu voulais me les présenter. Comme si on allait se marier ou je ne sais quoi. Ouf ! »

Elle se débarrasse de ses chaussures et fait le tour de la pièce en détaillant avec curiosité les meubles et les objets.

J'ai une explication toute prête sur le fait que j'habite chez ma tante et non pas chez mes parents : à Drummond, l'enseignement dispensé est meilleur que dans les lycées de Newcastle. Ce qui n'est pas tout à fait faux. Mais Alice semble surtout intéressée par l'appartement lui-même.

« Ce doit être fantastique de vivre dans un tel endroit, lance-t-elle d'une voix forte en s'aventurant dans le couloir et en jetant un coup d'œil dans chaque pièce. Tu as déjà donné des soirées, ici ? Sans doute pas, hein ? Eh bien, faisons-le. Je connais pas mal de gens qu'on pourrait inviter. (Elle tend la main et s'empare d'une bouteille posée sur une étagère.) Oh, génial, du whisky irlandais ! J'adore. Prenons-en un peu.

— Il n'est pas à moi, mais à Vivien, dis-je.

— Qu'est-ce que ça peut faire ? On le remplacera et ta tante n'y verra que du feu. (Elle emporte la bouteille dans la cuisine, prend deux verres et y verse de généreuses rasades.) Tu as du Coca ?

— Non, désolée.

— De l'eau fera l'affaire. »

Elle ouvre le robinet, ajoute de l'eau dans nos verres, puis me tend le mien. Je bois une minuscule gorgée. Le whisky a une odeur affreuse et un goût encore plus épouvantable. C'est amer et très fort et je sais que je ne pourrai pas tout boire.

Je n'avais pas l'intention de boire de l'alcool ce soir ; je n'y pensais même pas. Mais l'empressement d'Alice me fait prendre conscience de mon décalage. Tout le monde n'est pas aussi terrifié que moi dans la vie. Tout le monde n'a pas été marqué au fer rouge.

Nous prenons nos verres et allons sous la véranda contempler la vue sur la ville. Alice fait l'essentiel de la conversation, mais je suis contente de l'écouter, de profiter de sa joie de vivre. Et je m'efforce de retrouver ce que c'est que de passer un bon moment avec quelqu'un de mon âge, de renouer avec une autre moi-même – plus jeune, plus heureuse –, celle qui trouvait normal que la vie soit ainsi, joyeuse, légère, libre.

« Bonsoir la planète ! » s'écrie Alice en se penchant pour admirer la vue, et l'écho de sa voix se répercute autour de nous.

Elle se tourne vers moi, s'appuie contre la balustrade et désigne du menton l'intérieur de l'appartement.

« Plus tard, j'en veux un comme ça, lance-t-elle, mais plus chouette encore, plus grand, pour pouvoir héberger tous mes amis. (Elle minaude et poursuit sur un ton affecté :) Car j'aurai des employés de maison, figure-toi, ma chérie. Gouvernante, majordome, tout. Des coaches. Et quelqu'un qui viendra chaque soir juste pour servir le champagne.

— Bien sûr, dis-je. On ne sait jamais, tu pourrais te casser un ongle. Ou te salir les mains.

— Quelle horreur[1] ! (Elle écarquille les yeux, l'air faussement inquiète, et contemple ses mains.) C'est vrai qu'on court des risques avec les tâches quotidiennes. J'ai bien l'intention de m'élever au-dessus de ça. »

J'éclate de rire.

« Il te faudra aussi quelqu'un pour te préparer le café le matin.

— Et un cuisinier.

— Un kiné perso.

— Un coiffeur.

— Une styliste pour choisir tes vêtements.

— Un jardinier.

— Un chauffeur.

— Oh, oui ! soupire Alice, avant de s'asseoir sur le siège voisin du mien, l'air rêveuse. Je n'aurai rien à faire, même pas à préparer mon bain. Ça m'évitera de me plaindre sans cesse des corvées ménagères comme ma mère.

— Et si un jour tu en as assez, de tous ces gens autour de toi ? Tu peux avoir envie d'un peu d'intimité.

— Pourquoi ça ? Être seule, c'est à mourir d'ennui. Je déteste être seule. Je vais m'amuser. Ma vie sera

---

1. En français dans le texte (N.d.T.).

une fête. Une fête gigantesque, permanente, jusqu'à la fin de mes jours. »

Alice est exactement le genre de fille que j'ai besoin de fréquenter, me dis-je. *Elle vit dans l'instant et elle a un stupéfiant manque de curiosité vis-à-vis du passé, ce qui m'arrange.*

Quand elle a bu plusieurs whiskies – pour ma part, je suis toujours en train de siroter sagement mon premier –, elle m'annonce qu'elle meurt de faim et nous rentrons à l'intérieur. Elle remplit à nouveau son verre et m'en propose un autre, mais je refuse en montrant le mien, encore plein. Cela la contrarie.

« Tu n'aimes pas ça ?

— Si, si. »

Je souris et me force à avaler une gorgée sans faire la grimace. Je pourrais lui expliquer que je redoute l'alcool, m'en servir comme d'une excuse, mais je ne réussirais qu'à jouer les rabat-joie et à ressembler à une mère qui gronde sa fille.

Alice me dévisage quelques instants, perplexe, puis elle hausse les épaules.

« Bon, il y en aura plus pour moi », déclare-t-elle en reposant la bouteille.

Nous remplissons nos assiettes de curry et allons nous asseoir à la table de la cuisine. L'enthousiasme d'Alice devant mon plat récompense mes efforts.

« C'est incroyablement délicieux, Katherine ! s'exclame-t-elle. Je n'en reviens pas. Tu sais que tu devrais ouvrir un restaurant indien ? »

Je fais mine de protester, mais je suis flattée et ne peux m'empêcher de sourire. Mon moral remonte en flèche. Le coup de blues que j'ai eu après ma conversation téléphonique avec ma mère n'est plus qu'un lointain souvenir.

« Bon, qu'est-ce qu'on fait ensuite ? interroge Alice en tapotant son assiette avec le plat de sa fourchette.

— On pourrait jouer à un jeu de société. J'ai un Scrabble et un Trivial Pursuit. »

Elle secoue la tête.

« Non, trop barbant. Je suis incapable de me concentrer sur le Scrabble plus de quelques secondes. Ça me rappelle les devoirs de classe. Pourquoi pas plutôt le Pictionary ou les charades ? C'est plus marrant.

— Oui, mais il faut être plus nombreux. »

Alice réfléchit, puis son visage s'éclaire.

« Je connais quelqu'un qui pourrait venir. Ça nous distrairait un peu.

— Vraiment ? (Je me force à sourire, mais je suis déçue. Je passe une très bonne soirée et je n'ai pas l'impression que nous ayons besoin de distractions. L'idée qu'Alice ait envie d'inviter quelqu'un m'attriste.) Tu crois que c'est possible, à cette heure-ci ?

— Il est neuf heures du soir et on est samedi. Les boîtes de nuit ne sont même pas encore ouvertes.

— À qui penses-tu ?

— À Robbie.

— Qui est-ce ?

— Un ami. Il est serveur dans un restaurant hyperchic. Tu vas l'adorer. Il est craquant. »

Elle sort son portable et compose un numéro avant même que j'aie eu le temps de formuler d'autres questions. Je l'écoute lancer son invitation sur un ton enjôleur et assuré, en me demandant s'il lui arrive parfois de se montrer timide.

« Il nous rejoint bientôt. (Elle se lève, s'étire, se frotte le ventre.) Quelle bonne idée, Katie ! Un repas fabuleux, une compagnie agréable et le reste de la soirée qui s'annonce bien...

— Ne m'appelle pas Katie, Alice. Je suis Katherine. »

Elle me scrute du regard, la tête inclinée sur le côté.

« Mais Katie te ressemble plus, proteste-t-elle. On ne t'a pas toujours appelée Katherine, n'est-ce pas ? Quand tu étais petite, par exemple. C'est trop sérieux pour une enfant. Et Katie est plus mignon. Ça te va bien.

— Non, je suis Katherine et rien d'autre. »

Je m'efforce de prendre un ton léger et amical, sans y parvenir. Ma voix est dure, irritée. Trop. Je me sens comme ces filles coincées, à cheval sur les principes. Avant, on pouvait m'appeler comme on voulait – Kat, Katie, Kathy, Kate, tout me convenait –, mais je ne supporte plus aucun diminutif. La fille facile à vivre qui correspondait à ce prénom abrégé n'est plus. Désormais, je suis Katherine Patterson.

Alice fronce légèrement les sourcils et je lis une certaine froideur dans son regard, mais très vite son visage s'éclaire. « Comme tu veux. D'ailleurs, tu as raison, Katherine est plus distingué. Comme cette vieille actrice, tu sais, comment s'appelait-elle ?... Katharine Hepburn. En fait, un prénom plus long correspond mieux à ton air mystérieux.

— Mon air mystérieux ? (Je ris, heureuse de mettre un terme à cet échange désagréable sur le mode de la plaisanterie.) Où tu vas chercher ça ? »

Alice se penche en avant. « Mais oui, tu as quelque chose de mystérieux. On s'interroge sur toi, au lycée. Tu es jolie, intelligente, et en même temps tellement discrète, tellement réservée... Et pas parce que tu es timide ou quoi. Non, on a plutôt l'impression que tu ne veux pas te livrer. Comme si tu avais, je ne sais pas, moi, un lourd secret et que tu refusais de te lier, de peur qu'on ne le découvre. Tu intrigues et tu inti-mides *tout le monde*. Certains te trouvent même snob.

— Quelle idée ! Je suis absolument pas snob. »

Je me lève et me mets à débarrasser la table en évitant son regard. Cette conversation commence à me mettre mal à l'aise. C'est vrai, j'ai un secret. Un lourd secret, selon ses termes. Et si je ne suis pas snob, il est exact que j'évite de me lier et de me faire des amis précisément pour cette raison. Je me suis trompée en croyant passer inaperçue.

Alice éclate de rire. « Allons, ne fais pas cette tête ! Je plaisantais. C'est cool, ce côté mystérieux. J'aime. Tu gardes tes distances, voilà tout. Je dois être jalouse, en fait. J'aimerais te ressembler un peu sur ce plan. (Elle pose la main sur son cœur et ferme les yeux.) Être une femme mystérieuse, au passé tragique. »

Elle est incroyablement près de la vérité et je me sens mise à nu. Je dois lutter contre l'envie de m'enfuir et de me cacher, de préserver mon secret. Je redoute qu'Alice ne poursuive cette conversation et ne me bombarde de questions jusqu'à ce qu'elle sache tout, mais elle regarde autour d'elle avec un hochement de tête approbateur.

« Cet appartement est fabuleux. On doit *absolument* organiser une soirée. (Elle se lève, me prend les assiettes des mains.) Laisse. Tu as fait la cuisine, je m'occupe de la vaisselle. Assieds-toi et bois un autre... (Elle jette un coup d'œil à mon verre et se reprend :)... une autre minigorgée de whisky.

Elle commence à laver les assiettes dans l'évier, puis s'interrompt pour venir me rejoindre et me raconter d'autres histoires. À ce moment-là, on frappe à la porte.

« C'est Robbie ! » s'écrie-t-elle en tapant des mains.

Elle se précipite pour ouvrir et je l'entends s'exclamer et rire dans l'entrée. Une voix grave lui répond, puis un jeune homme pénètre dans la cuisine.

Il est grand, blond et très séduisant, dans le genre sain et sportif.

« Bonsoir, Katherine, je suis Robbie », me dit-il en souriant.

Il a une poignée de main ferme et chaleureuse, un sourire franc, et, pour la première fois depuis une éternité, j'éprouve une certaine attirance envers quelqu'un. Je me sens devenir écarlate et me détourne en hâte pour aller m'occuper des assiettes et des couverts, dont la plupart sont encore empilés à côté de l'évier.

« Je termine la vaisselle et j'arrive, dis-je.

— Pas question ! (Alice me prend par le bras et m'entraîne.) Je m'en occuperai plus tard, promis. Viens. »

Il reste pas mal de curry et elle insiste pour que Robbie le goûte.

« Je peux ? demande-t-il, un peu gêné, tandis qu'elle met une énorme portion dans son assiette.

— Bien sûr, voyons. »

Je suis sincère : j'en ai fait au moins pour six personnes.

Alice demande à Robbie s'il aimerait boire de l'alcool, mais il refuse en évoquant un entraînement de foot le lendemain et se verse un verre d'eau.

« Du whisky pur ? demande-t-il en voyant Alice remplir le sien. C'est un peu raide, non ? »

Elle lui adresse un clin d'œil suggestif. « Du raide, c'est ce qu'il me faut. »

Nous retournons sous la véranda et Robbie attaque son curry avec appétit. Au début, je me sens un peu intimidée, mais cela ne dure pas, car il se montre particulièrement amical et me complimente sur mes talents de cuisinière, sans compter que sa conversation est très amusante. Il nous raconte des histoires tordantes sur les exigences des clients du restaurant huppé dans lequel il sert.

Quand la température se rafraîchit, nous rentrons dans le séjour et nous asseyons par terre. Tout le whisky qu'Alice a bu est en train de faire son effet. Elle a les joues rouges, les yeux injectés de sang, la voix pâteuse. Elle parle très fort et interrompt sans cesse Robbie pour raconter à sa place la fin de ses anecdotes. Mais il ne semble pas s'en formaliser, toutefois, et se contente de sourire avec indulgence.

Il l'aime, me dis-je. *Sa façon de la regarder, d'être si facilement disponible un samedi à cette heure déjà tardive... Il est fou amoureux d'elle.*

Alice se lève et va consulter la collection de CD de Vivien.

« Incroyable ! s'exclame-t-elle. J'aurais dû apporter mon iPod. Tout est vintage ! Du pur *eighties*. »

Mais elle finit par choisir un album de Prince, qu'elle glisse dans le lecteur.

« Ma mère adore cette chanson, dit-elle. Elle danse tout le temps dessus. Si tu la voyais, Katherine, c'est un spectacle unique, on dirait une vedette de cinéma. Elle est d'une beauté incroyable dans ces moments-là. »

Elle augmente le volume et se met à onduler des hanches.

Elle a les yeux clos, l'air extatique, et je ne peux éviter de m'interroger sur cette manifestation inattendue d'affection et d'admiration à l'égard de sa mère. Les rares fois où je l'ai entendue parler de ses parents, c'était de façon lapidaire et avec un certain mépris, presque comme si elle les détestait.

Nous la regardons, Robbie et moi. Elle danse bien, de manière harmonieuse et sexy, et Robbie a le sourire aux lèvres. Il semble très épris et je me dis que ce serait merveilleux d'être aimée ainsi. Et pour la première fois depuis la mort de Rachel, depuis Will, je m'autorise à penser qu'un jour, peut-être, j'aurai quelqu'un comme Robbie à aimer. Quelqu'un de beau, de gentil, d'intelligent. Quelqu'un qui m'aimera aussi, en dépit de ce que je suis et de ce que j'ai fait.

6.

À la fin de la chanson, une autre commence, plus rapide, et Robbie bondit sur ses pieds, me tend la main et m'entraîne. Nous rejoignons Alice et nous dansons, très à l'aise. De temps en temps, nos cuisses et nos hanches se touchent. Robbie prend Alice dans ses bras. Il l'embrasse et j'observe leurs corps serrés l'un contre l'autre. Ils sont beaux, parfaitement assortis. Le regard d'Alice croise le mien et elle sourit, puis chuchote à l'oreille de Robbie, qui la lâche. Il m'étreint à mon tour, prend mon visage dans ses mains, se penche et pose ses lèvres sur les miennes. C'est un baiser chaste, presque fraternel, mais il n'en est pas moins excitant. Alice pousse des petits cris ravis. Nous sommes bientôt tous les trois enlacés. Nous rions beaucoup, je suis aux anges. Je me sens appréciée, séduisante, *jeune* de nouveau.

Et lorsque j'entends dans ma tête la petite voix qui me dit que je ne mérite pas d'être heureuse, que je ne dois pas posséder ce que Rachel ne peut avoir, je refuse de l'écouter. Je décide d'ignorer cette partie de moi-même qui désapprouve tout ce que je désire. Je suis sur un petit nuage. Je suis insouciante. Je suis Katie Boydell. Du moins pour une nuit. Jeune, heureuse, impétueuse *Katie*. Amusante et aventureuse *Katie*. Ce soir, Katherine a disparu et je peux être moi.

Nous continuons à danser enlacés et à rire, chanson après chanson, jusqu'à ce que nous nous précipitions dans la cuisine pour boire un verre d'eau, assoiffés et en sueur. Avec les coussins du canapé, des oreillers et des couvertures, nous improvisons un matelas sur le sol et nous nous effondrons dessus. Nous parlons jusqu'à trois heures du matin, avant de sombrer dans un sommeil profond, allongés sur le ventre, nos jambes entremêlées.

À mon réveil, je trouve Alice roulée en boule tout près de moi. Elle dort en chien de fusil, les poings serrés contre son visage, ce qui la fait ressembler à un ange prêt à disputer un combat, un boxeur à l'allure étrangement innocente. Elle respire vite et profondément et, quand elle expire par le nez, elle émet un petit couinement. Ses cils frémissent et je vois bouger ses globes oculaires sous ses paupières. Sommeil paradoxal. Elle rêve.

Je me dégage aussi lentement et discrètement que possible. Je suis encore en jupe et T-shirt. Je file dans la salle de bains et je me déshabille, puis je prends une douche.

Quand j'arrive dans la cuisine, Robbie a presque fini de laver la pile d'assiettes dont Alice a promis de s'occuper hier soir.

« Oh, merci ! dis-je. C'est gentil, mais ce n'est pas à toi de faire ça, Robbie.

— Bonjour ! (Il me sourit et, malgré ses cheveux en bataille et ses yeux rougis, il est toujours aussi séduisant.) Pas de problème. Ça ne m'ennuie pas de faire la vaisselle. Au contraire. Quand j'étais petit, je regardais ma mère s'activer devant l'évier et j'ai toujours trouvé ça amusant. Toutes ces bulles, cette eau chaude. (Il capture une bulle du produit vaisselle dans sa paume et souffle dessus.) Comment te sens-tu ? demande-t-il. Fatiguée ? On n'a pas dormi plus de quatre heures.

— Je suis effectivement un peu crevée. Et toi ?

— En pleine forme. Prêt pour une journée d'entraînement au foot et une longue soirée à servir des connards au restaurant.

— Pauvre Robbie ! Tu devrais te recoucher, dormir un peu plus. »

Il hausse les épaules. « Non, j'ai l'habitude. Tu veux du café, du thé ? J'ai fait chauffer l'eau.

— Du thé, mais à condition que je le prépare moi-même, selon les règles, dans la théière et avec du thé en vrac. Je suis très maniaque.

— Je le préfère comme ça, moi aussi. C'est bien meilleur. Ma mère avait horreur du thé en sachets. Elle ne buvait que du vrai.

— Ne buvait ?

— Avant sa mort. (Il contemple ses mains, qui sont plongées dans l'eau chaude.) Il y a un peu plus d'un an.

— Je suis désolée, Robbie. Je ne savais pas.

— Tu ne pouvais pas savoir. »

Je pourrais changer de sujet et parler de quelque chose de plus gai, de moins lourd, mais je m'y refuse. Quand des gens faisaient ça après la mort de Rachel, je trouvais ça bizarre et douloureux, comme si sa disparition n'avait pas plus d'importance que la météo.

« Elle te manque beaucoup ?

— Oui. (Il lève vers moi des yeux humides et répète avec un sourire triste :) Oui, elle me manque.

— Et ton père, comment vit-il ça ?

— Il va bien, je crois. Mais c'est difficile à savoir. Je ne peux pas lui poser directement la question.

— Pourquoi ?

— Et s'il n'allait pas bien ? Qu'est-ce que je peux faire, de toute façon ? »

Je m'abstiens de lui offrir les platitudes d'usage, de lui mentir en disant que les mots ont le pouvoir de guérir. Parce que je sais que ce n'est pas le cas. Les mots ne sont que des mots, une série de sons impuissants face à la violence de la vraie douleur, de la vraie souffrance.

« Rien, dis-je. Tu ne peux rien faire.

— Tu as raison. Et si l'on se dit la vérité, si l'on se confie mutuellement sa tristesse, c'est pire encore, parce qu'on doit s'occuper de la douleur de l'autre en plus de la sienne. »

Je hausse les épaules.

« Oui, mieux vaut sans doute affronter la souffrance chacun de son côté. Elle finira par s'atténuer, il faut l'espérer. »

Il me répond par un hochement de tête approbateur, puis nous restons silencieux un moment. Je ne dis rien, pour lui laisser le choix de continuer à se taire ou de changer de sujet. Il se remet à parler très vite. Les mots jaillissent.

« J'allais quitter la maison quand elle est tombée très malade. Alors, je suis resté pour lui donner un coup de main et pour être le plus possible auprès d'elle. Parce que nous savions qu'elle allait mourir, c'était juste une question de temps. Il y a plus de deux ans de cela, maintenant. J'ai vingt ans et je vis toujours avec mon père : j'ai trop de peine pour lui. Le plus idiot, c'est que je ne sais même pas si cela lui fait plaisir. Il a sans doute envie de me voir déguerpir pour être tranquille. Il doit se dire que c'est *moi* qui recherche sa compagnie. Bref, on tourne en rond.

— Ton père a toujours beaucoup de chagrin ?

— En apparence, il va bien. Il veille à ce qu'on ne manque de rien, que la maison soit bien tenue, que le frigo soit rempli. Il y a toujours des amis qui viennent manger une pizza et boire une bière, comme si la vie était belle. Et puis un soir, il y a une semaine, j'ai voulu aller lui dire quelque chose dans sa chambre. Devant sa porte, je me suis arrêté, je ne sais trop pourquoi, et je l'ai entendu pleurer. Il pleurait vraiment, tu vois, avec de gros sanglots, et c'était affreux.

Je sais qu'il aimait ma mère, qu'elle lui manque beau-coup, mais il semblait si... si désespéré. Un vrai gosse. Comme s'il n'arrivait pas à se contrôler. Comme si toute cette bonne humeur n'était qu'une comédie qu'il jouait pour moi. Je suis resté là, désem-paré. Le pire, c'est que je n'étais pas touché. Je lui en voulais de me rendre témoin de son chagrin, de ne plus faire semblant de tenir le coup.

— Je comprends. Quand on voit ses parents dans cet état, on devient adulte, car on se rend compte que le monde est un endroit effrayant sur lequel ils n'ont pas de prise. Et si eux peuvent souffrir autant, s'ils ne maîtrisent rien, quel espoir nous reste-t-il ? »

Les mots sont sortis de ma bouche avant que je ne me rende compte de ce qu'ils révélaient.

« Exactement. (Robbie me dévisage, l'air soudain inquiet.) Ta maman n'est pas morte, au moins ? »

Je secoue négativement la tête avec un petit rire, comme si l'idée que je puisse être familière avec la mort était absurde.

« Non, elle se porte très bien. C'est juste que j'ai pas mal réfléchi à la question. J'ai lu aussi des bouquins de mon père sur le deuil, des choses comme ça. Je dois avoir un petit côté morbide.

— En tout cas, tu as mis le doigt sur ce que je ressens. Quand je dis que j'ai perdu ma mère, la plupart des gens sont embarrassés. Ma psychothéra-peute ne sert à rien. Elle me demande tout le temps ce que j'éprouve, et ce que ça me fait d'éprouver ça. Puis elle me dit que mes sentiments sont normaux, tout en me laissant entendre en permanence que je devrais vraiment essayer de ressentir autre chose. Je crois que ce serait aussi utile pour moi de parler à un rouleau de papier-toilette. »

Je m'apprête à répondre lorsque Alice nous appelle depuis le séjour.

« Hello ! Où êtes-vous ? lance-t-elle d'une voix éraillée. Je me sens bien seule ici. »

Robbie et moi échangeons un regard et un sourire. Notre conversation est terminée. Nous prenons la théière, le lait, le sucre et les tasses, et nous rejoignons Alice dans le séjour.

7.

Je passe prendre Sarah plus tôt que d'habitude au jardin d'enfants. Je l'observe quelques minutes à travers la vitre avant qu'elle ne m'aperçoive et je constate avec plaisir qu'elle semble très heureuse. Elle joue dans son coin avec de la pâte à modeler vert pomme, qu'elle malaxe et tapote avec concentration. C'est une petite fille solitaire, mal à l'aise avec les autres, comme l'était Rachel. Je ne voudrais pas que ce trait de caractère lui cause des difficultés plus tard.

C'est curieux, parce que la timidité de Rachel ne m'a jamais paru être un inconvénient. Elle m'attendrissait plutôt. Mais je tiens à ce que ma fille ait une existence sans problème. Je veux que tout le monde l'aime, que tout aille pour le mieux pour elle, qu'elle soit bien dans sa peau.

Certains trouvent que je la surprotège, que je devrais lui laisser plus d'initiative, mais, pour moi, on ne protège jamais trop ceux qu'on aime. J'ai envie d'attraper ces inconscients par le bras et de leur crier : *Le danger est partout, espèces d'idiots ! Vous croyez que vous êtes en sécurité, que vous pouvez faire confiance aux autres ? qu'ils sont gentils ? Ouvrez les yeux et regardez autour de vous, bon sang !* Mais ils me prendraient pour une folle. Ils sont naïfs et oublient que nous sommes entourés de gens mal intentionnés, et je suis atterrée par leur aveuglement.

Être une mère est une tâche complexe, pleine de contradictions, impossible presque. D'un côté, je tiens à ce que ma fille s'épanouisse, se fasse des amis, qu'elle ne soit pas paralysée par la peur et l'anxiété. De l'autre, je veux qu'elle soit sur ses gardes, qu'elle aborde ce monde plein de périls les yeux ouverts.

J'entre dans la salle de jeux et je me place derrière elle, dans l'attente du moment où elle va sentir ma présence et se retourner. J'adore l'expression de joie pure qu'elle arbore alors, sa façon d'oublier sur-le-champ ce qu'elle est en train de faire pour se précipiter dans mes bras. Je ne la mets au jardin d'enfants que deux après-midi par semaine, le mercredi et le vendredi, et encore, je trouve le temps très long en son absence. Lorsque je la reprends le vendredi, comme aujourd'hui, je suis ravie de pouvoir profiter d'elle pendant quatre jours.

Je suis venue chercher Sarah plus tôt aujourd'hui parce que nous allons partir, comme tous les ans. Je l'emmène à la montagne, à Jindabyne, et je savoure d'avance sa joie. On fera des bonshommes de neige, des batailles de boules de neige, de la luge, peut-être. On boira du chocolat chaud au coin du feu et on sera bien, juste toutes les deux, loin de mes parents.

« Maman ! s'écrie-t-elle en me voyant. (Elle se précipite vers moi, renversant son tabouret dans sa hâte, et se pend à mon cou.) Maman, on s'en va ?

— Oui, ma chérie. Tu es prête ?

— T'as préparé mes affaires ?

— Bien sûr, et je n'ai pas oublié ton nounours.

— Qu'est-ce qui va se passer pour mamie et papi ? »

Elle sait combien mes parents sont attachés à elle et je suis triste qu'elle se fasse du souci pour eux à son âge.

« Ils vont passer un bon week-end de leur côté. Des amis viennent dîner chez eux. »

Son visage s'illumine.

« Alors, ils sont *ksités* ?

— Presque aussi excités que nous. »

La sortie de Sydney s'effectue sans problème ; à cette heure, la circulation est encore fluide. Sarah est tranquille sur son siège. Elle regarde par la vitre en suçant son pouce, complètement détendue. Elle a toujours eu cette attitude en voiture et, lorsqu'elle était bébé, c'était le meilleur moyen de l'endormir ou de faire cesser ses pleurs.

Sur l'autoroute, je conduis prudemment, en veillant à garder une distance minimale avec les autres véhicules, selon les leçons paternelles. Papa a tenté de me dissuader de faire ce déplacement. *Les routes vont être encombrées de tous ces fous qui partent en week-end et tu n'es pas habituée à prendre le volant dans ces conditions*, m'a-t-il dit. *Ne fais pas l'imbécile*. Il parlait sur un ton péremptoire, mais j'ai remarqué qu'il était au bord des larmes et que ses mains tremblaient.

Je comprends ses craintes. Tous les jours, des gens meurent sur la route. La moindre erreur de jugement, le moindre instant d'inattention peut nous faire percuter l'un des nombreux semi-remorques qui encombrent cette autoroute. Encore deux vies fracassées. Une famille déjà éprouvée. Plus que n'importe qui, mon père sait que l'impensable peut arriver. Que les pires cauchemars se réalisent.

C'est pour lui que je garde les yeux fixés sur la route, les mains tenant fermement le volant, l'esprit en alerte. C'est la peur paternelle qui me retient d'appuyer à fond sur l'accélérateur.

8.

« Non, non, non, pas Coffs Harbour ! (Alice secoue la tête d'un air furieux.) C'est un endroit moche, plein de gros. Et pas un seul restaurant digne de ce nom !

— Plein de gros ? s'exclame Robbie. Tu es vraiment une peste, Alice.

— Mais c'est la vérité ! Coffs Harbour est un trou perdu, la dernière station où aller sur la côte. Impossible d'être en bord de mer, la voie ferrée passe entre les maisons et la plage. Croyez-moi, c'est nul. Il n'y a que des ringards, des gens qui bouffent de la margarine à la place du beurre et repassent leur jeans en faisant des plis. Mes parents y allaient souvent, c'est dire ! »

Alice ne m'a pas beaucoup parlé de ses parents et je m'interroge sur leurs relations. Parfois, on sent chez elle de l'affection et de l'admiration envers sa mère, mais, la plupart du temps, c'est plutôt de la dérision, voire de la cruauté. Quand elle se moque de son père et de sa mère – dénigrant leur pauvreté, leur mauvais goût, leur stupidité –, cela me choque.

Alice, Robbie et moi tentons d'organiser un week-end ensemble. Je m'imagine en train de nager, de manger et de bavarder avec eux et cette perspective me plaît énormément, mais nous n'arrivons pas à nous mettre d'accord sur notre destination. Le petit budget dont chacun dispose n'arrange rien, surtout qu'Alice fait la difficile.

Je me sens un peu coupable, car mes parents ont une résidence dans le parc naturel des Blue Mountains, non loin de Sydney, où ils vont de temps en temps en week-end. C'est une jolie maison moderne en bois clair et en inox, avec une vue magnifique sur les montagnes. Mon père en a dessiné les plans et il y a mis tout ce qu'il aime en architecture : style, confort, lignes épurées, air et lumière. Il y a aussi une piscine et un court de tennis, ce qui fait qu'on ne s'y ennuie jamais. Elle est entourée de deux hectares de terrain, et bien abritée derrière un épais rideau de conifères.

Mes parents me la prêteraient volontiers. Ils me suggèrent souvent d'y aller en week-end avec des amis. Mais ce serait trop pour moi. Je n'y suis retournée qu'une fois après la disparition de Rachel. Nous étions encore tous les trois sous le choc et cette période avait été affreusement douloureuse, comme si toute la beauté, toute la gaieté de l'endroit avaient été aspirées par le vide créé par son absence.

Pendant les vacances scolaires, nous quittions Melbourne et nous passions une ou deux semaines dans cette maison. Rachel pouvait y répéter tranquillement. Nous l'écoutions jouer sur le piano installé au centre du salon, tout en buvant un thé, assis sur la terrasse. Le séjour se passait dans le plus grand calme, car nous n'avions ni télévision ni radio. Nous marchions, nous nagions, et le soir nous jouions au Scrabble ou aux échecs.

J'ai du mal à le croire aujourd'hui, mais il m'arrivait de m'ennuyer. Cette idée même m'est pénible et, pourtant, il me tardait souvent de rentrer chez nous, pour retrouver mes amis, ma vie sociale, mon petit copain du moment. J'ignorais que ce bonheur paisible était fragile. Si j'avais su qu'il pouvait être détruit si facilement, je l'aurais mieux apprécié.

Avec le recul, je me rends parfaitement compte que nous étions privilégiés et j'ai honte de ne pas en avoir eu conscience alors.

C'est pourquoi je ne parle pas de la maison à Alice et à Robbie. Je propose à la place que nous descendions vers le sud.

« L'eau sera froide, proteste Alice. Moi, j'ai envie d'aller vers le nord, elle sera plus chaude.

— Tu ne sentiras pas la différence, dit Robbie, mais vers le sud, c'est plus tranquille et moins cher. (Il se tourne vers moi avec un petit sourire complice.) Excellente idée, Katherine. »

Alice nous dévisage tour à tour.

« Hé, vous deux ! On s'entend sur mon dos ? (Elle fait mine de rire, mais il y a une certaine froideur dans sa voix.) Je vous rappelle que tout cela me concerne. Vous n'avez pas vraiment le droit à la parole. D'ailleurs, sans moi, vous n'auriez même pas fait connaissance.

— Ferme-la, Alice. (Robbie lève les yeux au ciel et lève sa tasse vide.) J'aimerais bien un peu plus de café. Joue les hôtesses et apporte-nous-en. »

Alice approche son visage de celui de Robbie, l'air furieuse, et je me demande si elle ne va pas le mordre. Mais elle presse ses lèvres contre les siennes et introduit de force sa langue à l'intérieur de sa bouche, puis, tout aussi brutalement, elle recule et ramasse nos tasses.

« Un autre café ? Un peu plus de thé, Katherine ? demande-t-elle sur un ton enjoué.

— Oui, merci. »

Robbie la suit du regard pendant qu'elle quitte la pièce.

« Elle parlait sérieusement ? » dis-je.

Il me contemple avec stupéfaction, comme s'il avait oublié ma présence.

« Tu veux dire, quand elle a déclaré que tout cela ne concernait qu'elle ? dit-il. Oui, très sérieusement.

C'est une narcissique de première. Elle ne s'intéresse qu'à elle. »

Sur le moment, je me dis que les paroles de Robbie ont dépassé sa pensée. N'est-il pas amoureux d'elle, après tout ? C'est vrai, Alice est assez égoïste, mais elle est également adorable et capable de la plus grande générosité.

« Pourtant, tu l'aimes quand même, Robbie ? »

Un voile de tristesse passe sur son visage.

« C'est une vraie drogue. Il m'en faut toujours plus. Je sais qu'elle est nocive pour moi, que je ne serai jamais heureux avec elle, mais qu'importe. (Il hausse les épaules et se détourne.) Je suis accro. Accro à Alice. »

— Qu'est-ce... »

Je suis sur le point de lui demander ce qu'elle a fait exactement, pourquoi il pense qu'elle est nocive pour lui, mais Alice revient dans la pièce avec nos tasses remplies d'un liquide fumant.

Robbie tend la main pour prendre la sienne et Alice se baisse pour l'embrasser tendrement.

« Tu es un amour, Robbie. Une star. »

Robbie lève les yeux au ciel, sans parvenir à dissimuler son plaisir devant une telle manifestation d'affection.

« Et toi, miss Katherine, déclare Alice en me donnant ma tasse, tu es une véritable légende. »

Je souris et bois une gorgée de thé.

Alice s'assoit, puis se penche en avant, le visage animé.

« Dans la cuisine, je pensais à la chance qu'on a de s'être trouvés, tous les trois. C'est un peu mélo de dire ça, mais on s'entend bien, n'est-ce pas ? On est comme... comme les pièces d'un puzzle qui s'emboîtent parfaitement. (Elle a un petit sourire gêné.) Enfin, je voulais juste dire ça. Dire que vous êtes vraiment importants pour moi. Mes deux meilleurs amis. »

Il y a un petit silence, puis Robbie se donne une tape sur le genou.

« Les pièces d'un puzzle ! s'exclame-t-il. (Il me regarde, hilare. Toute trace d'inquiétude a disparu chez lui.) C'est bien ce que j'ai entendu ? »

Je confirme d'un signe de tête.

Alice prend un air faussement contrit. « J'avoue, je l'ai dit. Mais j'ai des excuses. J'ai été élevée par une mère qui passait son temps à regarder des feuilletons comme *Des jours et des vies*. C'est normal que je sois imprégnée de clichés.

— Franchement, Alice, il n'y a pas d'excuses pour être si tarte ! »

Alice éclate de rire.

« D'accord. Je suis percée à jour. En fait, Coffs est ma station balnéaire préférée, j'adore la margarine, et je dois me retenir pour ne pas faire un pli en repassant mes jeans. Mais je me soigne, promis juré. »

Nous continuons à plaisanter et à envisager notre week-end ensemble. J'oublie de m'interroger sur ce que Robbie a dit d'Alice et ne pense plus à lui en parler. Bon, Alice a ses défauts, et alors ? Nous en avons tous. Je suis trop heureuse pour m'encombrer la tête avec ça. Trop heureuse pour écouter la petite voix méfiante qui commence à se manifester dans ma tête.

9.

« Et alors, qu'est-ce qui s'est passé ? a demandé Carly, l'air avide. Allez, tu ne vas pas t'arrêter là ! »

Mais Rachel est apparue dans l'encadrement de la porte, son pyjama tout froissé, le visage rougi par les larmes. J'ai tendu la main vers elle.

« Rach ? Que t'arrive-t-il ?

— J'ai encore fait un cauchemar.

— Viens t'asseoir avec nous », ai-je dit avec un sourire d'excuses à l'intention de Carly, à qui j'étais en train de raconter ma soirée de la veille avec mon petit copain, Will. On s'était embrassés et caressés, et on avait bien failli avoir des rapports sexuels. Carly mourait d'envie d'avoir tous les détails.

C'était ma meilleure amie. Une fille franche, drôle et exubérante. En classe, je l'avais tout de suite détestée, car je trouvais qu'elle en faisait trop, avec ses grosses blagues. La réciproque était vraie et elle m'a plus tard avoué que, pour sa part, elle m'avait considérée comme une « sale gosse de riches plutôt coincée », selon ses propres termes.

Notre amitié était née en cinquième, quand nous étions parties en camp avec l'école : une semaine destinée à nous aider à « nous trouver », dans le froid, l'humidité et le plus grand inconfort, la faim au ventre. Carly et moi étions affectées à la cuisine, et la lutte pour réussir à nourrir chaque soir nos camarades avec trois fois rien et pour gérer leurs plaintes avait tissé entre nous des liens solides. J'admirais sa capacité à faire de l'humour avec tout et n'importe quoi. Quant à elle, elle appréciait ma détermination farouche à tirer le meilleur de ce que nous avions. À dater de ce moment, nous étions devenues inséparables.

Rachel s'est assise à côté de moi et j'ai passé mon bras autour de ses épaules.

« C'est encore le même cauchemar ?

— Oui. »

Je me suis tournée vers Carly. « Rachel fait toujours ce rêve épouvantable dans lequel elle voit une fille qu'elle pense connaître, ai-je expliqué. Comme la fille sourit, elle va vers elle.

— Plus je m'approche et plus son visage me semble familier, a continué Rachel. Au début, je suis très heureuse de la voir, je l'aime beaucoup. Puis je trouve qu'elle n'est pas aussi gentille qu'elle en a l'air. En la voyant de près, je m'aperçois qu'il s'agit de moi et je comprends. Si je vois mon visage en face, ça veut dire que je vais mourir. Je suis prise de terreur et j'essaie de faire demi-tour, pendant qu'elle sourit d'une manière horrible, démoniaque. Je veux me mettre à courir, mais je reste clouée sur place et elle se met à rire. C'est absolument terrifiant. Cette fille qui me représente est comme une messagère de la mort.

Carly a frissonné.

« J'en ai la chair de poule, Rachel. Pas étonnant que ça t'effraie.

— Allonge-toi un peu, ai-je proposé à ma sœur. Essaie de te rendormir. Demain, tu as une répétition importante et tu dois te reposer. »

Elle s'est installée dans mon lit. Je l'ai bordée, puis je me suis de nouveau assise sur le sol.

« Raconte la suite, a chuchoté Carly.

— Non. Attends que Rachel soit endormie. »

Rachel est intervenue.

« Je sais que vous parlez de garçons. Je vous ai entendues tout à l'heure. Ne vous arrêtez pas pour moi. Ça ne m'intéresse pas. Je ne vais même pas écouter.

— Promis, Rach ?

— Je tombe de sommeil. Dans deux minutes, je dors. D'ailleurs, je ne tiens pas à savoir ce que tu fais avec Will, ce n'est pas passionnant. »

À mi-voix, pour que ma sœur ne puisse entendre, j'ai donc raconté à Carly ce qui s'était passé entre Will et moi. Du moins sur le plan physique, car nos rires émerveillés, nos mots d'amour et nos promesses de fidélité avaient quelque chose de sacré que je préférais garder pour moi.

Le lendemain, avec Carly, j'ai retrouvé Rachel après sa répétition de piano. Depuis quelque temps, nous nous étions mises au café et nous n'aimions rien tant que de nous installer dans un café devant un cappuccino pour regarder les autres consommateurs et échanger les derniers potins. Nous avions l'impression d'être des adultes, mais, au contraire de la plupart des autres activités sociales auxquelles nous commencions à participer – soirées, sorties avec les garçons, alcool –, celle-ci ne présentait aucun risque. On n'avait rien à dissimuler, personne à essayer d'impressionner. On pouvait se contenter d'être soi-même.

Nous avons donc emmené Rachel au café. Elle nous a parlé avec enthousiasme de son prochain concert : les musiciens étaient fantastiques et ils s'accordaient parfaitement sur l'interprétation du morceau. J'aimais bien discuter de musique et je connaissais les musiciens en question, mais j'ai bien vu au bout d'un moment que Carly s'ennuyait. Elle regardait ailleurs et tapotait nerveusement la table.

Rachel s'en est aperçue, elle aussi.

« Excusez-moi, ce n'est pas très intéressant pour vous.

— À quelle heure devez-vous rentrer ? m'a demandé Carly.

— Moi, je n'ai pas d'heure précise, mais Rachel doit aller faire ses exercices. »

Rachel a regardé sa montre.

« Il est un peu plus de seize heures. On a le temps.

— Tu connais Jake, Ross et compagnie ? »

Carly s'adressait à moi et je devinais à son sourire qu'elle avait un plan dont je préférais exclure Rachel.

« Oui. »

Je voyais vaguement de qui il s'agissait. Des garçons qui étaient dans la classe au-dessus de la nôtre et faisaient partie d'un groupe de rock. Ils étaient très populaires et assez déjantés.

« Ils sont en répétition cet après-midi dans une grange. Tous les élèves de première et de terminale vont sans doute aller les écouter. Il y aura de la musique et de la bière. La fiesta, quoi.

— Ça a l'air sympa, ai-je dit.

— Je peux venir ? m'a demandé Rachel.

— Tu es plus jeune que les gens qui vont être là, Rach. Ils vont boire, tout ça… Tu ne seras pas à ta place.

— Pourquoi, si la musique est bonne ?

— Pas question. Tu dois rentrer répéter.

— S'il te plaît, Katie. Je sais que tu me considères encore comme un bébé, mais ce n'est pas le cas. Et j'ai besoin de me distraire un peu. Pendant toutes les semaines qui viennent, je vais passer mon temps à répéter. Leur musique va m'inspirer.

— T'inspirer ? Du rock grunge amateur ?

— Juste une heure, Katie ! »

— Non. »

Carly est intervenue, l'air irritée.

« Allez, laisse-la venir. Qu'est-ce que ça peut faire ? On perd du temps à discutailler. »

Je n'avais en fait aucune raison de refuser. Nous pouvions passer une heure là-bas et revenir avant le retour des parents. Et Rachel aurait largement le temps de s'exercer. Non, en vérité, je ne voulais pas qu'elle vienne. Mais si je le formulais ouvertement, elle allait se mettre à pleurer et cela gâcherait tout. Je devrais la ramener à la maison, essuyer ses larmes, lui moucher le nez. Elle avait beau dire, elle se comportait parfois comme un bébé.

« Bon, d'accord, ai-je déclaré avec une froideur calculée. Viens, mais ne va pas me le reprocher si papa et maman font tout un souk. »

10.

Quand j'annonce à ma tante Vivien que je pars en week-end avec Alice et Robbie, elle a du mal à dissimuler sa surprise. Elle m'embrasse avant de partir au travail.

« Amuse-toi bien », me dit-elle.

Nous avons décidé de descendre vers le sud avec ma voiture, la nouvelle Peugeot, car c'est la plus rapide et la plus confortable. Nous quittons Sydney le vendredi matin. Alice et moi devrions être en cours, mais les professeurs sont assez coulants avec les élèves de terminale et ils ne feront sans doute aucun commentaire sur notre absence. À tout hasard, j'ai emporté avec moi *Hamlet*, que je compte relire sur la plage. Quant à Robbie, il a pu obtenir un congé de fin de semaine du patron du restaurant. Nous sommes tous les trois d'excellente humeur et plaisantons pendant les quatre heures de trajet jusqu'à Merimbula. À notre arrivée, nous faisons un tour au supermarché et achetons des provisions. Alice remplit le Caddie de chocolat et de sucreries, Robbie et moi nous chargeons des produits de base – œufs, lait, pain, papier-toilette. Nous plaçons nos achats dans le coffre, puis, après avoir consulté la carte, nous empruntons la petite route qui conduit à la plage.

Nous avons loué sur Internet une vieille maison en bois de trois pièces et, même si nous avons pu voir quelques photos, nous ne sommes pas sûrs de ce que nous allons trouver. Nous sommes donc soulagés et agréablement surpris en découvrant un charmant pavillon avec une terrasse dominant la plage.

Nous nous précipitons à l'intérieur avec des cris ravis.

« Vous avez vu la baignoire ? Elle est gigantesque !

— Et la vue ! On entend la mer dans chaque pièce. C'est vraiment génial.

— Les lits sont hyperconfortables ! »

Après avoir enfilé nos maillots, nous nous précipitons sur la plage et plongeons dans les vagues. La mer est très froide, mais je ne m'en préoccupe pas. Je suis bien trop heureuse en pensant à ces trois jours de plaisir et d'amitié qui nous attendent. Alice et Robbie s'éclaboussent et s'étreignent en riant. Elle lui échappe, il la rattrape et, lorsqu'elle se dégage à nouveau, la bretelle de son haut de maillot glisse, révélant un sein. Elle n'en rit que plus fort, comme une gamine, et baisse l'autre bretelle, ce qui fait qu'elle a les deux seins à l'air. Elle les prend dans ses mains et les pointe en direction de Robbie.

« Bang, bang, tu es mort ! » s'écrie-t-elle.

Robbie fait mine d'être touché et se laisse tomber dans l'eau.

Alice se tourne alors vers moi et recommence.

« Pitié ! » dis-je en riant.

À ce moment-là, je me retourne et aperçois un couple d'un certain âge qui passe en nous jetant un coup d'œil réprobateur et dégoûté.

Alice suit mon regard et les découvre à son tour. Je vois son expression changer. Soudain furieuse, elle leur fait face, détache son soutien-gorge, puis entreprend d'ôter le bas. Quand elle est nue, elle se redresse d'un air de défi, un sourire provocateur aux lèvres.

L'homme et la femme s'éloignent en marmonnant, le visage cramoisi, tandis qu'Alice rejette la tête en arrière et rit de plus belle.

Ce soir-là, nous faisons un festin de délicieux *fish and chips* achetés dans le coin, puis nous nous installons sur les canapés du séjour en bavardant de choses et d'autres.

« Bon Dieu, je déteste ce type de gens, déclare soudain Alice.

— Qui ça ?

— Les culs-serrés de province qu'on a vus à la plage, des conservateurs à l'esprit étroit. »

Robbie lui jette un coup d'œil intrigué. « À l'esprit étroit, vraiment ? Comment peux-tu le savoir, alors que tu les as vus pendant quarante-cinq secondes à peine ?

— Oh ! c'est évident. Vie étriquée, coupe de cheveux hideuse, vêtements affreux. Des gros lards, moches sous tous les angles. Le genre qui vote à droite et déteste les homos. Qui dit des trucs comme... (Alice prend une inspiration puis déclare avec un lourd accent australien :) "C'est une gentille fille, même si elle est noire. Mais enfin, je n'irais pas jusqu'à l'inviter à dîner". »

Je ris, pensant qu'elle plaisante. Robbie, lui, reste sérieux et la regarde d'un air navré.

« Tu peux vraiment être une garce, constate-t-il.

— Ce n'est pas faux, mais je suis sûre que, dans le cas présent, je ne me trompe pas. (Elle tend l'index en direction de Robbie.) Toi, tu es trop gentil, ça te perdra.

— Je ne suis pas gentil, c'est toi qui es injuste. Tu... »

Alice le coupe par un bâillement bruyant et s'étire.

« Je suis peut-être injuste, et alors ? déclare-t-elle. Le monde n'est pas juste, Robbie. Et crois-moi, je connais ces gens-là. Ils sont comme mes parents, bourrés d'amertume et de tristesse. Ils passent leur temps à s'occuper de ce que font les autres, parce que leur existence minable est à mourir d'ennui. Je le lis dans leur regard. Je le sens à des kilomètres. (Elle se lève et s'étire de nouveau, de sorte que son T-shirt remonte, découvrant son ventre bronzé et son piercing au nombril.) Bon, on a eu cette conversation des dizaines de fois et on n'est pas d'accord. Ça ne changera pas. Je vous laisse. Je suis très fatiguée. »

Sur ces mots, elle nous envoie un baiser du bout des doigts et quitte la pièce.

Robbie et moi échangeons un sourire. Nous l'entendons parler toute seule à côté en se déshabillant, puis les ressorts du sommier grincent lorsqu'elle se met au lit.

« Ne faites pas de cochonneries sans moi, lance-t-elle. Bonne nuit, les enfants. Soyez sages.

— Bonne nuit, Alice. »

Robbie rompt le silence.

« Tu veux qu'on aille s'asseoir sous la véranda ? »

Je fais signe que oui. À la façon dont il installe nos chaises et attend que je me sois assise pour parler, je devine qu'il a une idée derrière la tête.

« Je voudrais te demander quelque chose, dit-il enfin. Mais je déteste poser ce genre de questions et je comprendrais que tu m'envoies me faire voir ailleurs. »

Je me mets à rire. « OK, va te faire voir.

— Attends au moins la question. (Il se tourne vers la maison avant de poursuivre :) Katherine, est-ce qu'Alice t'a fait des confidences ? À mon propos, je veux dire. Elle t'a parlé de ses sentiments ?

— Pas vraiment. »

Il reste dans l'expectative, pensant que je vais en dire plus, mais, en vérité, quand Alice et moi sommes ensemble, elle me parle rarement de Robbie et pratiquement jamais de ce qu'elle ressent pour lui. Je lui ai demandé une fois si elle était amoureuse de lui et si elle le considérait comme son petit ami, mais elle s'est contentée de secouer la tête en riant, puis d'affirmer qu'elle n'était pas du genre à être la petite amie de qui que ce soit. Et même si, pour sa part, Robbie est visiblement très amoureux, j'ai toujours pensé qu'il y avait une certaine entente entre eux sur le sujet.

N'empêche que Robbie ne m'aurait pas interrogée s'il avait su où il en était. Il attend plus de leur relation qu'Alice ne veut bien lui donner. Brusquement, j'ai envie de lui dire de se protéger, de s'endurcir, de se tourner vers une autre fille s'il recherche une relation sérieuse. Mais je me tais. J'ignore ce que pense Alice – peut-être l'aime-t-elle tout en refusant de le reconnaître, peut-être a-t-elle peur de souffrir – et je ne me sens pas autorisée à donner des conseils à Robbie alors que je n'y vois pas plus clair que lui.

« Je la connais seulement depuis trois mois, dis-je.

— Mais vous êtes devenues très proches et vous passez beaucoup de temps ensemble. Tu dois avoir une idée de ce qu'elle éprouve, même si elle n'en parle pas ouvertement.

— Je n'en sais pas plus que toi, je te le jure. (Je le dévisage, étonnée.) Tu m'as pourtant bien dit qu'Alice était nocive pour toi. Tu l'as comparée à une drogue et je croyais que tu... que tu gardais les yeux ouverts ?

— C'est plutôt mon cœur qui est ouvert, répond-il tristement. Parfois, je suis capable de garder la tête froide et de me contenter de ce qu'elle peut m'offrir. Parfois, je ne vois que le négatif et me persuade que rien de bon ne peut sortir de ma relation avec elle. Enfin, disons que je fais semblant de m'en persuader, car en réalité il m'en faut toujours plus. (Il pousse un long soupir avant d'ajouter :) Désolé, je n'aurais pas dû t'ennuyer avec ça.

— Tu ne m'ennuies pas. Simplement, je n'ai pas de réponse.

— Je devrais peut-être consulter une voyante.

— Une voyante ! Pourquoi ne pas interroger directement Alice ?

— J'ai essayé, mais elle a l'art de détourner la conversation, tu as dû le remarquer. Quand je lui dis que je l'aime, elle éclate de rire et change de sujet, et si je deviens trop sérieux, elle bâille et me fait taire.

— Sans doute faut-il être plus direct. Demande-la en mariage, dis-je en plaisantant.

— Le pire, c'est que j'en suis tout à fait capable. Je n'hésiterais pas un instant à l'épouser et à lui faire une demi-douzaine d'enfants. Je prendrais un boulot ennuyeux pour nourrir ma petite famille et acheter une maison. Je l'aime. Elle est unique. Belle, intelligente, drôle, pleine d'énergie et d'enthousiasme. Avec elle, la vie est une fête. N'importe qui paraît triste à côté d'Alice.

— Je te remercie, Robbie !

— Excuse-moi. Tu n'étais pas visée, bien sûr.

— Je plaisantais. Mais tu as l'air d'être vraiment amoureux.

— Pathétiquement, ridiculement amoureux. D'une fille qui refuse de s'engager. »

Rien ne dit qu'il ait raison sur ce dernier point. À mon avis, ceux qui prétendent avoir peur de s'engager ont trouvé là une façon commode de se sortir d'une relation dont ils ne veulent pas, de laisser tomber quelqu'un sans blesser son amour-propre. Il est moins dur de s'entendre dire : « Tu n'es pas en cause, c'est moi qui suis incapable de m'engager » que : « Je ne tiens pas assez à toi pour continuer, salut. » Mais il ne se trompe peut-être pas sur Alice. Malgré son côté extraverti et chaleureux, elle a quelque chose de fermé, de secret, qui reste intouchable.

Les yeux fixés sur la mer, Robbie est perdu dans ses pensées.

« Robbie, elle t'a dit qu'elle refusait de s'engager, ou c'est ce que tu penses ?

— Elle ne me l'a pas dit, mais c'est évident, non ?

— Je n'en sais rien. Qu'est-ce qui te fait croire ça ?

— L'histoire de sa mère. Sa vraie mère. L'abandon, ce genre de trucs. Elle ne peut que se méfier de l'amour.

— Sa *vraie* mère ? De quoi parles-tu ? »

Il me dévisage avec stupéfaction.

« Elle ne t'a rien raconté ?

— Elle ne m'a pas tout raconté. Elle a été adoptée, ou quoi ?

— Aïe ! j'ai gaffé. Mieux vaut attendre qu'elle t'en parle elle-même.

— Tu en as déjà trop dit, Robbie. Bon, sa mère biologique l'a abandonnée et elle a été adoptée. Je sais déjà qu'elle n'aime pas ses parents adoptifs. Car je suppose que ce sont ces gens qu'elle appelle ses parents ?

— Oui. Elle les hait.

— Je comprends mieux, maintenant. Je me demandais comment elle pouvait raconter des choses si horribles sur ses parents et, quelques instants après, dire du bien de sa mère. C'est parce que ce sont des personnes différentes. Elle a deux mères.

— Exact. Sa vraie mère s'appelle Jo-Jo.

— Jo-Jo ?

— Le diminutif hippy de Joanne. C'est une junkie, droguée jusqu'à l'os. Une femme terriblement égoïste et centrée sur elle-même.

— Mais Alice…

— Alice l'adore. Joanne est riche. Elle a hérité une fortune de ses parents et maintenant elle en fait généreusement profiter sa fille. Elle satisfait tous ses caprices. Et puis, elle a beau être ravagée par la drogue, elle se conduit comme si elle était supérieure aux parents adoptifs d'Alice. Et sa fille rentre à fond dans son jeu. »

Je pousse un soupir. « C'est donc pour ça qu'Alice possède tous ces vêtements chers et qu'elle n'a pas besoin de travailler. Jo-Jo lui donne de l'argent.

— Oui, elle se sent sans doute coupable. Elle a été incapable de s'occuper d'Alice et de son jeune frère quand ils étaient petits et elle essaie maintenant de compenser avec le pognon. »

Je secoue la tête, surprise.

« Alice a un frère ? Je n'en savais rien. Elle n'en a jamais parlé. Comment s'appelle-t-il ? »

Robbie plisse le front.

« Je l'ignore, en fait. Quand Alice parle de lui, elle devient bizarre. Visiblement, ça la perturbe. Elle l'appelle juste son petit frère. Je sais qu'il a eu des gros ennuis avec la loi, mais j'ignore pourquoi exactement. La drogue, sans doute, comme leur mère. »

Je découvre avec stupéfaction qu'Alice, elle aussi, a des secrets aussi destructeurs que les miens. Nous avons plus de choses en commun que je ne le pensais et soudain je me dis que cette coïncidence vient s'ajouter au reste, que c'est un signe de plus qu'Alice et moi étions destinées à nous rencontrer et à devenir amies.

« Quel gâchis, Robbie ! La vie peut être un vrai merdier. Pauvre Alice ! »

En fait, je pense « pauvres de nous ». Nous avons affronté tous les trois des événements douloureux – meurtre, cancer, abandon – et, pour la première fois, je suis tentée de parler de Rachel à Robbie. Non pas pour qu'il me plaigne, mais pour la crédibilité que me donnera le vécu d'une tragédie. Même si j'affirme à Robbie et à Alice que je comprends ce qu'ils éprouvent, mes mots doivent sonner creux dans la mesure où l'un et l'autre ignorent tout de ma vie. Les mots apaisants, mais vides de sens, des gens sans histoire.

Néanmoins, je crains de regretter au matin d'avoir fait cette confidence et je préfère me taire.

Je me réveille de bonne heure le lendemain, en pleine forme malgré une courte nuit. Le soleil baigne mon lit et je profite de sa chaleur un moment sous les couvertures. J'entends la rumeur de l'océan et les voix de Robbie et d'Alice qui rient et bavardent dans leur chambre.

Je me lève, enfile mon peignoir et me rends dans la cuisine, où je me prépare une tasse de thé. Puis je vais la boire sous la véranda, appuyée contre la rambarde, en contemplant la plage. L'océan d'un bleu turquoise est splendide et les vagues viennent lécher le sable. Je pose ma tasse vide sur le sable, puis, après m'être assurée que personne ne peut me voir, je quitte mon peignoir et pique une tête dans l'eau.

La mer est si calme que je peux tranquillement faire la planche et nager. Quand je regagne la plage, un peu plus tard, je suis à la fois revigorée et fatiguée. Je me rhabille et retourne dans la maison.

Alice m'entend rentrer. « Katherine ? Qu'est-ce que tu fais ? »

Je vais jusqu'à leur chambre et reste sur le seuil. Ils sont assis sur le lit, leurs jambes emmêlées. Quand il me voit, Robbie tire le drap à lui avec un sourire gêné. Je souris à mon tour.

« Le temps est superbe et je suis allée faire quelques brasses, dis-je. L'eau est bonne. Vous devriez m'imiter pendant que je prépare le petit déjeuner. Des œufs Benedict, ça vous irait ?

— Tu vas me rendre énorme avec tes recettes délicieuses ! (Alice s'étire en bâillant.) Énorme comme mes monstrueux parents adoptifs. À propos de… »

Elle me regarde et hausse les sourcils.

Devant l'air mécontent d'Alice, qui me fait penser à une mère attendant que son enfant avoue une sottise, je me sens mal à l'aise comme si j'avais commis une indiscrétion.

« Oui, Robbie m'a mise au courant que… tu étais adoptée et que tu avais un frère. J'espère que cela ne te gêne pas ? »

Mais son expression est redevenue indifférente et je me demande si je n'ai pas rêvé.

« Il ne s'agit pas d'un secret d'État, répond-elle en haussant les épaules. Simplement, je n'ai pas eu l'occasion de t'en parler. Ce n'est rien, en fait. Aucune importance. »

Je remarque que Robbie se crispe. Ses lèvres frémissent et il lève les yeux au ciel.

« Bien sûr, soupire-t-il. Rien n'a d'importance pour toi, n'est-ce pas, Alice ? Rien. Rien. Rien. Ton mot préféré. »

Alice réagit avec colère.

« Si ma façon de penser ne te plaît pas, explique-moi ce que tu fais ici, Robbie, lance-t-elle d'une voix glaciale.

— Je n'ai pas dit que je désapprouvais ta façon de penser. C'est ta façon de balayer d'un revers de main tout ce qui est émotionnel que je trouve nulle. Cette espèce de provocation, comme pour te défendre de quelque chose. C'est malsain. »

Elle se glisse au bas du lit et se plante là, les mains sur les hanches, vêtue d'une chaste chemise de nuit blanche. Ses joues sont devenues écarlates et ses yeux lancent des éclairs. Elle est belle, et il y a en elle quelque chose d'innocent et de dangereux tout à la fois.

« De quoi *parles-tu*, Robbie ?

— Je parle de toi, Alice. De ta famille. De ta mère et de ton frère. Tu as un frère dont je ne connais même pas le prénom et dont Katherine ignorait jusqu'à l'existence. Tu ne crois pas que c'est bizarre ? Tu ne parles jamais de lui. Jamais de tes parents, ni de ton enfance. Tu ne parles jamais de rien.

— Et pourquoi le devrais-je, Robbie ? Parce que tu as décidé qu'il le fallait ? Qu'est-ce que tu as tellement envie de savoir, d'ailleurs ? Quel détail sordide veux-tu connaître ? Tu sais déjà que Jo-Jo est accro à l'héroïne. Que je suis une enfant adoptée. D'accord, je ne parle pas de mon frère, mais c'est parce que nous n'avons pas grandi ensemble, qu'il a été adopté par des abrutis et qu'il a eu une vie de merde. Je ne parle pas de lui parce que je le vois rarement, pour des raisons évidentes puisqu'il est en prison. Et je ne parle pas de lui parce que des gens comme vous sont incapables de comprendre ce que nous avons vécu. »

Je reste pensive. Alice a des secrets, moi aussi. C'est notre droit. J'ai envie de dire à Robbie de la laisser tranquille, mais je n'ai pas à me mêler de ça. Je me dirige vers la cuisine.

Alice me rappelle.

« Ne t'enfuis pas ! » m'ordonne-t-elle.

Ce ton impératif me déplaît et je lui réponds avec la même froideur.

« Je ne m'enfuis pas, je vais préparer le petit déjeuner. Je meurs de faim.

— Je veux juste ton avis, poursuit-elle, comme si elle n'avait pas entendu. Tu ne crois pas que j'ai le droit de décider de quoi je veux parler ? Est-ce que j'ai tort de garder certaines choses pour moi ? (Elle lance un regard noir à Robbie, puis se tourne vers moi, l'air interrogateur.) Ou bien les amis doivent-ils tout se dire ?

— Évidemment non », dis-je calmement.

Bien sûr que tu peux avoir des secrets, j'en ai moi aussi. Gardons-les au plus profond de nous-mêmes et essayons de les oublier. Ne parlons plus d'eux. Plus jamais.

Je ne peux en dire plus, car Robbie intervient. « Laissons Katherine en dehors de notre dispute, Alice. Cela ne la concerne pas.

— Elle est pourtant là, en train d'écouter.

— Je n'écoute pas, dis-je, sur la défensive. Je voulais m'en aller et c'est toi qui m'as demandé mon avis. »

Sur ces mots, je repars en direction de la cuisine en claquant la porte. J'entends Robbie pousser une exclamation et Alice lui répondre sur un ton rageur.

Je suis piquée au vif par la réflexion d'Alice, et humiliée à l'idée d'avoir eu l'air d'écouter aux portes.

Je sors du réfrigérateur les ingrédients du petit déjeuner – œufs, beurre, bacon, citron, ciboulette – et les dispose sur le plan de travail. Je commence par préparer la sauce hollandaise en séparant les blancs des jaunes. Le son de la voix d'Alice et de Robbie me parvient, beaucoup plus calme, comme s'ils étaient en train de se réconcilier. Tout en battant vivement les jaunes, le saladier serré contre moi, je me surprends à sourire. Pour la première fois, nous venons de nous disputer.

Comme font tous les amis.

11.

Il n'est pas encore dix-sept heures lorsque Sarah et moi arrivons à Jindabyne. J'adore cet endroit, son rythme paisible, son air vif et frais, son lac artificiel. La station est plus cosmopolite qu'à l'époque où les parents nous y emmenaient, et des cafés et des restaurants modernes bordent la rue principale. Mais elle conserve une atmosphère paresseuse que j'attribue aux rues larges, à la lenteur de la circulation, au calme qui succède à la période de pointe hivernale.

J'ai loué un chalet près du lac, avec une terrasse qui donne sur l'eau. L'endroit est agréable et la propriétaire a eu la gentillesse de mettre le chauffage en marche avant notre arrivée.

Sarah se précipite vers la fenêtre.

« Où est la neige ? demande-t-elle.

— Il n'y en a pas ici, ma chérie, mais demain, on va prendre un petit train qui monte dans la montagne. Et là, il y aura plein de neige.

— C'est un train magique ? Un train de neige magique ?

— Exactement.

— Est-ce que je peux aller jouer dehors ?

— Oui, mais pas longtemps. Il va bientôt faire nuit. »

J'aide Sarah à enfiler son blouson en polaire et ses bottes en caoutchouc. Tout excitée, elle sort du chalet en poussant des petits cris.

« Ne t'approche pas de l'eau sans que maman soit là », dis-je.

Je vais prendre les provisions que j'ai mises dans le coffre de la voiture et je les dépose dans la cuisine. De là, je peux voir Sarah tout en commençant à préparer le dîner. Elle creuse le sol avec un bâton en chantonnant gaiement. Outre du lait, du thé, du sucre et des céréales, j'ai apporté une laitue, un avocat, du vinaigre balsamique pour les assaisonner et de quoi faire des spaghettis au pistou.

Pendant que l'eau des spaghettis chauffe, j'enfile ma veste et m'assois sur la terrasse pour regarder Sarah jouer.

« Maman, t'es heureuse ? demande-t-elle au bout d'un moment, sans interrompre son jeu.

— Bien sûr, ma chérie, dis-je, frappée par le ton sérieux de sa question. Je t'ai, Sarah, et ça fait de moi la maman la plus heureuse, la plus chanceuse du monde. Tu sais ça ?

— Oui, mais t'es triste parce que t'as pas un papa ?

— Voyons, j'ai un papa. Ton papi est mon papa. »

Elle se tait, le front plissé, puis lève les yeux vers moi.

« Je veux dire un papa pour moi, dit-elle enfin. T'es triste parce que t'as pas un papa pour moi ? »

Instinctivement, j'ai envie de la prendre dans mes bras et de la câliner, d'éviter de parler de ce genre de sujet, trop douloureux, je pense, pour une petite fille. Mais je sais par expérience qu'elle a besoin que je fournisse une réponse à ses questions, et qu'elle les posera jusqu'à ce qu'elle en obtienne.

« Oui, je suis un peu triste, dis-je. Ton papa me manque et j'aimerais qu'il ne soit pas mort. Mais le bonheur que tu me donnes est beaucoup plus grand que la tristesse. »

Soulagée, elle m'adresse un petit sourire.

Je me demande si ce que je viens d'affirmer est vrai. Le bonheur ne se mesure pas. Bien sûr, il y a des moments où je suis heureuse, des moments où, avec Sarah, j'oublie qui je suis et ce qui est arrivé, où je parviens à profiter du présent et à oublier le passé. Mais j'ai un poids sur moi, une profonde tristesse vis-à-vis des vicissitudes de l'existence que j'ai du mal à ignorer. Parfois, je me rends compte que des jours, des semaines se sont écoulés sans même que je m'en rende compte, comme si j'avais été en pilotage automatique. J'ai l'impression d'être un robot programmé pour m'occuper de Sarah, sans éprouver le moindre désir. Désormais, c'est par elle que passe mon espoir de bonheur. Si elle va bien, si elle peut vivre une existence sans malheur, sans tragédie, je serai satisfaite. Mais je suis incapable d'attendre autre chose que le bonheur de Sarah. Aimer ma fille est le seul investissement affectif que je souhaite faire.

12.

« Donc, tu viens vendredi soir ? demande maman.

— Oui. »

Je m'apprête à lui dire au revoir et à raccrocher lorsqu'elle ajoute :

« Pourquoi n'amènerais-tu pas ta nouvelle amie, Alice ? On serait ravis de faire sa connaissance. »

Je doute que mes parents aient vraiment envie qu'Alice m'accompagne. Ils ne semblent plus guère apprécier les contacts sociaux. Il est pénible de sourire et de converser alors qu'on ne pense qu'à la mort de son enfant, un sujet impossible à évoquer sans effrayer ses interlocuteurs. Mais j'apprécie qu'elle fasse cet effort pour moi, qu'elle tienne à ce que je mène une vie aussi normale que possible.

J'ai réfléchi à l'idée de présenter Alice à mes parents et, finalement, j'ai décidé de ne pas le faire. Ils sont si tristes que les autres personnes risquent de ne pas savoir comment se comporter avec eux. Et comme je n'ai pas encore parlé de Rachel à Alice, elle serait déconcertée devant leur sérieux et leur incapacité à rire et à plaisanter.

« On verra, maman. Elle est très occupée, tu sais.

— S'il te plaît, ma chérie, pose-lui la question, au moins. Je sais que nous ne sommes pas gais, mais ce serait vraiment agréable de voir un visage nouveau.

Et cela ferait beaucoup de bien à ton père de constater que tu te distrais un peu en compagnie de quelqu'un de ton âge. »

Il est si rare que maman me demande quelque chose, et avec une telle insistance, que je promets de poser la question à Alice et de lui donner la réponse le lendemain. Elle veut avoir le temps de faire des provisions, le cas échéant.

Alice accepte. Avec un petit rire, elle ajoute qu'elle attendait que je le lui propose.

Le premier soir, comme je le prévoyais, mes parents font allusion à Rachel, mais je me hâte de détourner la conversation pour ne pas avoir à raconter devant Alice ce qui s'est passé. Ils se demanderaient sans doute avec étonnement pourquoi je ne lui avais rien dit jusque-là.

Je vais donc devoir le faire. Impossible que le nom de Rachel ne soit pas de nouveau prononcé au cours du week-end. Aussi, lorsque Alice et moi montons nous coucher, je lui demande de venir quelques instants dans ma chambre.

« Pourquoi ? glousse-t-elle. Tu y caches une provision de substances illicites ?

— J'ai quelque chose à te dire. »

Elle me regarde avec de grands yeux, surprise par mon ton sérieux.

« D'accord, j'arrive tout de suite, le temps d'aller faire pipi. »

Quand elle revient, nous nous asseyons en tailleur sur mon lit, face à face.

« J'avais une sœur, Rachel, dis-je posément. Elle a été assassinée. »

Alice se penche en avant, le front plissé.

« Pardon ? »

Je ne réponds pas. Je sais qu'elle a bien entendu. Elle a simplement besoin que l'information fasse son chemin dans son esprit. C'est toujours ainsi que les gens réagissent. Ils ont du mal à le croire.

« Raconte », dit-elle après un silence.

Je commence à parler. Les larmes coulent sans bruit sur mon visage. Je lui raconte tout, depuis le début. Depuis ce moment où, quelques années plus tôt, Rachel, Carly et moi avons pris un café ensemble et où j'ai décidé que nous irions à la fête. Je pleure en me remémorant l'horreur, mais aussi parce que cela me soulage de le dire enfin à quelqu'un. Et pour une fois, Alice écoute. Elle ne fait aucun commentaire, ne pose aucune question, la main posée sur mon genou.

« Mon Dieu ! s'exclame-t-elle lorsque j'ai terminé. Comme je vous plains, toi et tes parents. Pauvre Rachel ! »

Elle me prend dans ses bras et je reste ainsi à sangloter. Le réveil indique deux heures du matin quand elle m'aide à me coucher. Puis elle s'allonge auprès de moi et me caresse les cheveux, jusqu'à ce que je m'endorme.

Quand je m'éveille, le lendemain matin, elle est debout près de mon lit, une tasse de thé fumant à la main. « Tiens, je t'ai apporté ça », dit-elle en la posant sur la table de nuit.

Elle est habillée et je sens l'odeur citronnée de son shampoing sur ses mèches encore humides. Je m'assois, un goût amer dans la bouche, avec l'impression d'être vidée. Je prends la tasse et bois une gorgée de thé. Le liquide chaud et sucré me fait du bien.

« Comment vas-tu ? dis-je quand je me sens assez bien pour parler. Tu dois être crevée.

— Pas du tout. Je me suis levée de bonne heure, en pleine forme. J'ai pris le petit déjeuner avec Helen sous le porche. »

Je me demande pourquoi elle parle de ma mère en l'appelant par son prénom. Ce genre de familiarité n'est pas le genre de mes parents.

« On a parlé de Rachel », ajoute-t-elle.

Je n'en reviens pas. Qu'ont-elles bien pu se dire ? Généralement, maman n'est guère bavarde sur ce sujet avec des étrangers, craignant de voir la vie et la mort de ma sœur réduites à un récit. « Est-ce que... enfin... comment a-t-elle réagi ? Elle a parlé ?

— Si elle a parlé ? Elle n'a pas arrêté, Katherine. Je crois qu'elle en avait besoin. Ça a été... comment dit-on ?... une *catharsis*, je crois. Helen est une femme formidable. Elle est forte, mais elle avait besoin d'un exutoire. Il est évident qu'elle a gardé trop longtemps à l'intérieur cette rage et ce malheur. Nous avons passé un moment plein d'émotion qui nous a épuisées. On a ri, on a pleuré, on s'est embrassées. On a même versé un peu de rhum dans notre café pour tenir le coup. Tu comprends, elle s'est totalement ouverte à moi. Elle m'a dit des choses qu'elle n'a sans doute confiées à personne... (Alice penche un peu la tête et sourit, l'air rêveuse.) Je lui ai offert de nouvelles perspectives, une autre façon de voir les choses, plus indulgente. Je crois que ça l'a beaucoup aidée de pouvoir évacuer toute cette merde.

— Cette merde ?, dis-je, irritée sans trop savoir pourquoi. De quelle *merde* parles-tu ? »

Elle plisse les yeux, puis me considère avec étonnement.

« Oh, tu ne m'en veux pas, au moins ? C'est arrivé comme ça, tu vois. Je ne sais même pas qui a parlé de Rachel la première. Enfin, peut-être que c'est moi... mais je ne pouvais pas rester là, face à Helen, sans dire un mot à ce sujet. Cela aurait été un peu comme un mensonge. En tout cas, dès que j'ai prononcé ce prénom, Helen a lâché la bonde. »

Alice a une façon énervante d'appeler ma mère « Helen » et, à chaque fois, j'ai du mal à m'empêcher de lui dire d'arrêter.

Avec un soupir, je repousse les couvertures. Je me lève, puis j'enfile mon peignoir en évitant le regard d'Alice.

« Je vais voir si elle va vraiment bien, dis-je. Depuis la mort de Rachel, elle dissimule ses sentiments. Il faut bien la connaître pour savoir ce qu'elle pense. Et parfois, elle pousse la politesse au point de se faire du mal. »

Je quitte la pièce sans laisser le temps à Alice de répondre. Je sais que je suis impolie et que mon geste est théâtral, mais je suis certaine qu'Alice a tout interprété de travers. Si elles ont parlé de Rachel, maman doit être bouleversée. Et il y a dans l'attitude d'Alice quelque chose qui tient de l'autosatisfaction. Une complaisance très désagréable.

Maman est dans la cuisine, en train de pétrir de la pâte sur le plan de travail. Elle a un peu de farine sur la joue et elle chantonne.

« Oh, c'est toi, chérie ? demande-t-elle avec un sourire en portant la main à sa poitrine. Tu m'as fait peur !

— Comment vas-tu ? »

Sous mon regard attentif, elle touche sa lèvre, soulevant un petit nuage de farine. Je vois ses yeux s'embuer et je me dis qu'elle va fondre en larmes, mais elle sourit à nouveau.

« En fait, répond-elle, je vais très bien. Alice et moi, on a eu une conversation très intéressante ce matin. On a parlé de Rachel et cela a été pour moi comme une… *délivrance*. (Elle hoche la tête et se met à rire.) Figure-toi que j'ai juré et bu du rhum comme un marin. »

Je lève les yeux vers l'horloge de la cuisine.

« Du rhum ? À cette heure-ci ? Il est à peine plus de dix heures !

— Je sais qu'on n'aurait pas dû, mais ton amie Alice, c'est un personnage, hein ? Elle est vraiment *marrante*. »

J'ouvre le réfrigérateur et farfouille dedans.

« N'empêche que j'ai du mal à t'imaginer en train de dire des gros mots. »

Je n'ai pas pu me retenir de prononcer cette phrase sur un ton abrupt et désapprobateur.

« Pourtant, je l'ai fait ! répond-elle sans se départir de sa gaieté. (Si elle a remarqué ma mauvaise humeur, elle n'en montre rien.) Ces pauvres hommes. Leurs oreilles doivent siffler. »

Je claque la porte du réfrigérateur et me tourne vers elle, les yeux écarquillés. « Ces pauvres hommes ?

— Ces jeunes gens, disons. Ceux qui ont tué Rachel.

— Les pauvres ? Ils ne sont pas à plaindre ! Au moins, ils sont encore en vie, eux.

— C'est vrai. Et ils devront vivre jusqu'à la fin avec ce qu'ils ont fait.

— Enfin merde, ils n'ont que ce qu'ils méritent ! » dis-je avec rage.

Maman me considère en souriant.

« Vas-y, jure si ça te soulage. Laisse sortir tout ça.

— Maman, je l'ai déjà fait.

— Bon. J'en suis contente. Ça fait du bien de se mettre en colère, n'est-ce pas ? de se conduire mal, de temps en temps.

— Pour moi, ce n'est pas mal se conduire, mais se conduire comme quelqu'un de normal.

— Tu as raison. Alice m'a dit la même chose. »

Curieusement, honteusement, je suis déçue de la voir si heureuse. Je suis sans doute un peu jalouse qu'elle le doive à une conversation avec Alice et pas avec moi. « Tu n'es pas trop bouleversée, maman ?

— Si, évidemment, ma chérie. Ma fille a été assassinée. C'est juste que ça m'a fait un bien fou de... d'admettre à quel point je suis *en colère* ! D'exprimer un peu ma rage. (Elle se remet à pétrir la pâte avec vigueur.) Ces garçons, ces *salauds*, ils en ont tellement pris pour leur grade que j'ai failli les plaindre. »

Je fais bouillir de l'eau, prends le sucre, attrape une tasse, mets le thé dans la théière. En dix-huit ans ou presque, je n'ai jamais entendu ma mère dire des gros mots. Et loin de me réjouir de la voir lâcher prise, je suis blessée, au bord des larmes. Cent fois, j'ai tenté de la faire parler de Rachel, de la laisser exprimer sa colère, crier, hurler face à une telle injustice, mais elle est toujours restée de marbre, refusant de se laisser submerger par l'émotion.

Et, avec une facilité dérisoire, Alice a réussi là où j'ai échoué.

Je finis de préparer mon thé sans mot dire. Au moment où je m'apprête à rejoindre ma chambre pour le boire seule, maman s'approche de moi. Elle pose la main sur mon épaule et la presse. « C'est une fille bien, Alice. Je suis ravie que tu l'aies invitée ici ce week-end. »

Je m'efforce de sourire.

« Et elle te porte aux nues, poursuit-elle. Elle ne cesse de chanter tes louanges. C'est merveilleux que vous soyez devenues amies. » Elle se penche et m'embrasse sur la joue, puis elle m'ouvre les bras. Elle est radieuse, pour la première fois depuis que ma sœur est morte. Je pose ma tasse et me blottis contre elle. Nous restons ainsi pendant un long moment et, lorsque nous nous séparons, ma colère contre Alice a disparu. Alice a redonné la joie de vivre à ma mère et, au lieu de me comporter comme une gamine égoïste et jalouse, je devrais lui en être reconnaissante. Je regagne ma chambre en me promettant d'être à l'avenir plus ouverte et plus compréhensive à son égard. Après tout, elle est animée des meilleures intentions. C'est une bonne amie, gentille et généreuse, et elle a du cœur.

13.

En route vers la grange, nous nous sommes arrêtées chez Carly pour qu'elle se change. Elle a troqué son uniforme contre un jean, un top moulant rose et des sandales plates en cuir or. Elle nous a également proposé de nous prêter des vêtements et j'ai choisi un jean et un T-shirt à rayures, mais rien n'allait à Rachel, car elle était beaucoup plus menue que Carly.

« Je vais avoir l'air plouc avec mon uniforme, a gémi Rachel. On verra que moi ! »

Elle avait déjà ôté la cravate réglementaire et ouvert le col de son chemisier, mais elle ne pouvait raccourcir la jupe caractéristique des écoles privées, un kilt vert foncé qui lui arrivait à mi-mollet.

« Aucune importance, ai-je répondu. On te remarquera de toute façon, car tu seras la plus jeune, la seule fille de quatorze ans à des kilomètres à la ronde.

— Mais je…

— Arrête de te plaindre. Il n'était même pas question que tu viennes, souviens-toi. Ce sont mes copains, pas les tiens. »

Toutes les deux, nous avons détaché nos cheveux, blonds et lisses chez Rachel, bruns et bouclés chez moi. Puis on s'est maquillées avec du gloss, du mascara et de l'*eye-liner* empruntés à Carly.

Carly a sorti son mobile de son cartable et l'a éteint.
« Si vous ne voulez pas que vos parents vous appellent,
laissez aussi les vôtres ici, a-t-elle dit en le posant sur
son lit. Je vous les rapporterai demain en classe. »

Rachel m'a regardée, attendant que je prenne la décision. J'ai haussé les épaules, puis j'ai pris mon mobile et
l'ai jeté sur le lit. Elle m'a aussitôt imitée.

Avant de partir, nous nous sommes généreusement
aspergées de l'un des nombreux parfums luxueux que la
mère de Carly gardait sur sa coiffeuse. Faute d'avoir assez
d'argent pour un taxi, nous avons décidé de marcher. Au
bout de cinq minutes, Carly a sorti de son sac en bandou-
lière une bouteille en plastique.

« Une minute ! » Elle s'est arrêtée et a avalé une gorgée.
À la façon dont ses yeux se sont embués tandis qu'elle
hoquetait, on a compris qu'elle ne venait pas de boire de
l'eau.

« Vodka, m'a-t-elle dit en me tendant le flacon. Avec
un peu de limonade. Tu en veux ? »

J'ai hoché la tête, l'air incrédule, mais j'ai quand même
pris la bouteille. J'aurais dû me douter que Carly ne se
rendrait pas à la fête sans alcool. C'était la première fille
de notre école à s'être mise à en boire. Elle s'arrangeait
toujours pour envoyer quelqu'un de plus âgé en acheter
quand nous en avions besoin.

J'ai bu une petite gorgée. C'était très fort. On sentait
beaucoup plus la vodka que la limonade.

« Ce truc est mortel, Carly, ai-je dit en lui rendant la
bouteille. »

Carly l'a tendue à Rachel, l'air interrogateur. Rachel
s'est tournée vers moi.

« Essaie, tu verras bien, ai-je dit, mais, à mon avis, tu
ne vas pas aimer. La première fois, on a l'impression
d'avaler du pétrole. »

Rachel a goûté, puis, comme je m'y attendais, elle a fait une horrible grimace. « Pouah, c'est atroce ! » s'est-elle exclamée.

Elle a voulu redonner le cocktail à Carly, qui a repoussé sa main.

« Ce n'est qu'un moyen d'atteindre le but visé, a-t-elle répondu. Essaie encore. Plus on boit, plus c'est facile. Ça aide à se détendre et à s'amuser. »

Rachel a bu de nouveau une petite gorgée. « Bon, c'est moins mauvais, mais je préfère quand même la limonade nature. »

Carly a éclaté de rire.

« Crois-moi, tu ne t'amuseras pas autant avec de la limonade nature ! »

Je me demande encore pourquoi je ne me suis pas inquiétée de voir ma sœur absorber ce genre de boisson, pourquoi je ne l'ai pas surveillée de plus près, pourquoi je n'ai pas veillé à ce qu'elle reste à peu près sobre. J'imagine que la vodka a aussitôt fait effet sur moi. Tout en marchant, on se passait la bouteille et, au fur et à mesure qu'on s'habituait au goût, on en ingurgitait un peu plus à chaque fois.

Quand on a fini la dernière goutte, Carly s'est arrêtée. Elle a posé son sac sur le sol et en a extrait une bouteille en verre qu'elle a tournée vers nous, de façon à nous montrer l'étiquette : Stolichnaya vodka.

« Vous n'imaginiez pas que j'allais nous laisser à court de munitions ! a-t-elle déclaré en souriant. On passe à la vodka pure, maintenant. (Elle a de nouveau rempli la bouteille en plastique et l'a tendue à Rachel.) À toi l'honneur. Au début, ça va te brûler comme du feu, mais tu vas t'y faire. »

L'expression de Rachel quand elle a avalé une grande gorgée nous a fait rire.

Il y avait presque quarante minutes de marche pour atteindre la grange et, dans la dernière partie du trajet, on était déjà pas mal parties toutes les trois. Rachel avait les joues rouges et le sourire aux lèvres. Elle était ravissante et avait vraiment l'air très jeune, très innocent.

« Tu te sens bien, Rachel ? »

J'ai pris sa main. Grâce à la vodka, je n'étais plus énervée qu'elle nous accompagne.

De l'extérieur, on entendait déjà la musique, le boum boum de la basse, les voix et les rires de jeunes en train de s'amuser en l'absence des adultes.

Rachel a acquiescé d'un signe de tête et elle s'est mise à bouger son corps en rythme, la tête penchée comme pour mieux percevoir chaque note.

Carly nous a poussées en avant.

« On ne va pas y passer l'après-midi. Je vous adore, mais je n'ai pas fait tout ce trajet à pied juste pour le plaisir d'être ici avec vous. »

Je me suis rendu compte à ce moment-là que je n'avais pas bien réfléchi à ce qu'impliquait notre présence à cette fête. On avait prévu de s'absenter une heure et de ramener Rachel à cinq heures à la maison, pour qu'elle ait largement le temps de faire ses exercices au piano. Mais nous avions déjà passé une bonne dizaine de minutes chez Carly, plus les quarante minutes du trajet. Quand j'ai vu Rachel se glisser parmi les danseurs en ondulant au rythme de la musique, j'ai compris que nous allions forcément rentrer tard. Si Rachel était simplement revenue à la maison, il n'y aurait pas eu de problème. J'aurais pu téléphoner aux parents plus tard en inventant une excuse quelconque pour mon absence, dire que je faisais mes devoirs chez Carly. Cela les aurait ennuyés, mais ce n'aurait pas été trop grave. Tandis que maintenant, ma sœur allait être en retard et ils en feraient toute une histoire. Elle n'avait que quatorze ans et elle allait manquer ses exercices au piano, un véritable drame à leurs yeux. En plus, j'ignorais comment nous nous débrouillerions pour ne pas empester la vodka. Une chose était certaine : on allait avoir de gros ennuis.

Il faudra faire avec, ai-je pensé en suivant Rachel à l'intérieur.

14.

Alice marche devant nous, à deux pas à peine, mais cela suffit à nous faire comprendre qu'elle n'a pas envie de bavarder. Je n'ai pas l'impression qu'elle soit malheureuse, ni furieuse, ni perturbée. Bien au contraire, elle semble de très bonne humeur et elle déborde d'énergie. Visiblement, elle est ravie de sortir par une si belle soirée d'automne et de profiter des derniers beaux jours.

Mais elle est comme ça, quelquefois, silencieuse et préoccupée. Nous la connaissons suffisamment pour ne pas nous en formaliser. Un jour, même, Robbie a plaisanté à ce sujet. Lui et moi étions en train de parler de notre amour de la musique – du rock à la pop en passant par l'opéra – quand nous nous sommes soudain aperçus qu'Alice s'était endormie sur le canapé. Depuis quand ? Nous l'ignorions, car nous bavardions depuis des heures sans nous préoccuper d'elle. « À mon avis, on la barbe avec nos discussions, Katherine, a dit alors Robbie en éclatant de rire. On parle trop et ça lui sert de somnifère. » Il a probablement raison. Nos sujets de conversation sont inépuisables.

En fait, on s'entend si bien que j'ai eu peur qu'Alice n'en prenne ombrage. Mais quand je lui ai demandé si cela ne la gênait pas que je parle autant avec Robbie, elle a secoué négativement la tête.

« Quelle idée ! s'est-elle exclamée, surprise. Au contraire, je suis contente que les deux êtres que je préfère au monde s'apprécient.

— Je craignais que tu... que tu ne penses que je piétinais tes plates-bandes, enfin... que tu ne sois jalouse.

— Jalouse ? Je ne suis jamais jalouse. De personne. C'est un sentiment que je ne connais pas. D'ailleurs, je trouve ça stupide et inutile. »

Nous sommes le vendredi soir. Je devrais plutôt être chez moi en train de réviser, car les épreuves de notre baccalauréat, l'HSC, débutent dans quelques semaines, mais j'ai beaucoup travaillé cette semaine et Alice et Robbie m'ont suppliée de sortir avec eux. Le HSC est important, je sais bien, mais mon amitié avec eux compte plus encore. Actuellement, le fait de me distraire, de mener la vie dont je me suis si longtemps privée est plus qu'important pour moi. C'est essentiel.

Je parle de ski avec Robbie. C'est un sport qu'il aime et il propose que nous allions tous les trois aux sports d'hiver.

« Malheureusement, je skie comme une saucisse, dis-je. Je gâcherais vos vacances.

— Je t'apprendrai, répond Robbie. À la fin du séjour, tu pourras disputer les Jeux olympiques. »

J'éclate de rire.

« Tu ignores à quel point je suis mauvaise. Me mettre à un niveau correct tiendrait déjà du miracle. »

Alice se retourne et attend qu'on la rattrape, puis elle nous sépare et s'installe entre nous deux.

« Il m'a bien appris à moi ! L'an dernier, quand on est allés à la neige, j'étais incapable de tenir sur mes skis, mais une semaine plus tard je descendais comme une championne. (Elle glisse son bras sous celui de Robbie.) Et tu es si sexy quand tu skies, lui dit-elle avec un grand sourire, avant d'ajouter à mon intention : Il a une telle assurance à ce moment-là ! Il est craquant.

— Craquant, vraiment ? (Robbie s'arrête brutalement, les sourcils froncés.) Tu ne m'as pas donné l'impression de craquer pour moi quand on était là-bas. »

Alice se met à rire et se presse contre lui. « Idiot, tu m'as mal comprise », dit-elle.

Contrairement à son habitude, Robbie ne répond pas au geste affectueux d'Alice. Il hoche la tête, l'air irrité. « Ça y est, on est arrivés », annonce-t-il en dégageant son bras et en montrant l'entrée d'un bar-restaurant sur laquelle est inscrit le nom *Out of Africa*.

Il ouvre et nous tient la porte. Je lui souris et il me rend mon sourire, mais son regard reste sérieux. Et une certaine raideur dans son attitude révèle qu'il est perturbé ou bien furieux, ou les deux à la fois.

Il fait sombre à l'intérieur. L'endroit n'est éclairé que par de petites appliques sur les murs et des bougies posées sur les tables. Quand mes yeux se sont habitués à la pénombre, je m'aperçois néanmoins que les murs sont pourpres et que des coussins de style marocain aux couleurs vives ornent les chaises.

« Je vais nous chercher quelque chose à boire, annonce Robbie.

— Excellente idée, dit Alice. Je prendrai une bouteille de champagne.

— Une bouteille entière ? Tu ne crois pas que c'est un peu... ? »

Alice l'interrompt :

« Non, c'est très bien. Une bouteille, merci.

— Et toi, Katherine ? me demande Robbie, visiblement affligé par ce qu'il vient d'entendre.

— Un soda citron, s'il te plaît.

— *Un soda citron, s'il te plaît*. (Alice m'imite en prenant une voix haut perchée.) Pas d'alcool pour Mlle Sainte-Nitouche.

— Je n'ai pas le droit d'en consommer. Je n'ai pas encore l'âge.

— Tu n'as pas à fournir d'explication, Katherine, dit Robbie. Je vais prendre une boisson sans alcool moi aussi, d'ailleurs. J'ai foot demain. »

Alice pousse un soupir.

« Eh bien, la soirée promet d'être gaie avec vous deux ! »

Robbie, mâchoires serrées, lui lance un regard noir avant de se diriger vers le bar.

« Il est furieux après moi », commente Alice en le suivant des yeux. Elle examine la salle et s'intéresse ostensiblement à d'autres clients.

J'observe Robbie qui attend nos consommations au bar, l'air malheureux.

« Que s'est-il passé, Alice ? dis-je. Pourquoi est-il brusquement en colère ?

— Oh, c'est sans doute que tout à l'heure, je lui ai rappelé un mauvais souvenir. Quand nous étions aux sports d'hiver, j'ai passé un peu de temps avec un moniteur. Juste une nuit, mais Robbie n'a pas apprécié.

— Un peu de temps ? Une *nuit* ? Que veux-tu dire ? »

Alice ne me regarde pas. Elle a les yeux fixés sur un couple installé à une table voisine.

« C'est clair, non ? (Elle articule soigneusement, comme si j'avais du mal à entendre ou à comprendre.) Juste une nuit. Avec un autre homme. Dans sa chambre. Tu veux des détails ? Robbie l'a mal pris. Il semble qu'il éprouve à mon égard un sentiment de propriété assez déplacé. »

Je suis tellement choquée par ses propos que je reste bouche bée. Je savais qu'Alice avait une conception peu romantique de sa relation avec Robbie, qu'elle s'engageait moins que lui, mais je suis abasourdie par ce que je viens d'apprendre. Ou bien elle a délibérément agi avec une cruauté inimaginable, ou bien cela démontre une étrange incapacité à imaginer qu'un tel comportement puisse affecter Robbie.

Avant que j'aie eu le temps de trouver une réponse, Alice bondit de son siège et se dirige vers le couple qu'elle observe depuis quelques minutes.

« Ben ! s'écrie-t-elle en agitant les bras. Ben Dewberry ! C'est bien toi. Je n'en étais pas sûre, mais, quand je t'ai entendu parler, j'ai reconnu ton accent ! »

Elle parle si fort que toutes les têtes se tournent vers elle. Ben et la jeune femme assise en face de lui, une grande rouquine à l'opulente chevelure et à la peau blanche, la regardent approcher en silence. Ben semble tétanisé, presque effrayé.

« Alice ! »

Il se lève et lui tend la main, mais elle ignore son geste et se jette dans ses bras, puis l'embrasse longuement sur la bouche. Quand elle se détache de lui, Ben est rouge pivoine et semble embarrassé.

« Qu'est-ce que tu fais ici ? demande-t-il avec l'accent américain.

— La même chose que toi, je dîne. (Alice prend la main de Ben et fait face à notre table, juste au moment où Robbie revient avec nos boissons.) Robbie, Katherine, dit-elle, je vous présente Ben Dewberry, mon premier amour. »

Ben regarde sa compagne par-dessus l'épaule d'Alice, hausse les épaules et veut dire quelque chose, mais Alice, qui tourne le dos à la jeune fille, le tire par le bras.

« Viens, on peut s'asseoir tous ensemble, dit-elle.

— Je ne crois pas que… Philippa et moi… »

Alice se retourne vers Philippa. « Bonjour, je suis Alice », lance-t-elle en souriant, la main tendue.

Philippa lui serre la main en se forçant à sourire.

« Vous allez vous joindre à nous, n'est-ce pas ? poursuit Alice. Au moins pendant un petit moment. Ça fait des années qu'on ne s'est pas vus, Ben et moi. On a pas mal de temps à rattraper. »

Philippa et Ben acceptent et, pendant qu'ils vont prendre leurs affaires, Robbie me regarde avec une expression à la fois incrédule et agacée, puis il lève les yeux au ciel. La serveuse nous aide à rapprocher une table de la nôtre pour que nous puissions tenir à cinq.

Excepté Alice, qui bavarde gaiement sans se soucier de notre gêne, nous sirotons nos consommations en silence. Elle évoque l'été où elle est sortie avec Ben, ce qui semble le mettre mal à l'aise. Il adresse un sourire contrit à Philippa chaque fois qu'Alice déclare qu'elle était ravie de sortir avec un Américain et qu'elle adorait son accent.

« On va commander quelque chose à manger, déclare-t-elle soudain. Je meurs de faim. Commande pour nous, Robbs, tu veux ? Tu connais cet endroit. Tu sais ce qui est bon ici.

— Euh… non, nous allons retourner à notre table, l'interrompt Philippa en secouant la tête et en jetant un regard affolé à Ben.

— Ne sois pas bête, dit Alice en posant sa main sur la sienne. On est tellement contents de vous avoir avec nous ! Avant que vous nous rejoigniez, on se regardait tous les trois en chiens de faïence. À vrai dire, on ne se supporte plus. (Elle rejette la tête en arrière et éclate de rire.) On était si souvent ensemble, ces derniers temps, qu'on est arrivés à saturation. »

Elle continue à rire dans le silence qui s'est installé. Les joues brûlantes, je contemple fixement la serviette posée sur mes genoux. J'étais heureuse d'être devenue proche d'Alice et de Robbie, d'avoir retrouvé le plaisir de l'amitié, et les commentaires d'Alice, son mépris évident pour ce à quoi j'attribuais une grande valeur me blessent et me ridiculisent.

Je suis sûre que Robbie partage mes sentiments et, du coup, je suis incapable de le regarder. Je ne supporterais pas de voir dans ses yeux le reflet de mon humiliation.

« Bien sûr, acquiesce Ben avec un enthousiasme forcé, on va manger avec vous. On passe un bon moment. N'est-ce pas, Philippa ? »

Alice tape triomphalement sur la table. Sa bouteille de champagne est vide et elle doit être légèrement ivre. Les pommettes rouges, les yeux brillants, elle ne semble pas s'apercevoir de la tension qu'elle a provoquée.

« Génial ! s'exclame-t-elle. Commandons à boire, Robbie. On meurt de soif, ici. Qu'est-ce que tu nous recommandes ? »

Robbie s'éclaircit la gorge.

« Pour ma part, je vais me contenter d'un Coca. (Il se force à sourire en s'adressant à Ben et à Philippa :) Et vous, qu'est-ce que vous prenez ?

— Simplement un peu d'eau, si c'est possible, répond Philippa en soulevant la carafe.

— Ben prendra une bière. N'est-ce pas, Ben ? dit Alice en lui donnant un petit coup de coude. Tu n'es pas un rabat-joie, hein ?

— Va pour une bière, acquiesce Ben.

— Et pour moi, ce sera une autre bouteille de champagne. »

Elle pousse un billet de cent dollars en direction de Robbie. Robbie prend le billet.

« Tu peux venir me donner un coup de main, Katherine ? » demande-t-il.

Visiblement, il s'efforce de contrôler sa colère.

« Bien sûr. »

Je me lève et jette un coup d'œil à Alice. Elle s'est montrée si agressive depuis notre arrivée que je m'attends à une autre remarque acerbe, mais elle est penchée vers Philippa, l'air très intéressée, et ne bronche pas.

Robbie et moi gagnons le bar en silence.

« Foutue Alice, lance-t-il en se retournant vers notre table. Elle mijote quelque chose. La soirée va se terminer par des pleurs et des grincements de dents.

— Comment ça ? »

Mon cœur se serre. Je ne veux pas qu'il arrive quelque chose de désagréable, qu'Alice se comporte mal, qu'elle se montre cruelle. Je ne veux pas que son couple se brise ou qu'elle m'oblige à remettre en question nos relations. La perspective d'un avenir solitaire et misérable sans l'amitié d'Alice et de Robbie m'est insupportable et je ne peux même pas l'envisager.

« On va dîner et la mettre au lit », dis-je, luttant contre un début de panique.

Robbie me lance un coup d'œil.

« Tu ne l'as jamais vue ainsi, n'est-ce pas ? demande-t-il.

— Je n'en sais rien. Jamais aussi délibérément désagréable, en tout cas. »

Il hoche la tête.

« Moi, si. Et c'est assez terrifiant. Elle est partie dans un trip autodestructeur. On ne va pas pouvoir la raisonner. Elle n'écoutera personne, ni toi, ni moi, ni Ben, ni Philippa. Et je te parie que ça va être du grand spectacle. Elle va les entraîner dans l'aventure, tu verras. Impossible de lui résister, dans ce genre de circonstances. »

Il a un petit rire amer.

Je ne sais exactement ce qu'il craint, et je ne comprends pas très bien le sens de ses paroles, mais elles me font froid dans le dos.

« On va simplement s'amuser un peu, dis-je. Aller danser, par exemple. On pourra veiller sur elle, s'assurer qu'il n'arrivera rien.

— Si j'étais toi, je me tirerais tout de suite, Katherine. Moi-même, j'en ferais volontiers autant, mais il faut bien que quelqu'un la ramène chez elle. Elle a bu, ou bien elle est défoncée. Ou alors, elle fait une crise de démence. »

Alice est en train de parler avec animation à Philippa, qui se tient à bonne distance d'elle, les bras croisés sur la poitrine dans une attitude de défense.

Nous récupérons notre commande et, au moment où nous retournons à notre table, nous voyons Philippa bondir de son siège et se précipiter vers les toilettes, tête basse.

Tandis que nous déposons les boissons sur la table et reprenons place sur nos chaises, j'interroge Ben.

« Philippa ne se sent pas bien ?

— Je crois que… répond-il en se tournant vers Alice. Elle est peut-être…

— Elle est furax parce que je lui ai dit quelque chose sur Ben et moi, le coupe Alice, qui éclate de rire. Seigneur, Ben, tu t'es trouvé une copine vraiment coincée, cette fois. Si tu cherchais quelqu'un qui soit l'inverse de moi, tu as mis dans le mille. »

Ben a un rire embarrassé. Je ne comprends pas qu'il reste là sans se préoccuper de Philippa et je m'apprête à lui demander s'il veut que j'aille voir comment elle va, lorsque Robbie se relève.

« J'ai oublié l'eau », dit-il en retournant vers le bar.

J'ai alors l'explication du manque d'empressement de Ben. Dès que Robbie a le dos tourné, Alice glisse sa main sous la table et la pose sur la cuisse de son ex, puis la fait remonter jusqu'à sa braguette.

Je me lève précipitamment. Alice me sourit, mais son sourire est dépourvu de chaleur. Je suis certaine qu'elle a surpris mon regard et que cela lui plaît.

« Je reviens », dis-je.

J'essaie de me faufiler entre la table et ma chaise, que je manque de renverser dans mon trouble. Je la rattrape à temps en poussant un juron.

« Du calme, Katherine, lance Alice. Qu'est-ce que tu as ? On dirait que tu as vu un fantôme. »

Je la fusille du regard, puis me tourne vers Ben, qui a au moins la décence de prendre un air gêné.

« Je vais aux toilettes voir si Philippa a besoin de quelque chose », dis-je en m'efforçant de garder un ton calme.

Je me demande si Robbie, à son retour, va découvrir ce qui se passe, ou s'il se doutera au moins de quelque chose. Je n'ai pas particulièrement envie qu'il subisse cet affront et que la soirée se termine par un drame. Mais Alice l'humilie, il ne le mérite pas, et une partie de moi-même a envie qu'elle soit punie pour ça, que Robbie la gifle et la plaque définitivement. Pourtant, je garde encore l'espoir ridicule que tout s'arrange par miracle, qu'elle cesse de se comporter ainsi et s'excuse, et qu'on rentre tous les trois dans les rires et la bonne humeur.

Mais même si Robbie surprend Alice en train de tripoter Ben, rien ne dit que cela mettra un terme à leur relation, à en juger par l'histoire des sports d'hiver. Elle l'a trompé et cela ne l'a pas empêché de rester avec elle. En ce qui me concerne, je suis triste à l'idée que mon amitié avec elle ne soit plus comme avant. Elle a été si cruelle que je ne pourrai plus lui faire confiance. Du moins aveuglément. Je ne suis même plus certaine de l'aimer.

Dans les toilettes, l'une des portes est fermée et je suppose que Philippa se cache à l'intérieur. Je frappe discrètement.

« Philippa ? »

Pas de réponse.

« Philippa, c'est moi, Katherine. Je veux juste savoir si tu vas bien. »

Le verrou tourne et la porte s'ouvre. Philippa a les yeux et les pommettes rouges, comme si elle avait pleuré. « J'avais peur que ce ne soit Alice. Ne t'inquiète pas, ça va. »

Elle s'approche du lavabo et se lave les mains.

« Qu'est-ce qu'ils foutent là-haut ? » demande-t-elle en me regardant dans le miroir.

Je détourne les yeux.

« Oh, ils bavardent en attendant les plats.

— Donc, Alice et Ben ne sont pas encore en train de baiser sur la table ?

— Comment ? »

Elle a un petit rire et vérifie sa coiffure dans la glace.

« Si c'est le cas, je m'en fiche complètement. Ben est un abruti. Je le connais à peine. On n'est sortis ensemble qu'une fois, avant ce soir.

— Ce n'est donc pas ton petit ami ?

— Non, heureusement ! J'ai meilleur goût que ça. »

Je lui souris, soulagée. Elle éclate franchement de rire, tête renversée vers le plafond, et je me rends compte qu'elle n'était pas en train de pleurer.

« Alice avait posé sa main sur la cuisse de Ben, dit-elle. Ce pauvre type pensait que je ne voyais rien, mais elle, elle savait que je pouvais le voir. C'était incroyablement *embarrassant* d'être assise là, d'entrer dans son jeu de cinglée. J'aurais dû réagir, mais dans ce genre de situations, je ne trouve jamais rien d'intelligent ou de spirituel à dire. Il faut une tournure d'esprit que je n'ai pas. (Elle se tait quelques instants avant de reprendre sur un ton plus sérieux :) Qu'est-ce qui lui prend, à Alice ? Je suis désolée, je sais que c'est ton amie, mais pourquoi éprouve-t-elle le besoin de tripoter un nullard qui dîne avec une autre fille ? Alors qu'elle sort avec un mec aussi top que ce Robbie ? Car ils sont ensemble, n'est-ce pas ? Il a vraiment l'air charmant, d'ailleurs.

— Il l'est. Et je ne sais pas pourquoi Alice se conduit si mal ce soir. Ce n'est pas son habitude. »

Les mots sont à peine sortis de ma bouche que je me rends compte qu'ils ne correspondent pas à la vérité. Je n'ai encore jamais vu Alice se comporter ainsi, mais, depuis que je la connais, elle agit de plus en plus mal. Je découvre sans cesse des aspects de sa personnalité qui me déplaisent. J'adresse un sourire contrit à Philippa avant de poursuivre : « Je suis désolée, elle a été très désagréable et elle n'a aucune excuse.

Philippa me regarde d'un air incrédule.

« Désagréable n'est pas le mot. Cruelle serait plus juste. Ou mauvaise. Ou venimeuse. Ou les trois. »

Je commence à penser qu'elle a peut-être raison. Mais, en même temps, j'éprouve le besoin de défendre Alice. C'est mon amie, après tout, et je trouve le jugement de Philippa un peu hâtif.

« Elle est mieux que ça, dis-je. C'est quelqu'un qui a des qualités formidables. Quand elle veut, elle peut se montrer incroyablement généreuse et charmante. Et très drôle.

— Hitler aussi, rétorque-t-elle. Écoute, je ne veux pas t'offenser et je sais que je ne devrais pas ouvrir ma grande gueule, mais c'est plus fort que moi. À mon avis, ton amie est juste une garce. Un cas désespéré. En fait, je pense qu'elle souffre de troubles mentaux, mais tu n'en as pas pris conscience. Je sais de quoi je parle, j'étudie la psychologie et je suis capable d'effectuer un diagnostic. »

Je reste bouche bée, complètement abasourdie.

Philippa me regarde, puis éclate de rire.

« Désolée, c'était une mauvaise plaisanterie. Je veux dire, Alice est effectivement une garce et j'étudie bien la psychologie, mais je ne suis pas à même de poser un diagnostic. N'empêche que n'importe qui est capable de voir que ce n'est pas une bonne personne. J'essayais juste de le dire d'une manière amusante. Tu as l'air tellement chamboulée ! »

Je me détourne et fais mine de me recoiffer en me regardant dans le miroir. Effectivement, je suis chamboulée, mais je ne veux pas qu'elle sache à quel point et je refuse de fondre en larmes devant elle. Je devrais être en colère par rapport à ce qu'elle a dit de mon amie, et pourtant je ne peux lui en vouloir, après la façon dont Alice s'est comportée ce soir.

« On ne peut bien juger quelqu'un qu'on connaît depuis une demi-heure, dis-je sur un ton peu convaincant. Alice a simplement eu une mauvaise journée.

— Je la connais depuis une heure et demie, corrige-t-elle. (Elle se penche vers le miroir, me forçant à croiser son regard, et reprend :) Et j'ai eu un certain nombre de mauvaises journées, mais je ne me suis jamais comportée comme ça. Toi non plus, j'en mettrais ma main au feu. »

Je m'apprête à répondre qu'elle exagère, qu'Alice n'est pas une malade mentale, juste une fille égoïste et excentrique, et que Robbie et moi ne sommes pas des abrutis, quand la porte d'entrée des toilettes s'ouvre. C'est Alice.

« Qu'est-ce que vous fichez, toutes les deux ? demande-t-elle en entrant dans l'un des cabinets. (Sans refermer la porte, elle s'installe sur le siège, relève sa jupe, baisse sa culotte et urine à grand bruit.) Les plats sont servis. Tout est délicieux et vous feriez bien de vous grouiller, sinon il ne vous restera rien. (Elle se lève, tire la chasse d'eau et va se laver les mains dans le lavabo.) Vous savez quoi ? dit-elle. Après, on va chez moi. Margarita pour tout le monde, y compris toi, Katherine. C'est déjà décidé. »

Nous regagnons notre table. Le repas est effectivement exquis. Alice consacre toute son attention à Philippa et se montre soudain pleine de curiosité à son égard. Elle la bombarde de questions, mais Philippa se contente de lui répondre brièvement, par simple politesse, tout en me lançant de temps en temps un regard étonné.

Le dîner se passe bien, malgré la froideur manifestée par Philippa envers Ben, et, lorsqu'un peu plus tard nous marchons jusqu'à l'appartement d'Alice, je me sens détendue, presque joyeuse. Les rues sont bondées, les gens rient et bavardent, tout au plaisir du week-end à venir. L'atmosphère est festive, l'excitation communicative. D'accord, Alice est un peu ivre et elle s'est mal comportée. Et alors ? Il y a pire. Ce n'est pas la fin du monde.

On achète de la tequila, puis on s'arrête à l'épicerie du coin pour les citrons. Une fois chez Alice, nous préparons les margaritas dans la cuisine en musique. C'est un bon moment et j'oublie mes craintes que la soirée ne se termine en catastrophe.

« Faisons un jeu ! » propose Alice lorsque nous avons chacun entre les mains un grand verre de cocktail.

J'ai bien l'intention de me contenter de tremper mes lèvres dans le mien, juste pour faire plaisir à Alice. Je jetterai le reste dès qu'elle aura le dos tourné. Je tiens à rester sobre. Vigilante.

« Entendu », dis-je.

Je me tourne vers Robbie avec un sourire qui signifie : *Tu vois, tout va bien se passer. On s'amuse comme des fous.*

Il me rend mon sourire, sans avoir l'air convaincu pour autant.

« Jouons à "Action ou Vérité", lance Alice en se frottant les mains et en se dirigeant vers le séjour. Venez, j'adore ce jeu. C'est la meilleure façon de connaître les gens. »

Nous la suivons et nous asseyons en tailleur autour de la table basse. Quelqu'un éteint la musique.

« Je commence ? propose Alice. À toi l'honneur de m'interroger, Robbie, puisque tu crois si bien me connaître. Tu risques d'avoir des surprises.

— Action ou vérité ? demande Robbie.

— Vérité. »

Robbie boit une gorgée de sa margarita, puis réfléchit quelques instants.

« Est-ce qu'il y a des choses que tu regrettes, Alice, des choses que tu as faites ou pensées ? » demande-t-il enfin.

Alice lève les yeux au ciel et soupire.

« Voyons, Robbie, c'est censé être distrayant ! Non, je ne regrette rien. Seuls les nullards qui ne savent pas ce qu'ils veulent ont des regrets. Et je n'en fais pas partie. Voilà. Merci de cette ennuyeuse contribution, Robbie. À mon tour, maintenant. Alors, qui vais-je choisir ? (Elle promène avec gourmandise son regard sur nous, avant de s'arrêter sur Ben.) Ben ! Tu vas m'aider à respecter l'esprit de ce jeu, qui est cochon et rigolo. Action ou vérité ? Grouille-toi de répondre avant que je m'endorme.

— Vérité.

— Parfait. C'est ce que j'espérais. J'ai une question toute prête pour toi. Quel est l'endroit le plus intéressant où tu aies baisé ? Ne te défile pas, sinon, je te donne un gage et je te prie de croire qu'il sera gratiné. »

Ben contemple son verre avec un petit rire nerveux.

« Euh... eh bien, c'était il y a deux ans, quand je suis venu en Australie pour la première fois. J'ai rencontré une fille totalement décomplexée. Pas le genre à qui on peut dire "non". Un canon, en plus, alors pas question de refuser. Bref, ce soir-là, on était chez un ami et voilà qu'elle m'entraîne dans la chambre des parents. On était en train de faire ça sur leur lit, quand les parents ont débarqué. Du coup, on s'est réfugiés dans la penderie, ou plutôt dans une sorte de dressing. C'était finalement sympa et confortable, et on a continué notre petite affaire dans l'obscurité comme si de rien n'était. »

Il s'interrompt et sourit, les yeux fixés sur Alice. Elle lui rend son regard, comme pour l'encourager à poursuivre, et soudain il est clair que c'est elle, la fille dont il parle. Robbie le regarde aussi, le visage inexpressif, mais je remarque qu'il a les poings serrés sur ses genoux. Et j'éprouve à nouveau un sentiment de panique, une folle envie que tout s'arrête. Qu'on rembobine. Qu'on revienne au début. La nuit va mal se terminer. Robbie avait raison.

Mais Ben ne se rend compte de rien, et je me demande même s'il s'est aperçu qu'Alice et Robbie sortaient ensemble. Alice a tout fait pour traiter Robbie comme s'il n'avait aucune importance pour elle.

« Mais ce n'est pas tout, poursuit Ben. Le plus savoureux, ça a été quand… »

Robbie le coupe sur un ton glacial et sarcastique.

« Merci, Ben ! Merci de cette histoire, mais je crois qu'on en a assez entendu. Et merci à Alice pour avoir posé une question si intelligente. Parce que c'était passionnant. Jusqu'à maintenant, j'ignorais que sans des histoires de cul un jeu n'avait aucun intérêt. Quand mon tour viendra, j'essaierai d'être aussi vulgaire que Ben. »

Ben devient cramoisi et plonge le nez dans sa margarita, tandis que Philippa, embarrassée, réprime un rire.

Je me lance avec un enthousiasme feint.

« À moi, à moi ! dis-je. (Je me tourne vers Philippa, espérant qu'elle va m'aider à arrondir les angles.) Philippa, action ou vérité ?

— Vérité, répond-elle. J'aime la vérité. Pas vous ? Généralement, c'est très drôle. On découvre des secrets fascinants. Et j'aime bien les questions, aussi. À mon avis, elles en disent souvent plus sur les gens qui les posent que sur ceux qui répondent. »

Je suis reconnaissante à Philippa pour son bavardage. Mais je ne sais quoi lui demander et je réfléchis quelques instants en silence. Alice en profite pour intervenir.

« Katherine, tu n'as pas de question en réserve, à ce que je vois. Laisse-moi en poser encore une. À toi, cette fois.

— Mais tu as déjà eu ton tour, proteste Robbie. Ne prends pas celui de Katherine.

— On ne joue pas comme il faut, de toute façon. Normalement, ce devrait être le tour de Ben. Alors, ça n'a aucune importance. (Il ne fait aucun doute qu'elle est ivre. Elle parle lentement, en détachant chaque syllabe, mais sa voix est pâteuse.) Et depuis quand es-tu aussi à cheval sur les règlements, Robbie ? Depuis quand es-tu devenu un foutu rabat-joie ?

— Rabat-joie ? Où vois-tu de la joie, Alice ? »

Ignorant sa remarque, Alice se tourne vers moi.

« Action ou vérité ? » interroge-t-elle.

J'hésite. J'ai beaucoup de secrets que je ne veux pas révéler, mais, après tout, ce n'est qu'un jeu. Et je sais que le gage d'Alice n'aurait rien de facile.

« Vérité, dis-je enfin. J'imagine le genre de gages que tu nous réserves et je ne me vois pas en train de descendre Oxford Street à poil cette nuit.

— Vérité, répète Alice comme si elle goûtait la saveur du mot. Tu es sûre ? Tu es sûre de répondre avec une totale honnêteté ?

— Oui, je crois. Vas-y.

— Entendu. (Elle me jette un regard bizarre avant de poursuivre :) Est-ce que tu as été contente, au fond ? contente d'être débarrassée d'elle ? de ta sœur, de ta perfection de sœur. As-tu été secrètement contente qu'elle ait été tuée ? »

Soudain, j'ai l'impression que tout se ralentit et devient flou autour de moi. J'entends Robbie pousser un soupir excédé et intimer à Alice de cesser ses imbécillités. Je devine que Philippa me regarde, incrédule, se demandant si Alice parle sérieusement. Je sens qu'elle pose sa main sur mon bras dans un geste amical.

Mais je ne vois que les yeux d'Alice. Des yeux à la pupille si dilatée qu'ils semblent noirs. Des yeux au regard froid et calculateur, dur et inflexible. Impitoyable.

15.

Je me réveille tôt. Il fait encore nuit. Sarah est venue s'installer dans mon lit pendant que je dormais et son petit corps tiède est collé au mien. Elle a la tête sur l'oreiller et je suis allongée près du bord, de sorte que l'autre moitié du lit est vide.

Je me lève avec précaution pour ne pas la réveiller, en attrapant au passage un gros pull sur la chaise où je l'ai posé la veille au soir. Il fait froid. Dans la salle de séjour, je mets le poêle à gaz en marche. Il remplit la pièce d'une douce lumière dorée et la réchauffe immédiatement. Je fais ensuite du thé et vais m'installer sur le canapé, la théière près de moi.

J'ai pris l'habitude de me lever de bonne heure quand Sarah était toute petite, et depuis je suis incapable de faire la grasse matinée. Parfois, j'en profite pour m'occuper de la maison ou préparer les affaires et le petit déjeuner de Sarah pendant qu'elle dort, mais, la plupart du temps, je paresse tranquillement. Je suis passée maître dans l'art de laisser vagabonder mes pensées. J'évite de faire des projets pour un avenir incertain et je refuse de me remémorer le passé. Je flotte donc dans un état presque méditatif, la tête vide, en me concentrant uniquement sur le goût du thé ou sur le rythme régulier de ma respiration. Et souvent, lorsque Sarah fait son apparition vers sept heures, avec encore sur elle la chaleur et l'odeur du sommeil, je m'aperçois avec étonnement que deux heures, voire plus, se sont déjà écoulées.

Mais ce matin, je passe moins d'une heure à siroter mon thé. Je suis tout excitée à l'idée de la journée qui s'annonce et j'ai hâte de voir Sarah s'extasier devant la neige, de l'entendre pousser des petits cris de ravissement en faisant de la luge ou un bonhomme de neige. J'ai envie qu'elle soit éveillée et partage ma joie. Sur le coup de six heures, je prépare donc son petit déjeuner préféré, du pain perdu avec des rondelles de banane et du sirop d'érable, et un grand bol de chocolat. Je place nos couverts sur la table, puis je la réveille.

« On va tout de suite à la neige, maman ? » demande-t-elle dès qu'elle ouvre les yeux, l'esprit aussitôt en éveil.

— Un peu plus tard, ma chérie, dis-je en l'embrassant. Pour l'instant, un gros tas de pain perdu et du chocolat t'attendent. J'espère que tu as faim.

— Miam miam ! »

Elle repousse les couvertures et se précipite hors de la chambre avec une impatience qui m'amuse. Quand je la rejoins, elle est déjà installée sur sa chaise.

« T'en veux, maman ? demande-t-elle, la bouche pleine. Y en a assez pour toi. »

Je m'assieds en face d'elle et me sers.

« Je dirais même qu'il y en a assez pour dix gourmandes. Tu ne penses pas ? »

Elle secoue la tête d'un air sérieux.

« Ah, non ! J'ai très faim. Il m'en faut dix rien que pour moi. J'adore le pain perdu. »

Effectivement, elle en avale une quantité impressionnante en alternant avec de grandes goulées de chocolat. Dès qu'elle a terminé, elle descend de sa chaise.

118

« Je vais me préparer, annonce-t-elle. On a une rude journée devant nous. »

Je ris de la façon dont elle s'est approprié l'une de mes phrases, de l'effort qu'elle fait pour parler comme une adulte.

« Oui, une rude journée, mais on a le temps, ma chérie. Le soleil se lève à peine.

— Je veux être prête avant, dit-elle. Je veux être prête avant le soleil. »

16.

On continue de frapper à la porte. Des coups discrets, mais insistants. Cela dure depuis plus de dix minutes et je suis lasse d'essayer de les ignorer, de faire semblant de ne pas être là.

Je vais dans l'entrée, mais je n'ouvre pas.

« Allez-vous-en, dis-je. On est au milieu de la nuit. Allez-vous-en.

— Katherine, c'est moi, Robbie. (Sa voix est si gentille, si familière, si réconfortante, que je suis de nouveau au bord des larmes.) Je suis avec Philippa. Laisse-nous entrer.

— Alice est là ?

— Non. »

Avec un long soupir, je tire le verrou et entrebâille la porte, puis je retourne dans le séjour sans prendre la peine de les accueillir. Je sais qu'ils sont animés des meilleures intentions et qu'ils se font du souci pour moi, mais les événements de la soirée m'ont vidée de mes forces. J'ai beaucoup pleuré et j'ai envie qu'on me laisse en paix. Non pas pour dormir – je sais que ce sera impossible –, mais pour être seule avec ma peine.

Je vais m'asseoir sur le canapé où j'ai passé la dernière heure, roulée en boule. Robbie et Philippa m'ont suivie. Ils s'installent en face de moi, sur l'autre canapé.

« Alice nous a dit, pour ta sœur », déclare Robbie d'une voix douce.

Je me contente de répondre par un signe. Si je parle, je vais pleurer de nouveau.

« Voulez-vous que je m'en aille ? demande Philippa en nous regardant alternativement. Je tenais simplement à m'assurer que tu allais bien, Katherine, mais je ne veux pas m'imposer. »

D'un geste vague, je fais signe que non. Visiblement, la nuit l'a éprouvée. Elle est pâle, avec des cernes sombres sous les yeux.

« Dans ce cas, je vais rester, si cela ne vous ennuie pas, souffle-t-elle. Je suis trop fatiguée pour aller ailleurs. »

Soudain, je suis contente que Vivien soit partie en week-end et n'assiste pas à tout cela.

« Et si je nous faisais du thé ? suggère Philippa, cherchant visiblement à se montrer utile.

— Bonne idée, approuve Robbie. Tu en veux, Katherine ?

— Oui, mais je... »

Il se tourne vers Philippa.

« Elle aime qu'il soit préparé selon les règles, lui dit-il. La théière et le thé en vrac sont sur l'étagère au-dessus de la bouilloire. »

Lorsque nous nous retrouvons seuls, il pose sa main sur mon genou.

« Est-ce que ça va ? » me demande-t-il.

Je fais « oui » de la tête et parviens à esquisser un sourire.

« J'aurais dû t'écouter et rentrer de bonne heure, dis-je, avant d'ajouter en baissant la voix : Philippa pense qu'Alice est vraiment méchante et qu'elle ne va pas bien dans sa tête.

— On la comprend. Elle n'a sans doute pas tort. Mais qu'est-ce que ça change ? Peut-être qu'Alice est tout simplement pourrie à l'intérieur. »

Il se redresse avec un soupir et tire sur un fil qui dépasse de son blue-jean. Il a l'air las, abattu, et surtout terriblement triste.

« Et toi, Robbie, comment te sens-tu ? Mal, n'est-ce pas ?

— Oui. (Ses yeux rougis se remplissent de larmes et il secoue la tête comme pour s'en débarrasser.) Foutue soirée, on peut le dire », conclut-il avec un petit rire amer.

Il n'y a rien à ajouter. Philippa revient dans la pièce avec le thé, et nous le buvons en silence, chacun perdu dans ses pensées moroses.

Il est bientôt quatre heures du matin et je persuade Robbie et Philippa de dormir chez moi. J'installe Robbie sur le canapé avec une couverture et un oreiller. Quant à Philippa, je lui propose de partager mon lit. Nous sommes si épuisées, moralement et physiquement, que cela ne devrait pas être gênant. À vrai dire, d'ailleurs, sa présence me réconforte.

Au moment où je vais m'endormir, elle me sourit et me prend la main.

« Dors bien, Katherine.

— Merci. Toi aussi. »

Je me réveille un peu plus tard. Le soleil baigne la chambre et Philippa n'est plus à côté de moi, mais je l'entends qui parle à mi-voix avec Robbie dans la pièce voisine. Rassurée de les savoir encore là et de ne pas avoir à affronter seule la journée qui vient, je me rendors.

Quand je m'éveille de nouveau, le soleil a disparu de ma chambre et je devine qu'on est l'après-midi. Les bruits de voix ont été remplacés par le son de la télévision. Je me lève et pénètre dans le séjour.

Philippa, assise sur le canapé, regarde un vieux film en noir et blanc.

« Bonjour, ou plutôt bon après-midi ! lance-t-elle en me voyant. Je regardais *Ève*, de Mankiewicz. Quel film brillant ! Je suis sûre que tu l'adorerais. Tu devrais acheter le DVD. Robbie et moi, on se disait que tu n'aimerais peut-être pas rester seule. Il a dû aller à son travail, mais il va revenir plus tard. (Elle marque une pause et me sourit chaleureusement.) Comment vas-tu ? »

Je m'assieds à côté d'elle sur le canapé.

« Bien. Merci d'être restée.

— C'est normal, répond-elle en coupant le son au moyen de la télécommande. Tu as faim ?

— Oui.

— Super. J'ai acheté du pain frais et de quoi faire une salade mélangée : tomates, asperges, œufs durs, jambon. Ma préférée. Je la prépare pour nous deux ?

— Avec plaisir, mais seulement si tu en as envie, Philippa. Ne te crois pas obligée de le faire. Je me sens en forme, je t'assure. »

Elle bondit sur ses pieds.

« Bien sûr que j'en ai envie ! Je meurs de faim. »

Je lui propose mon aide, mais elle refuse, car, m'explique-t-elle, elle ne peut cuisiner que toute seule. Je me contente donc de la regarder s'activer, perchée sur un tabouret de cuisine. Quand elle a terminé, nous emportons la salade sous la véranda. Nous mangeons avec appétit, sans évoquer Alice, ni Rachel, ni la soirée de la veille. Philippa est d'un naturel bavard. Elle a vingt-trois ans et elle fait un mastère en psychologie à la fac. Elle me décrit ses études, qui la passionnent, et m'explique que nous sommes loin d'avoir percé tous les mystères de l'esprit humain.

« Je n'arrive pas à croire que tu aies seulement dix-sept ans, s'étonne-t-elle. Tu as l'air beaucoup plus mûre que la plupart des filles de ton âge.

— C'est ce qu'on me dit tout le temps. Je ne sais si je dois le prendre comme un compliment. »

Elle me parle ensuite de son jeune frère, Mick, batteur dans un groupe qui commence à se faire un nom sur la scène musicale de Sydney.

124

« Ils jouent vendredi soir dans un club, le *Basement*. Tu veux venir les écouter avec moi ? Ça me ferait très plaisir. Ils sont tous bourrés de talent, et j'essaie de les faire découvrir aux gens. »

Avant même que j'aie pu réfléchir à cette idée, on frappe à la porte d'entrée.

« C'est Robbie qui passe comme prévu après son travail », dit Philippa en posant sa fourchette.

Je me lève et me dirige vers l'entrée. Au moment où je suis en train d'ouvrir, les coups reprennent. Des coups violents. Et soudain, je comprends que ce ne peut être Robbie. Il ne se montrerait pas si impatient.

Mais il est trop tard. Impossible de faire comme si je n'étais pas là. La porte est poussée avec force, et Alice entre.

Vêtue d'un jean et d'un T-shirt blanc immaculé, elle tient un énorme bouquet de roses rouges à la main. Sans maquillage, les cheveux tirés en arrière, elle a les yeux rougis comme si elle avait pleuré. Elle semble si jeune, si fraîche, si innocente, qu'on a peine à croire que cette même Alice s'est comportée de manière abominable la veille. Impossible, en la voyant ainsi, de penser qu'elle puisse faire tant de mal autour d'elle.

« Katherine, je suis désolée. (Sa lèvre supérieure se met à trembler et ses yeux s'emplissent de larmes.) Terriblement désolée. Je ne sais pas ce qui m'a pris. »

Elle me tend son bouquet. Je le saisis sans mot dire.

« Parfois, il m'arrive de… de… je ne sais pas… commence-t-elle, mais sa voix se brise. (Elle éclate en sanglots convulsifs et prend sa tête dans ses mains.) Quelque chose me tombe dessus et je perds tout contrôle, reprend-elle quand elle s'est un peu calmée. J'éprouve une telle… une telle *colère* ! Comme si les gens me *jugeaient*. Le plus absurde, c'est que j'ai l'impression d'être jugée d'avance, pour ce que je sais que je vais faire… Du coup, je me sens *dans l'obligation* de le faire, pour les *mettre à l'épreuve*, pour vérifier qu'ils s'intéressent vraiment à moi. Je veux dire, je sais que je vais dire ou faire quelque chose d'horrible, mais je ne peux m'en empêcher. C'est comme si j'avais une pulsion autodestructrice qui me pousse à attaquer ceux qui m'aiment. »

Je sens que je commence à m'attendrir.

« Viens, Alice », dis-je en la prenant par le bras et en l'entraînant avec douceur à l'intérieur.

Je rajoute un couvert et elle s'installe avec Philippa et moi sous la véranda. Au début, Philippa l'accueille froidement. Alice est comme d'habitude chaleureuse et ouverte, et elle nous demande à de multiples reprises de l'excuser pour son comportement de la veille. Elle rit d'elle-même avec une telle candeur, elle manifeste une telle bonne humeur dans l'autodérision qu'on ne peut que lui pardonner. Et je m'aperçois au bout d'un moment que, malgré sa méfiance, Philippa succombe à son charme. Après le repas, nous restons toutes les trois à bavarder gaiement et c'est seulement avec la fraîcheur du crépuscule que nous rentrons dans l'appartement.

« Commandons des pizzas et regardons des films, propose alors Alice.

— C'est que... j'ai besoin d'une bonne nuit de sommeil avant de reprendre les cours.

— On ne restera pas tard, Katherine, mais j'aimerais prolonger cette journée. On passe un trop bon moment ! Je n'ai pas envie de me retrouver seule chez moi. (Elle s'approche de Philippa, lui prend le bras.) S'il te plaît, Philippa. Laisse-moi prouver que je ne suis pas celle que tu as rencontrée hier soir. Je vais aller chercher les DVD et de quoi manger. Vous n'aurez rien à débourser. (Elle nous regarde d'un air suppliant.) Vous voulez bien ? Pour me faire plaisir ? »

Philippa se tourne vers moi.

« C'est Katherine qui décide. On est chez elle, après tout, et elle a sans doute envie qu'on s'en aille.

— Mais non, dis-je. En fait, c'est incroyable, mais j'ai à nouveau faim. Et l'idée de glander devant un film me tente bien. »

Nous proposons à Alice de participer à l'achat des pizzas et de l'accompagner pour l'aider à les porter, mais elle refuse.

Après son départ, je vais faire la vaisselle dans la cuisine avec Philippa.

« Elle n'est pas aussi givrée que tu le pensais, non ? » dis-je.

Les mains dans l'eau, Philippa continue à se concentrer sur sa tâche.

« Elle peut être très gentille, très attachante, murmure-t-elle.

— Tu n'as pas répondu à ma question. »

Je trouve un peu déloyal de parler d'Alice, que je considère comme une amie, avec quelqu'un dont je viens tout juste de faire la connaissance. Mais Philippa est si terre à terre, si honnête que j'ai envie de savoir ce qu'elle pense. Je l'apprécie beaucoup. Visiblement très intelligente, elle est aussi gentille et chaleureuse, avec un brin de fantaisie qui vient pimenter le tout. J'aimerais bien devenir son amie. J'ai déjà toute confiance dans son jugement et son opinion compte pour moi.

Elle pousse un soupir et s'essuie les mains sur son jean.

« Oh ! je suis toujours persuadée qu'elle est un peu givrée, répond-elle. Elle fait partie de ces gens à qui il faut tout, tout de suite. Le genre qui coûte cher en entretien, comme dirait mon père.

— On ne dit plus ça aujourd'hui, dis-je avec un petit rire pour atténuer l'impact de ce que je m'apprête à déclarer. Mais je trouve ta définition assez dure, Philippa. Il s'agit d'une personne, tout de même, pas d'une mécanique. En plus, Alice ne se comporte pas toujours comme ça. C'est la première fois que je la vois faire ce genre de choses. Elle a de très bons côtés, tu sais. Est-ce que je devrais la laisser tomber froidement parce que c'est pas de tout repos d'être amie avec elle ? Ce ne serait pas sympa, je trouve. »

Philippa me regarde et sourit, l'air à la fois surprise et attristée.

« Tu as sans doute raison. Mais tu as une tolérance que je n'ai pas, parce que je crois qu'à ta place je la laisserais tomber et je m'enfuirais au galop. »

Sous son regard pénétrant, je me sens un peu gênée et m'active à ranger les assiettes.

« Je sais ce que c'est que de se retrouver seule parce que c'est trop dur pour les autres. J'ai vécu ça après la mort de Rachel. Y compris de la part de mes meilleurs amis. Ils étaient tous adorables et ils essayaient de… Mais pour eux, en fait, c'était une période gaie. Les cours étaient finis et il y avait sans cesse des fêtes et des soirées. Personne ne tenait à pleurer avec moi dans ma chambre, ni à m'inviter, parce qu'il aurait fallu s'occuper de moi, essayer de me réconforter. Je ne peux leur en vouloir. J'aurais cassé l'ambiance. Ils n'avaient pas envie de penser au drame, à la mort, au meurtre… mais moi, je *devais* le faire. C'était ma vie. (Je suis surprise par ce que je viens de dire. Jusque-là, je n'avais pas réfléchi à la question. Les idées me viennent au fur et à mesure. Mais elles me semblent vraies. *Justes*.) Les amis doivent t'accepter comme tu es. Dans les bons et les mauvais moments.

Philippa vide l'eau et se met à essuyer l'évier avant de répondre : « Je comprends, mais enfin, je continue malgré tout à croire qu'il ne faut pas être amie avec des gens qui te tirent vers le bas. Pour moi, c'est non, trois fois non. Ça ne veut pas dire pour autant que tu dois m'imiter. Nous sommes tous différents et chacun doit faire son chemin dans ce monde de fous, n'est-ce pas ? »

Son effort pour conserver un ton calme et chaleureux est perceptible. Elle aussi veut que nous soyons amies.

Plus tard, lorsque Alice revient, nous mangeons nos pizzas dans la cuisine. Robbie arrive vers vingt heures, au moment où nous débarrassons la table dans la bonne humeur. Au début, il garde ses distances avec Alice et a l'air de désapprouver notre attitude envers elle, mais il se dégèle un peu quand nous lui servons le reste de pizza tout en continuant de bavarder. Il finit par participer à la conversation et même par sourire. Et Alice le sollicite avec tant de douceur, elle se montre si affectueuse et prévenante avec lui que sa colère est visiblement en train de le quitter.

Nous nous retrouvons tous les quatre dans le séjour, fatigués et détendus. Alice choisit un DVD et va le mettre dans le lecteur, mais, au moment d'appuyer sur la touche « Play », elle se retourne et nous fait face.

« Avant qu'on s'endorme devant le film, j'ai quelque chose à vous dire, annonce-t-elle, l'air penaud. Je voudrais que vous sachiez qu'il ne s'est rien passé entre Ben et moi la nuit dernière. Il est parti peu de temps après vous. Promis, juré. »

Robbie regarde par terre et tente de réprimer un sourire, mais il est clair que l'annonce d'Alice a fait son effet.

« Surtout, poursuit-elle, je veux m'excuser solennellement auprès de vous trois et tout particulièrement de Katherine pour la façon dont je me suis conduite. (Elle se tourne vers moi, l'air implorante.) Ce que je t'ai dit est inadmissible. Je sais parfaitement que cela n'a rien à voir avec la vérité. Ce n'est pas parce que, moi, j'aurais eu ce genre d'idées abominables, que je dois te les attribuer. J'ai fait, comment appelle-t-on ça, un transfert. Je me suis mise à ta place, ce qui est injuste et ridicule. Tu ne peux imaginer à quel point je me déteste de t'avoir fait autant de mal, toi qui as toujours été adorable avec moi. Je ne mérite pas ton pardon, mais, si tu me l'accordes, je l'accepte avec reconnaissance.

— Alice, par pitié, viens t'asseoir, dis-je, en espérant qu'on ne me voie pas rougir dans la pénombre.

— J'arrive. (Elle regarde ses pieds, sa voix tremble un peu et je me demande si elle n'est pas en train de pleurer.) Mais d'abord, je voulais te dire combien je tiens à ton amitié. Combien tu comptes pour moi. Tu ne peux pas savoir à quel point. »

17.

Il faisait sombre à l'intérieur de la grange, à peine éclairée par quelques guirlandes lumineuses qui tombaient du plafond. Les murs en tôle résonnaient et les vibrations, ajoutées à la cacophonie des rires, de la musique et des cris, avaient quelque chose de déroutant et même d'un peu effrayant. Rachel et moi restions serrées l'une contre l'autre.

Carly, visiblement dans son élément, s'est avancée d'un pas assuré en direction d'une vieille baignoire que l'on avait remplie de glace et de canettes de bière et de Coca, et nous l'avons suivie. Elle nous a tendu une bière à chacune et en a pris une pour elle.

« C'est à qui ? ai-je demandé.

— Comment ? »

Cette fois, j'ai hurlé.

« On peut se servir sans problème ?

— Apparemment, personne ne nous en empêche, a-t-elle hurlé à son tour. Allons-y ! »

Elle s'est glissée dans la foule de jeunes qui dansaient devant la scène et s'est mise à bouger tout son corps au rythme de la musique. Puis elle a levé sa canette de bière et a bu une grande goulée en nous adressant un clin d'œil.

Quand elle a agité le bras pour nous faire signe de la rejoindre, Rachel m'a interrogée du regard. J'ai hoché négativement la tête. Je n'avais pas envie de danser tout de suite. Mon petit ami Will était peut-être là et je préférais tenter de le retrouver d'abord. Mais je l'ai débarrassée de sa canette en lui indiquant d'un mouvement du menton qu'elle pouvait y aller.

Quand elle dansait, comme lorsqu'elle jouait du piano, Rachel était complètement absorbée par ce qu'elle faisait. Toute trace de maladresse disparaissait chez elle et elle se déhanchait en accord parfait avec la musique. Elle m'a adressé un grand sourire et j'ai éclaté de rire. J'étais grisée par l'alcool, la foule et la musique, et l'excitation ambiante était contagieuse. Je me disais que ce serait formidable si Will était ici et j'étais certaine qu'il serait content de me voir, lui aussi.

Je suis restée quelques temps appuyée contre le mur en regardant danser Rachel et Carly et en sirotant ma bière, que je n'aimais pas beaucoup, à vrai dire. Et au moment où j'allais faire le tour de la grange en quête de Will, il est apparu devant moi.

Il a fait la grimace, l'air faussement mécontent de me voir dans cet endroit, puis m'a souri. J'ai souri à mon tour et nous nous sommes serrés l'un contre l'autre sans prononcer un mot. Je sentais son odeur épicée où se mêlaient un arôme chocolaté et une pointe de transpiration. Puis ses lèvres ont pris les miennes et nos bouches se sont explorées avec avidité.

Après nous être embrassés, nous nous sommes regardés, tellement heureux de nous retrouver, tellement excités par l'ambiance et par notre désir mutuel que nous n'arrêtions pas de sourire et de rire.

Quand il s'est de nouveau pressé contre moi, j'ai senti son érection. Je trouvais enivrant de savoir que je lui faisais cet effet dès qu'il me voyait et qu'il me touchait. Quel-

que chose a frémi dans mon bas-ventre et j'ai compris
que je voulais aller jusqu'au bout avec lui. Faire l'amour.
Pas ce soir, mais bientôt. Je me suis serrée à mon tour
contre lui. C'étàit une promesse.

Et parce que j'étais maintenant avec Will, j'ai trouvé un
bon goût à la bière. Soudain, j'appréciais l'obscurité, son
aspect romantique et réconfortant. J'avais l'impression
que j'étais dans un cocon et, que malgré la foule, nous
étions seuls au monde.

18.

Le lendemain des excuses d'Alice, dans la soirée, je suis en train de regarder la télévision en pyjama, allongée sur le canapé avec la télécommande, lorsqu'on frappe à la porte.

Je me dis que c'est elle et j'ai la tentation de faire semblant de ne pas être là. Je ne lui en veux plus vraiment, mais je suis vannée et la simple évocation de son énergie inépuisable me fatigue. Je décide pourtant de ne pas me cacher et, avec un grand soupir, je vais ouvrir après avoir éteint la télé.

Ce n'est pas Alice, mais Robbie. Il brandit un sac en papier, le sourire aux lèvres.

« J'ai apporté des provisions, annonce-t-il. Glace au chocolat, boisson chocolatée et biscuits au…

— Laisse-moi deviner, dis-je en éclatant de rire. Au chocolat. »

Je m'efface pour le laisser entrer. Il hésite sur le seuil, un peu gêné.

« Je ne te dérange pas ? demande-t-il. J'avais envie de te parler. Hier, on n'a pas été seuls ensemble une minute et on a tant de choses à se dire ! À propos de ta sœur. Et d'Alice, bien sûr. Mais tu allais certainement te mettre au lit, poursuit-il en jetant un coup d'œil à mon pyjama. Si tu es crevée, on peut remettre ça à plus tard et je me contenterai de te préparer un chocolat chaud et de te border. Je... »

Je l'interromps.

« Robbie, entre. Je ne suis pas fatiguée à ce point. De toute façon, j'avais l'intention de te parler, moi aussi. Et je ne résiste pas à une bonne glace. »

Je lui ôte le sac en papier des mains et le précède dans le couloir. Nous allons dans la cuisine, où je nous sers deux généreuses portions, que nous emportons dans le salon.

La glace est délicieuse, riche en cacao et crémeuse à souhait. Je m'en barbouille les lèvres et fais le clown.

Il éclate de rire, mais son visage redevient vite sérieux. Je vois qu'il tourne la cuillère dans sa coupe sans rien manger.

Je m'essuie les lèvres.

« Tu vas bien, Robbie ?

— Ça peut aller. Je ne suis pas venu pour parler de moi. (Il me dévisage, le front plissé.) Et toi, comment vas-tu ?

— Bien.

— Tu ne m'avais rien dit sur ta sœur. C'est très courageux de ta part, alors que moi, je te raconte tout le temps mes malheurs. Tu dois... Je... (Il me regarde, soudain furieux et vexé.) Enfin, pourquoi ne m'as-tu rien dit ? » explose-t-il.

Je pose ma coupe sur la table basse et m'accroupis face à lui.

« Pardonne-moi, Robbie. Je n'ai pas voulu te heurter. Si tu as l'impression que je ne te faisais pas assez confiance, ce n'était pas le cas, je te le jure. »

Il me regarde en silence, attendant la suite.

« Quand Rachel est morte, les médias se sont emparés de l'histoire. Les journalistes étaient après moi, après mes parents. C'était épouvantable. Ils ont raconté des choses horribles sur notre famille, en déformant la réalité. Quand ils n'ont pas tout inventé... »

Rien que d'y penser, j'en ai les larmes aux yeux. Robbie vient s'asseoir à côté de moi sur le sol et passe son bras autour de mes épaules. « Ça va aller, murmure-t-il. (Il semble bouleversé et je devine qu'il va se sentir coupable de m'avoir fait pleurer.) Je ne me rendais pas compte, Katherine. Je suis un imbécile, incapable de réfléchir avant d'ouvrir ma grande gueule. »

Cette description est si peu conforme à la personnalité de Robbie que je ris à travers mes larmes.

« Ce n'est pas toi qui me fais pleurer, Robbie, dis-je en m'essuyant les yeux. Je pleure chaque fois que je repense à cette période. Et j'y repense souvent. Je veux simplement t'expliquer pourquoi je ne t'ai rien dit.

— Tu n'es pas obligée, tu sais. »

J'ôte son bras de mes épaules et m'installe face à lui.

« Je ne suis pas obligée, mais je tiens à le faire. D'accord ? »

Il acquiesce d'un signe de tête.

« Je ne m'appelle pas vraiment Patterson, mais Boydell. »

Les yeux de Robbie s'arrondissent. Il a entendu parler des sœurs Boydell, bien sûr.

« Tu vois ? Tu es au courant. De ce que les journaux ont raconté sur nous, du moins.

— Je me souviens du nom, pas du reste. Ah, si, que ta sœur était une sorte de prodige. C'est exact, n'est-ce pas ?

— Oui.

— Merde, Katherine, je n'arrive pas à le croire. Ça dépasse tout ce qu'on peut imaginer.

— Je sais.

— C'était ta sœur ? Mon Dieu, ce qui lui est arrivé est tellement dingue ! Les malades qui ont fait ça, ces salopards…

— Après, les médias nous ont rendus célèbres, si l'on peut dire. D'une façon épouvantable, destructrice, invasive, qui nous a détruits encore plus,

137

comme si on ne souffrait déjà pas assez. Sans compter tous ces psys, tous ces gens qui faisaient des commentaires sur nous, sur notre vie de famille. On se sentait envahis. C'était révoltant, cette intrusion dans notre vie.

— Qu'est-ce qu'ils disaient ?

— Des saloperies. Il y a eu pas mal d'articles racontant que mes parents poussaient Rachel, qu'ils étaient ambitieux pour elle. Bien sûr, ils l'étaient, dans une certaine mesure. Mais Rachel était un génie et on ne peut arriver à ce niveau sans être ambitieuse, sans bosser comme une folle. De son vivant, les journaux étaient trop contents de tartiner làdessus, avec des titres du genre "Notre prodige local". Mais quand elle est morte, on a eu l'impression qu'ils se retournaient soudain contre nous. La famille dont la ville de Melbourne était fière est devenue affreuse, égoïste, unanimement détestée. »

Je prends une profonde inspiration avant de poursuivre :

« Les journalistes n'ont pas vraiment menti, mais ils ont présenté les choses sous un angle négatif. Ils ont dit que Rachel devait s'exercer au piano trois ou quatre heures par jour sous la pression de nos parents. Rien de plus faux. Rachel adorait le piano. Elle voulait être la meilleure et elle faisait ce qu'il fallait pour ça. Mes parents l'encourageaient. Ils l'aimaient plus que tout au monde. C'étaient de bons parents. Pour elle. Pour nous deux. (Ma voix tremble. Je prends ma tête dans mes mains en m'efforçant de ne pas m'effondrer.) Nous étions une famille heureuse, Robbie.

— Évidemment.

— C'est pourquoi j'ai décidé de m'appeler Katherine Patterson, pourquoi je suis venue vivre à Sydney et pourquoi mes parents ont fait de même. Je n'en ai parlé à personne, sauf à Alice, parce que je ne voulais *plus* être Katie Boydell. Et je ne voulais pas que tu sois au courant avant de me connaître réellement, tu vois ? »

Robbie acquiesce. Il prend ma main et la serre, tandis que je poursuis :

« Mais j'ai été cent fois sur le point de te le dire, notamment quand tu m'as parlé de ta mère. J'aurais voulu que tu saches à quel point je comprenais ce que tu ressentais.

— Effectivement, tu avais l'air de savoir de quoi je parlais, répond-il. Un peu comme si tu y avais longuement réfléchi. J'ai pensé que tu étais superintelligente, superintuitive, alors qu'en fait c'était du vécu, mais en pire. »

Nous terminons notre glace, qui a fondu, puis je raconte à Robbie ce qui s'est passé la nuit où Rachel a été tuée. Et, comme lorsque je me suis confiée à Alice, je sanglote sans pouvoir m'arrêter en martelant le sol de rage et de frustration. Robbie m'écoute attentivement. De temps à autre, il hoche la tête, l'air incrédule et horrifié. Il va ensuite me chercher un supplément de glace et me pose avec douceur quantité de questions. Il pleure lui aussi et nous séchons mutuellement nos larmes, en riant de nos nez qui coulent et de nos yeux rouges.

À minuit, j'avoue que je n'en peux plus, mais quand il se lève pour partir, je lui demande de rester. De dormir à côté de moi. Chastement, en ami. Parce que je ne veux pas rester seule. Parce que j'ai besoin de chaleur et de réconfort. Et il accepte avec joie.

Je lui donne une brosse à dents neuve et nous nous lavons les dents côte à côte dans la salle de bains, en crachant chacun à son tour dans le lavabo. Après avoir pleuré ensemble et dévoilé une part intime de nous-mêmes, nous nous sentons très proches, beaucoup plus à l'aise l'un avec l'autre.

Nous nous allongeons sur le dos sous les draps. Je l'écoute respirer dans l'obscurité et la tiédeur de son corps à côté du mien a quelque chose d'apaisant.

« En temps normal, il ne serait pas question que je dorme avec le petit copain d'une amie, dis-je. Même s'il ne se passe rien entre nous, c'est bizarre. Mais je ne sais pourquoi, il me semble que les règles d'usage ne s'appliquent pas quand il est question d'Alice.

— C'est parce qu'elle-même n'en tient pas compte. Pourquoi les respecterait-on, dans ce cas ? C'est le phénomène Alice. Quand on la fréquente un certain temps, on finit par mal se conduire. (Il a un petit rire.) Relax, Katherine. Pense à l'autre soir, avec Ben et Philippa. À ce qu'elle t'a dit sur ta sœur, à la façon dont elle flirtait avec Ben. On ne peut pas dire qu'elle ait eu un comportement respectueux des autres. Donc, on a le droit de se conduire un poil de travers, toi et moi, non ?

— Oui. Enfin, je ne sais pas, mais je ne pense pas qu'on agisse mal ce soir. On est amis, on se réconforte mutuellement et on ne fait pas de mal à Alice. D'ailleurs, même si elle était au courant, elle s'en ficherait, tu ne crois pas ?

— Elle ne s'en ficherait pas du tout. Mais pas pour les raisons que l'on pourrait penser. Pas parce qu'elle m'aime au point de trouver insupportable l'idée de me savoir auprès d'une autre, mais parce que cela lui échappe. Parce que ce n'est pas elle qui tire les ficelles dans cette situation. »

Je ne réagis pas, car je n'aime pas le sous-entendu qu'Alice aurait autant d'influence sur moi que sur Robbie. Je comprends que lui-même ait l'impression d'être son jouet, dans la mesure où il est amoureux et où elle lui en fait voir de toutes les couleurs. Elle n'a qu'à le sonner et il arrive. Mais pour ma part, je suis seulement l'amie d'Alice et ma perception n'est pas déformée par le désir. Pourtant, je ne vais pas le faire remarquer à Robbie ce soir. Je ne veux rien déclarer qui puisse le rendre encore plus malheureux.

« En fait, tu as dit que j'étais le petit copain d'Alice, poursuit-il avec un rire amer. Mais ce n'est pas le cas.

Je suis juste quelqu'un dont elle se sert quand elle en a envie, un chiot fidèle dont elle use et abuse.

— Si c'est l'impression que ça te donne, Robbie...

— C'est la *réalité*. Je me dis que je devrais cesser de la voir, mais, dès qu'elle est devant moi ou que j'entends sa voix, je... (Il s'interrompt et s'efforce de contrôler son émotion. Au bout de quelques instants, il pousse un long soupir et reprend :) Tu veux que je te dise un truc bizarre ? Mon père a quelqu'un dans sa vie, une femme rencontrée dans une soirée, et figure-toi qu'elle s'appelle Rachel.

— Cela n'a rien de curieux. Rachel n'est pas vraiment un prénom rare.

— Non, le truc bizarre, c'est qu'il est heureux depuis. Vraiment heureux, comme avant que maman tombe malade.

— Mais c'est formidable, Robbie. Elle est sympa ?

— Je ne l'ai jamais rencontrée. Je ne *veux* pas la connaître.

— Tu penses que ton père trahit ta mère, en quelque sorte ?

— Pas du tout. Maman aurait aimé que mon père soit heureux après sa disparition. »

Je suis stupéfaite.

« Mais alors, où est le problème ?

— Je suis jaloux, malgré moi. Je sais qu'il veut mon bonheur et que je devrais souhaiter le sien, mais je ne pense qu'à une chose, c'est qu'il réussit à vivre une belle histoire d'amour, tandis que moi, j'ai le cœur déchiré par Alice. Comment fait-il ? Il est déjà âgé, après tout. C'est le monde à l'envers, une humiliation pour moi. Quand je le vois trimballer son air ridiculement béat, ça m'énerve.

— Robbie ! »

Je ne peux m'empêcher de sourire dans l'obscurité.

« Eh oui, Katherine, je ne suis pas quelqu'un de bien. Je suis un salaud. Je mérite d'être traité comme un chien par Alice. »

Malgré moi, j'éclate de rire. Robbie se tait et son silence me culpabilise un peu, mais plus je fais des efforts pour me contrôler, plus je suis secouée de hoquets. Au bout de quelques instants, il est pris d'un fou rire à son tour et nous sommes bientôt littéralement pliés en deux, tandis que les larmes coulent sur nos joues.

Au bout d'un moment, j'arrive enfin à parler.

« Quelqu'un de bien, c'est aussi quelque part quelqu'un de pas bien, dis-je en m'efforçant de ne pas glousser.

— Tu peux traduire, Katherine ? J'ai du mal à suivre.

— D'accord. J'avoue que ça pourrait être plus clair. Ce que je veux dire, c'est que si tu distingues ce qu'il y a en toi de pas bien et que tu essaies de lutter contre, c'est déjà bien. Personne n'est vraiment bien-bien. On peut simplement essayer de s'en rapprocher.

— Tu as sans doute raison. »

Nous nous taisons. Le souffle de Robbie devient de plus en plus régulier. Je ferme les yeux.

« Tu es vraiment sympa, Katherine, murmure-t-il d'une voix ensommeillée.

— Toi aussi, Robbie.

— Si seulement je t'avais rencontrée avant. Avant de connaître Alice…, reprend-il en prenant ma main dans le noir. On aurait pu… on aurait… »

Il n'achève pas sa phrase.

« Oui, dis-je, à demi endormie. Je sais. »

19.

« Ils sont top, non ? »

Les yeux fixés sur la scène où se produit le groupe de son frère, Philippa rayonne de fierté. Elle tape du pied en rythme.

J'approuve avec un grand sourire.

« Fantastiques ! » dis-je en m'efforçant de mettre un maximum d'enthousiasme dans ma voix.

Et c'est vrai que ce sont tous des musiciens accomplis, au répertoire parfaitement au point. Ils jouent un folk rock fluide que j'apprécierais en temps normal, mais j'ai une affreuse migraine et je donnerais n'importe quoi pour être dans mon lit. Philippa est passée me prendre un peu plus tôt, tellement excitée par cette soirée que je n'ai pas voulu la décevoir. J'espérais que mon mal de tête disparaîtrait, mais il n'a fait que s'aggraver. Et comme Philippa nous a réservé la table la plus proche de la scène, la musique est très forte et me vrille les oreilles.

Son frère Mick est à la batterie. C'est un garçon très séduisant, dans le genre calme et réservé. Je ne l'ai pas encore vu sourire une seule fois. Il a le teint pâle, comme Philippa, et des cheveux noirs qui lui tombent sur les yeux. Je l'ai surpris en train de jeter de temps en temps des regards étonnés du côté de notre table. Visiblement, il se demande qui est cette fille assise à côté de sa sœur.

La musique a beau être bonne, je suis contente quand le groupe s'arrête pour faire un break. Du coup, ma tête va un peu mieux. Mick bavarde quelques minutes avec les autres musiciens, puis s'approche de notre table.

« Salut, Pip ! » lance-t-il en touchant l'épaule de Philippa.

Je lui souris, mais il me considère d'un œil froid et se retourne vers sa sœur.

Philippa lui prend la main.

« Mick, je te présente Katherine. Je t'ai parlé d'elle, tu te souviens ?

— Oui, répond Mick, toujours aussi peu expansif. Bonsoir. »

Je ne suis pas d'humeur à essayer de faire fondre ce glaçon et je me contente d'un bref « Bonsoir », puis je me plonge dans la contemplation du bar.

« Katherine a la migraine », déclare Philippa.

Je me tourne vers elle, étonnée, les sourcils froncés. Comment le sait-elle ? Je ne lui ai rien dit de mon mal de tête. En plus, ça m'agace qu'elle juge nécessaire d'expliquer mon manque d'amabilité. C'est son frère qui est impoli. Moi, je ne fais que réagir.

Philippa se penche vers moi.

« Mick peut t'en débarrasser.

— Me débarrasser de quoi ? »

Mick répond à sa place.

« De ton mal de tête, me dit-il. Si cela te tente.

— Pardon ? (Je secoue la tête, soudain persuadée qu'il veut me proposer de la drogue.) Non, merci. (Je lève mon verre de limonade.) Demain, j'ai du boulot. Je prépare l'examen. Le HSC. »

Philippa éclate de rire.

« Qu'est-ce que tu vas imaginer ? s'exclame-t-elle, lisant dans mes pensées. Ce n'est pas à de la dope qu'il pense, mais à un massage. Aussi incroyable que ça paraisse, ça marche vraiment. Fais-moi confiance. Essaie. »

J'imagine mal ce garçon étrangement distant en train de me masser les épaules et de me toucher. L'idée me paraît si absurde que je manque d'éclater de rire.

« Ça va aller, merci », dis-je.

Mais déjà Mick s'est assis en face de moi. Il a pris ma main droite et il appuie sur la partie charnue entre mon pouce et mon index, où il dessine de petits cercles. Il fait ensuite remonter son pouce sur mon poignet, redescend au creux de la paume et le long du majeur. Je m'apprête à retirer ma main en riant pour montrer que je ne crois pas à ces méthodes, mais il la retient.

« Pas encore, proteste-t-il. Attends de voir si ça marche. »

Il me sourit enfin et ce sourire opère un changement radical chez lui. Son visage s'illumine ; son air maussade laisse la place à une expression chaleureuse. Avec ses dents blanches et régulières, ses yeux marron profondément enfoncés dans les orbites et ourlés de cils d'une longueur stupéfiante, il est tout simplement magnifique. Et soudain, je me rends compte que c'est l'homme le plus beau que j'aie jamais vu.

Étonnamment, je sens la tension dans mes tempes qui s'apaise. C'est un peu comme si chacun des petits cercles qu'il dessinait sur ma main effaçait le mal. Je l'observe pendant qu'il s'absorbe dans sa tâche. Il ne sourit plus, se concentre sur ce qu'il fait.

Il prend ensuite ma peau entre le pouce et l'index, la pince.

C'est douloureux. Je pousse un cri. Mick lâche ma main et je la retire d'un geste vif, puis il attend, l'air interrogateur.

Je touche ma tempe, incrédule.

« C'est parti. Complètement parti.

— Incroyable, non ? s'exclame avec fierté Philippa. Je t'avais dit que ça marcherait, Katherine. Mon petit frère est doué. »

Mick me regarde maintenant avec une expression chaleureuse et légèrement amusée, et il garde les yeux fixés sur moi si longtemps que je sens mes joues devenir écarlates, tandis que mon cœur bat à tout rompre.

« Oui, c'est formidable, dis-je. Merci. Je vais aller nous chercher de quoi arroser ça. (Je me hâte de vider le fond de mon verre et je me lève. Philippa me fait signe qu'elle ne veut plus rien et je me tourne vers Mick.) Et toi, Mick, qu'est-ce que tu bois ?

— Je vais prendre une bière. »

Au moment où je me dirige vers le bar, il me rappelle. Je suis contente de ne pas être tout près de lui, car mes mains commencent à trembler.

« Dis simplement que c'est pour le groupe, me lance-t-il. C'est gratuit.

— OK.

— Attends ! ajoute-t-il en riant. Comme bière, j'aimerais une VB, si c'est possible.

— C'est possible. »

Je file vers le bar, soulagée de pouvoir échapper à son regard.

Après avoir passé la commande, je jette un coup d'œil par-dessus mon épaule. Philippa et lui sont en grande conversation. Il fait de grands gestes en direction de la scène et imite la batterie. Ils parlent de musique. Je suis soulagée. J'avais peur qu'ils ne soient en train de s'interroger sur mon comportement bizarre.

Je connais cette sensation, l'estomac qui se serre, l'excitation qui me gagne quand Mick me regarde. Il y a bien longtemps que je n'ai éprouvé quelque chose de ce genre. Depuis Will et la nuit où Rachel est morte, je ne me suis jamais autorisée à penser à un garçon de cette manière. Et je suis stupéfaite par les

manifestations physiques – cœur battant, mains tremblantes, joues en feu – qui me trahissent avant même
que j'aie pris conscience de cette attirance. On dirait
que mon corps me connaît mieux que moi-même.

Quand mon verre de limonade arrive, j'en vide la
moitié d'un trait, bien que le liquide glacé me brûle la
gorge, car j'ai très soif. Je respire un bon coup, puis
me dirige vers notre table.

« Excuse-nous, on parle musique, me dit Philippa
lorsque je leur tends leurs verres.

— Pas de problème, dis-je en m'asseyant. J'adore
parler musique. Dans ma famille... enfin, je veux dire,
nous le faisions tout le temps. »

Je me tais, soudain incapable de trouver mes mots.
La disparition de Rachel, mon histoire ne sont plus
un secret, mais je suis incapable d'en parler avec
détachement, de déclarer : *Oui, dans ma famille, on
parlait beaucoup de musique. Avant que ma sœur ne
soit assassinée, je veux dire, car depuis rien n'est pareil
et nous n'avons plus ce genre de conversation. Mais le
langage m'est familier et je partage votre amour de la
musique. Alors, continuez.*

Philippa a remarqué ma gêne et elle change gentiment de sujet.

« Tu ne devineras jamais qui j'ai rencontré l'autre
jour, Mick ! » s'exclame-t-elle.

Comme il ne réagit pas, elle poursuit :

« Caroline. Caroline Handel. Eh bien, elle a drôlement changé d'allure. Si tu l'avais vue, tu en serais
tombé à la renverse. Maintenant, elle est superchic,
fringuée cadre sup. Elle a un gros poste dans une
grande entreprise.

— Ah bon ? »

Il hausse les épaules, l'air indifférent.

Philippa a beau s'efforcer de changer de conversation, cette histoire n'intéresse visiblement pas Mick
et il se tourne vers moi dès qu'elle a fini.

« Donc, on discutait de musique dans ta famille, me dit-il. Mais pourquoi en parles-tu au passé ?

— Mick ! s'exclame Philippa. Ne sois pas impoli ! On ne pose pas de questions de ce genre.

— De quel genre ? (Abasourdi, il se tourne vers moi.) J'ai posé une question indiscrète ? J'espère que non, mais si oui, je suis désolé. Je n'ai même pas l'excuse d'être ivre. Je n'ai bu qu'une gorgée de bière.

— Tu n'es pas indiscret, dis-je. Ne t'inquiète pas, Philippa. »

Et soudain, je prends la décision de tout leur raconter à propos de Rachel. Ce n'est peut-être ni le lieu, ni le moment, ni les circonstances pour le faire, mais y a-t-il un endroit où parler de la mort ? Et puis il s'agit d'un épisode de ma vie qui continue à laisser son empreinte sur moi. Si je refuse d'en parler et de le reléguer à la place qui est la sienne dans le passé, il va y rester tel un fantôme qui me hantera à jamais.

« Ma sœur a été assassinée », dis-je.

Philippa approuve d'un signe de tête et je poursuis : « Cela peut sembler bizarre que je vous en parle maintenant, mais j'ai soudain besoin de laisser sortir cette histoire. Il y a trop longtemps que j'essaie de la cacher aux autres. Depuis mon départ de Melbourne. (Tout en parlant, je fais des petits cercles avec mon verre.) Et maintenant que vous savez, j'ai le sentiment de devoir raconter... (Je souris à Philippa.) De devoir raconter à mes amis, je veux dire, ce qui est arrivé, car c'est un événement particulier, quelque chose qui a vraiment changé ma vie. »

Je m'interromps et me tourne vers Mick. « Je tiens à en parler à Philippa, Mick, mais je ne veux rien t'imposer. Je comprendrais que tu ne restes pas. Sinon, tu es le bienvenu. »

Il se contente d'acquiescer d'un signe de tête.

Je pose mon verre et prends une profonde inspiration. Puis je commence.

« Nous sommes allées à une soirée... »

Et cette fois, aucune plainte ne vient interrompre mon récit. Lorsque quelques larmes mouillent mes yeux, je les essuie impatiemment. Mick et Philippa écoutent en silence.

Quand j'ai terminé, Philippa se lève, fait le tour de la table et me prend dans ses bras.

« Merci de nous avoir raconté tout cela », dit-elle.

Je regarde Mick. Il a les yeux humides. Il m'adresse un petit sourire, plein de tristesse et de sympathie, qui exprime son désarroi et sa difficulté à trouver les mots qu'il faut. C'est la bonne réaction et je lui rends son sourire avec gratitude.

20.

« Attends, pas ici ! Pas maintenant. Je ne veux pas que ça se passe comme ça. »

Will, qui était allongé sur moi, a basculé et s'est assis à mes côtés. Avec un soupir, il a doucement rabaissé mon T-shirt.

« D'accord. Moi non plus, Katie. Excuse-moi. »

Je me suis redressée, puis je l'ai pris par le cou et je l'ai embrassé.

« Tu n'as pas à t'excuser, Will. Il n'y a aucune raison. (Nous étions sous un arbre à l'extérieur de la grange. Le sol était dur, plein de poussière, de vieilles racines et de cailloux. J'avais trop bu et je me sentais sale et fatiguée.) J'aimerais mieux perdre ma virginité dans un lit, ai-je dit. Un bon lit, propre et confortable. Et si possible en étant sobre. »

Will a souri.

« Moi aussi. Tu me rends fou, mais je préfère que ce soit bien. Et il vaudrait mieux qu'on n'ait pas l'esprit embrumé par l'alcool, pour pouvoir se souvenir de l'événement.

— Quelle heure est-il ? »

J'ai cherché à voir le cadran de sa montre, mais il faisait trop sombre.

Will a appuyé sur un bouton et le cadran s'est éclairé.

« Presque huit heures et demie », a-t-il dit.

J'ai bondi sur mes pieds.

« Merde de merde ! Rachel et moi, on va être affreusement en retard. On devait rester à peine une heure. Ça va être chaud en rentrant. Il faut que je la retrouve d'urgence. Viens ! »

Je lui ai pris la main et l'ai aidé à se relever.

Mais nous n'avons pas retrouvé Rachel dans la foule qui dansait à l'intérieur. Elle n'était pas non plus parmi les groupes de jeunes rassemblés contre les murs. On a repéré Carly et on lui a demandé si elle l'avait vue, mais elle a secoué négativement la tête avant de regarder d'un air vague autour d'elle. Elle était ivre, cela ne faisait aucun doute. Elle se serrait contre un garçon que je ne connaissais pas et pensait visiblement à tout autre chose qu'à rechercher ma sœur.

Will m'a prise par le bras.

« Allons voir dehors. Sur le devant. Là où sont garées les voitures.

— Entendu. Je regarde devant la grange, toi, derrière. Comme ça, ça ira plus vite. On se retrouve ici. »

Je commençais à m'inquiéter. Il était tard. Mes parents étaient forcément rentrés à la maison. Ils devaient se demander où nous étions et cela allait mal se passer. En plus, si Rachel avait bu et qu'ils s'en aperçoivent, ils seraient furieux. On serait bouclées toutes les deux.

Comme une grande partie des jeunes présents à la soirée étaient majeurs et conduisaient, il y avait de nombreux véhicules rangés devant le bâtiment, en une sorte de parking improvisé.

Au début, je n'ai rien vu, rien entendu, puis j'ai perçu des bruits. Des voix mâles. Des rires. Des verres qui tintaient. Je me suis avancée. Un petit groupe était rassemblé près d'une voiture aux portières ouvertes. Le plafonnier était allumé. Deux garçons s'appuyaient contre

152

les portières, un autre était assis à l'avant. Un quatrième se trouvait à l'arrière. Avec Rachel.

Appuyée au dossier, les yeux mi-clos, elle tenait un verre de bière à la main, si mollement qu'il semblait sur le point de tomber.

« 'soir, m'a lancé le garçon installé derrière le volant en me regardant approcher. Tu veux quelque chose ?

— Je viens juste chercher ma sœur, ai-je répondu en souriant, puis je me suis penchée à l'intérieur du véhicule. Rachel, il faut y aller. Il est très tard.

— Oh, Katie ! (Rachel a ouvert les yeux, l'air ravi. Elle a fait un léger mouvement et a renversé un peu de bière sur elle, sans s'en apercevoir.) Katie, c'est fou ce que je m'amuse. Je leur ai parlé de ma… ma… commenchappelleça ? (Elle s'est mise à glousser en pianotant sur sa jambe avec ses doigts.) Ma… la musique. Voilà, ma musique ! (Elle avait la voix pâteuse, les gestes lents.) Ils veulent venir à mon récital, tu te rends compte ? »

J'ai examiné les garçons. Ils étaient habillés avec des chemises de bûcherons sur des T-shirts moulants. Le seul dont j'ai pu croiser le regard était celui assis à la place du conducteur. Il était assez beau, avec un visage taillé à la serpe, et nettement plus âgé que les autres. Il avait bien vingt ans. C'était déjà un homme. Je n'ai pas cru un seul instant que lui ou les autres s'intéressaient à la musique classique.

« Formidable ! ai-je répondu à Rachel en m'emparant de son verre. C'est d'ailleurs pour ça qu'il faut y aller, sinon, il n'y aura pas de récital. »

Je l'ai prise par la main et j'ai tenté de la tirer hors de la voiture, mais elle était un poids mort. Elle ne faisait aucun effort pour m'aider et j'avais peur qu'elle ne tombe si je tirais plus fort. J'ai fini par la traîner littéralement.

« Comment tu vas la ramener ? » m'a demandé le plus âgé.

Il me regardait d'un air interrogateur, une cigarette au coin des lèvres.

« À pied. On n'habite pas loin », ai-je menti.

Il a éclaté de rire. « Je m'appelle Grant. Et je peux te dire que si, c'est foutrement loin. Parce que tout est loin d'ici. La nuit. Dans le noir. (Puis il a pointé le menton vers Rachel et il a ajouté :) Faudrait encore que tu y arrives. »

J'ai haussé les épaules.

« Rachel, ai-je lancé d'une voix forte, s'il te plaît, viens. On est en retard. »

Elle a de nouveau gloussé et s'est laissée aller sur le côté avec un sourire béat, les yeux clos comme si elle allait s'endormir.

« Mon Dieu ! »

J'ai lancé un coup d'œil accusateur à Grant, tout en sachant que je ne pouvais m'en prendre qu'à moi-même. Pour commencer, je n'aurais jamais dû emmener Rachel dans ce genre d'endroit. Et je n'aurais pas dû la laisser seule.

« Combien de bières a-t-elle bues ? »

Grant a pris un air innocent.

« Ben, j'en sais rien. Je ne l'ai vue qu'avec un seul verre. C'est sans doute qu'elle n'a pas l'habitude. (Il s'est tourné vers un gros garçon qui était assis à l'arrière près de Rachel, le visage en sueur.) Dis donc, Sean, tu sais ce qu'elle a bu ? »

Sean a éclaté de rire, d'un rire sifflant qui lui secouait le ventre.

« Aucune idée, a-t-il répondu à Grant, sans daigner me jeter un regard. Elle était déjà blindée avant de venir dans la voiture. »

J'ai pris ma tête dans mes mains.

« C'est l'enfer ! Comment est-ce que je vais la ramener ? »

Je me parlais en fait à moi-même, mais Grant a réagi.

154

« C'est la question que je t'ai posée, a-t-il dit. J'en ai rien à faire, mais on peut vous raccompagner.

— On va se débrouiller, merci.

— Comme tu veux. Je te signale quand même qu'on est au moins à une heure de marche de tout. Dans l'obscurité. Et un taxi vous coûtera au moins cent dollars. Si j'étais toi, je sais ce que je ferais. »

J'ai réfléchi. Il était clair que Rachel ne pourrait pas marcher jusqu'à la maison. Je devrais attendre ici avec elle qu'elle dessoûle, ce qui pourrait prendre des heures, et les parents, affolés, risqueraient d'appeler la police. Impossible de les laisser s'inquiéter ainsi. Il faudrait que je trouve un téléphone portable et que je les appelle pour les rassurer. Oui, mais dans ce cas ils poseraient un tas de questions et ils insisteraient pour venir nous chercher. Et ça, je n'y tenais pas. Ils seraient verts en voyant où nous étions, dans cette grange pleine de jeunes complètement bourrés, avec de l'alcool, des cigarettes et de la drogue qui circulaient. Ils seraient capables de faire un truc catastrophique, comme d'essayer d'interrompre la fête. Ou, pire, ils appelleraient les flics pour qu'ils viennent coffrer tout le monde.

Ils sauraient qu'on avait bu, ça, c'était inévitable, mais ce serait moins pénible d'affronter l'orage à la maison.

J'ai pris ma décision.

« Entendu, ai-je dit à Grant. Normalement, je ne demanderais rien, mais là, je n'ai pas le choix. Ça ne vous ennuie pas ? Nous habitons à Toorak.

— À Toorak… (Il a jeté sa cigarette par la fenêtre, en a planté une autre entre ses lèvres.) Toorak, ouais, c'est un coin chouette, très chouette même, a-t-il commenté en l'allumant. (Il a aspiré une bouffée, puis a rejeté la fumée par le nez, les yeux fixés sur moi.) Aucun problème, je pense. De toute façon, on allait dégager, n'est-ce pas, Sean ? »

Sean a de nouveau rigolé.

« Ouais. On allait se tirer de cette soirée pourrie.

— Bon. Ça ne vous ennuie pas si je vais prévenir mon copain ? (Une idée m'a traversé l'esprit.) Il pourrait venir lui aussi. Vous n'auriez qu'à le déposer chez nous. Il se débrouillerait après. »

Grant a secoué la tête.

« Désolé, on serait trop nombreux. Il y aura déjà moi, Sean, Chris et Jerry, plus vous, les deux filles. Ça fait trois à l'avant, trois à l'arrière. Ce sera déjà bourré.

— À moins qu'elle préfère rester là et qu'on prenne le petit copain et la sœur », a lancé Sean en rigolant.

Non seulement il continuait à éviter mon regard, mais encore il parlait de moi comme si je n'étais pas là.

« La ferme, gros tas. »

Le ton de Grant était si cassant que je m'attendais à une réaction violente de la part de Sean, mais celui-ci s'est contenté de sourire bêtement. Il a posé sa main sur l'épaule de Grant et l'a serrée dans un geste étrangement affectueux.

« Tu passes une clope, mec ? » a-t-il demandé.

Grant lui a lancé un paquet de cigarettes sur les genoux.

« Je vais juste prévenir mon copain qu'on s'en va », ai-je annoncé. (Puis je me suis adressée à Rachel en la secouant.) Rach ? Je reviens tout de suite. Ces garçons vont nous reconduire.

— Nous reconduire ? (Elle a tenté d'ouvrir les yeux, mais ils se fermaient malgré elle.) Faut déjà partir ? Quel dommage ! Je m'amuse trop ! »

Sa voix était de plus en plus pâteuse.

— D'accord ? (J'ai jeté un coup d'œil à Grant.) Je n'en ai pas pour longtemps », ai-je dit.

Il m'a souri en tirant sur sa cigarette.

« Ne t'inquiète pas, on ne va pas partir sans toi. »

Je me suis précipitée dans la grange et je n'ai eu aucune difficulté à trouver Will, qui parlait à un petit groupe près de la porte de derrière.

« Je demandais s'ils l'avaient vue, a-t-il lancé en m'apercevant.

— Je l'ai retrouvée, Will. Elle est complètement à l'ouest. Il faut que je la ramène à la maison. On va nous raccompagner.

— Qui ça, "on" ?

— Un type qui s'appelle Grant. Elle est dans leur voiture et je n'arrive pas à l'en faire sortir, elle est trop soûle. (J'ai agité la main, impatiente.) Faut que j'y aille. J'ai peur qu'elle gerbe ou qu'elle tombe dans les pommes.

— Je t'accompagne.

— C'est inutile, je t'assure. (Je lui ai souri et me suis haussée sur la pointe des pieds pour l'embrasser sur les lèvres.) Reste ici avec tes amis et bois un verre à ma santé. »

Quand j'ai regagné la voiture, les garçons m'attendaient déjà à l'intérieur. Je me suis glissée à l'arrière près de Rachel. Elle avait la tête renversée, les yeux clos, la bouche entrouverte. J'ai caressé sa joue et bouclé sa ceinture.

« Rach ? On rentre, maintenant. »

Elle a soulevé les paupières et esquissé un sourire. « 'tendu », a-t-elle murmuré.

« Tu veux une bière ? »

Passant le bras devant Rachel, Sean me tendait une canette de VB, le regard toujours fuyant.

« Non merci, j'en ai déjà bu pas mal.

— Merde ! s'est-il exclamé. Prends-la, au moins. Je l'ai ouverte exprès pour toi. »

J'ai pris la canette et j'ai laissé la bière me rafraîchir les lèvres sans l'avaler. J'avais soif, mais je n'avais envie que d'un verre d'eau. Et de mon lit.

« Merci de nous raccompagner, ai-je dit à Grant.

— De rien, euh…

— Oh, je suis désolée, je ne me suis pas présentée. Je m'appelle Katie, Katie Boydell.

— Katie. Très bien. »

Il ne m'a pas présenté les autres et j'ai pensé leur taper sur l'épaule et leur serrer la main, mais ils sont restés sans réaction, la nuque raide, sans faire le moindre effort d'amabilité.

J'ai donc gardé le silence, réfléchissant à ce que j'allais raconter aux parents. Le plus simple serait de dire la vérité. Ils allaient se rendre compte tout de suite que Rachel avait bu et ils devraient peut-être même m'aider à la faire rentrer à l'intérieur de la maison. Je les imaginais en train de se précipiter dehors en entendant la voiture s'arrêter. Maman aurait une expression inquiète qui laisserait bientôt la place à de la colère, mais elle ne dirait rien et son silence serait plus accablant encore que les mots. Quant à papa, il hocherait la tête, incrédule. *Katherine*, dirait-il, *comment as-tu pu faire une chose pareille alors qu'on avait confiance en toi ?*

Cela allait être affreux et nous passerions tous un week-end pénible. Rachel et moi serions sans aucun doute punies pour nous être si mal comportées. Pourtant, je ne regrettais rien. Malgré les récriminations et les remontrances qui nous attendaient, je gardais en moi un petit noyau dur de bonheur que personne ne pouvait me prendre. J'aimais Will. Will m'aimait. Et c'était quelqu'un de merveilleux, de doux, de gentil. Cette certitude, cet amour me tiendraient chaud et je les garderais comme un trésor envers et contre tout. Quand je serais seule dans ma chambre, privée de sortie, le souvenir des moments passés avec lui ce soir et la promesse des jours à venir m'aideraient à tenir le coup. Finalement, ça en valait la peine.

Plongée dans mes pensées, j'ai mis du temps à me rendre compte que le paysage qui défilait sous mes yeux ne m'était pas familier. Je ne reconnaissais rien, ni les arbres ni les bâtiments. Je n'avais aucune idée de la zone que nous traversions.

Je me suis adressée à Grant : « On habite à Toorak, tu n'as pas oublié ? Je ne suis pas sûre que ce soit le bon chemin.

— *On habite à Toorak, tu n'as pas oublié ?* »

Je n'ai pas tout de suite compris qu'il m'imitait méchamment. Il s'est mis à rire et, avant même que j'aie pu réagir, il a répété la phrase d'une voix ridiculement haut perchée, en détachant bien les syllabes :

« *On habite à Toorak, tu n'as pas oublié ?* »

Il a ricané avant de poursuivre :

« Y'en a qui ont de la chance, hein ? Mais tout le monde n'a pas les moyens d'habiter à Toorak. Faut bien que certains vivent dans le trou du cul du monde, entre la décharge, les égouts et la prison. Ils ont le nez dans la merde, pendant que d'autres respirent les roses. C'est comme ça que ça marche dans ce putain d'univers. Pas vrai, Sean ? »

Sean a ri à son tour. Un rire nerveux et forcé. Je me suis tournée de son côté, mais il regardait fixement devant lui. Je me suis aperçue que sous la graisse, son visage avait beaucoup de charme. Il avait des yeux très bleus et une belle peau. Avec quelques kilos en moins, il aurait été beau garçon. Il a porté sa canette de bière à la bouche et j'ai constaté avec étonnement que sa main tremblait, au point qu'il s'est mis de la bière sur son menton. Des gouttes de sueur perlaient à son front et j'ai soudain compris qu'il avait peur. Il m'a presque fait pitié.

Qu'est-ce qui pouvait bien l'effrayer ?

À cet instant, j'ai pris conscience que Rachel et moi étions en danger.

La terreur m'a envahie. J'avais la gorge tellement serrée que je n'arrivais plus à déglutir, l'estomac noué, le cœur battant à tout rompre. L'hostilité de ces garçons, leur façon de m'ignorer, était évidente, presque palpable. Comment ne l'avais-je pas remarquée plus tôt ? Dans mon désir de ramener à tout prix Rachel à la maison, j'avais manqué de discernement. J'étais idiote. Ce que je prenais pour de l'impolitesse était en réalité quelque chose de beaucoup plus sinistre.

Ils *savaient* que cela allait se passer ainsi. J'ignorais quel était leur plan et où ils nous emmenaient, mais ils étaient tous complices. Et libres de faire ce qu'ils voulaient.

J'ai pensé : *Ils ont drogué Rachel*. Et ils essayaient de me droguer aussi. C'est pour ça qu'ils voulaient me faire boire leur bière. Le Rohypnol, la drogue du viol. On nous en avait parlé en classe. *Attention, vérifiez ce qui est mis dans vos verres. Ne buvez rien dont vous ne soyez sûres à cent pour cent.*

Mais Rachel était confiante et naïve. Elle n'aurait jamais imaginé une chose pareille.

Ils refusaient de me parler ou de me regarder, de peur d'éprouver de la sympathie pour moi. Visiblement, Grant était le meneur. Il conduisait en chantonnant, le bras à la portière, sûr de lui et décontracté, au contraire des autres dont la nervosité était évidente. Peut-être savaient-ils qu'ils faisaient quelque chose de mal.

Peut-être allaient-ils avoir pitié de nous.

J'ai essayé de prendre un ton assuré. « S'il vous plaît, vous pouvez nous conduire chez nous ?

— C'est ce que je suis en train de faire, merde ! On a juste un petit détour à faire avant. Une affaire dont on doit s'occuper. »

Grant s'est retourné un instant pour m'adresser un clin d'œil, dans une cruelle parodie de réconfort.

Peut-être aimait-il faire peur aux gens et ce trajet faisait-il partie d'un jeu. Peut-être envisageait-il de nous laisser devant chez nous ou de nous abandonner quelque part, saines et sauves, après s'être offert ce plaisir malsain. Je ne pouvais rien espérer de mieux. Mais j'avais dans la tête des scénarios beaucoup plus terrifiants et aussi beaucoup plus vraisemblables – le viol, la torture –, si réalistes que j'ai éclaté en sanglots. J'ai tenté de me calmer en me mettant la main sur la bouche, car je ne voulais pas énerver Grant, mais il a secoué la tête, l'air faussement déçu.

« Qu'est-ce qui ne va pas, princesse ? Les choses ne se passent pas comme le voudrait la fifille à son papa ?

— Désolée », ai-je murmuré. C'était une réponse absurde.

Grant a frappé le volant du plat de la main. « *Désolée ?* a-t-il lancé sur un ton agressif. Mais c'est qu'on est bien élevée ! Ta maman peut être fière de toi. »

Il a de nouveau quitté la route des yeux un instant pour se tourner vers moi en ricanant, et la voiture a fait une embardée sur la gauche. Il a redressé sa trajectoire en toute hâte, évitant de justesse une voiture dont nous avons vu arriver les phares en sens inverse, tandis que le conducteur klaxonnait comme un fou.

« Va te faire foutre, connard ! » a hurlé Grant.

Pendant quelques instants, j'ai regretté que la collision n'ait pas eu lieu, car les plus exposés auraient été le conducteur et les deux passagers à l'avant. Puis je me suis dit que je pouvais peut-être distraire Grant de façon qu'il perde le contrôle du véhicule. Si nous entrions en collision frontale avec une autre voiture, ou si nous nous écrasions contre un arbre, Rachel et moi aurions de bonnes chances de survie. Tout plutôt que d'être à la merci de ce Grant, qui était visiblement détraqué.

Mais cela présentait trop de risques. Et si je manquais mon coup, ce qui était vraisemblable, notre sort, à Rachel et à moi, serait sans doute pire.

Je n'avais pas le choix, je devais attendre. Attendre de voir où ils nous conduisaient et ce qu'ils avaient en tête. Essayer de prendre la fuite à la première occasion. Si Rachel avait été éveillée, cela n'aurait pas paru si difficile. Mais elle était profondément endormie, ou inconsciente. Sa respiration était lente et profonde et, quand j'ai essayé de lui pincer la jambe, elle n'a pas remué un cil.

21.

Mick joue pendant une heure encore et j'en profite pour l'observer. Ses épaules bougent en rythme, ses mains et ses poignets dégagent une impression de force quand il manie ses baguettes. De temps à autre, il surprend mon regard et il sourit, mais, après tout, il est normal que j'aie les yeux fixés sur lui puisqu'il est sur la scène. Je me sens donc assez à l'aise pour lui rendre son sourire. Dès que le groupe a terminé, il revient à notre table.

« Qu'est-ce que vous faites maintenant, les filles ? demande-t-il.

— On rentre se mettre au lit, répond Philippa. Katherine a cours demain. »

Il est tard et Philippa a raison, mais je n'ai aucune envie de partir.

« Ne t'inquiète pas pour moi, dis-je. Je me sens beaucoup mieux et je... »

Mick m'interrompt :

« Allons manger quelque chose ! (Il me regarde dans les yeux et je sais qu'il aimerait autant que moi poursuivre la soirée ailleurs.) Je connais des endroits sympas où ils servent encore à cette heure. »

J'approuve avec enthousiasme.

« Génial. Je meurs de faim. »

Philippa consulte sa montre et fronce les sourcils.

« Il est près de minuit, Katherine. Je croyais que tu voulais rentrer tôt ?

— Euh… pas vraiment, en fait.

— Désolée, mais je suis crevée. On fera ça la prochaine fois, propose-t-elle en prenant son sac. J'ai besoin de dormir. »

Elle se lève, embrasse son frère sur la joue et lui dit bonsoir. Visiblement, elle attend que je parte avec elle. Mal à l'aise, je me demande comment je vais lui faire comprendre que je reste. C'est Mick qui me sauve la mise.

« On peut quand même aller dîner tous les deux, si tu veux, dit-il en s'adressant à moi, l'air à nouveau très sérieux. Je te raccompagnerai.

— Excellente idée. »

Je me sens soudain nerveuse. Que va penser Philippa ? À mon tour, je me lève et m'empare de mon sac.

« Qu'est-ce que… ? »

Philippa a l'air à la fois étonnée et exaspérée. Puis elle nous regarde alternativement, ce qui me fait rougir, avant de renverser la tête en arrière et d'éclater de rire. « Je savais que vous vous plairiez ! » s'exclame-t-elle.

J'attends que Mick la démente, qu'il éclate de rire lui aussi à l'idée que je puisse lui plaire, mais il accroche mon regard en me souriant timidement. Je souris aussi et je sais que nous exprimons ainsi des millions de choses inexprimables autrement. Philippa a dit vrai. Pendant quelques instants, nous restons tous les trois sans rien dire, à la fois gênés et ravis.

« Dans ce cas, je vous laisse », tranche Philippa. (Puis, se tournant vers Mick, elle ajoute :) Je compte sur toi pour qu'elle rentre chez elle saine et sauve, hein ?

— Oh, ça va, Pip ! » répond Mick.

Philippa me lance un coup d'œil interrogateur.

« Tu sais qu'il est à moto ? » demande-t-elle.

Au fond, cela ne me surprend pas.

« C'est très bien », dis-je sur un ton gai, en m'efforçant de ne pas penser à la réaction de mes parents s'ils me savaient à l'arrière de ce genre d'engin. Et j'ajoute : « J'adore la moto. »

C'est un mensonge, bien sûr.

Philippa embrasse son frère, puis elle me serre contre elle. Je prends ça pour une approbation et je ressens une bouffée de tendresse à son égard. C'est une véritable amie, ouverte et chaleureuse.

« Il faut d'abord que j'aille donner un coup de main aux autres pour remballer, me dit Mick après son départ. Ce ne sera pas long. Tu veux bien m'attendre ici ? »

Je préfère lui proposer mon aide. Nous allons sur la scène et il me présente les membres de son groupe. Je passe les dix minutes suivantes à enrouler des fils électriques et à rapporter les verres au bar. Lorsque tout est net et que les instruments sont rangés dans la fourgonnette du chanteur, Mick va dans les coulisses et revient, muni de deux casques et d'une veste en cuir.

Il me tend sa main libre et prend la mienne. Sa pression est ferme, sa paume chaude.

« Allons-y », dit-il.

Nous marchons en silence. J'ignore où il m'emmène et cela m'est égal. Je me sens étrangement en confiance avec ce garçon que je viens tout juste de rencontrer. Lui tenir la main est un geste naturel. Un geste juste. Nos mains s'emboîtent parfaitement. Il n'y a aucune gêne entre nous, c'est presque de la magie. Quand je le regarde dans les yeux, j'éprouve une impression de familiarité et de sécurité. Comme si j'étais chez moi.

Quand nous arrivons devant sa moto, il pose les deux casques sur le siège et me tend la veste.

« Tiens, mets ça, me dit-il. »

La veste est grande, mais elle est souple et sent bon. Dès que je l'enfile, je me sens une autre. Impétueuse, sauvage, courageuse. Et une fois que nous avons mis nos casques et que la moto démarre dans la nuit, je n'arrive pas à croire que je suis cette fille-là, assise derrière lui, les bras autour de sa taille, le front contre son dos.

22.

Grant a garé la voiture hors de la route, dans une zone boisée.

Il a défait sa ceinture de sécurité et s'est tourné vers moi, le sourire aux lèvres.

« Bon, a-t-il dit, on va s'amuser un peu. T'es prête, Katie ? Ma petite copine Katie ? »

Je l'ai regardé sans rien dire. J'étais incapable de parler tellement je le haïssais et j'avais peur. Je tremblais des pieds à la tête et je devais me mordre les lèvres pour qu'on n'entende pas mes dents claquer. La concentration dont j'avais besoin pour y parvenir m'empêchait de hurler et de sauter sur Grant, heureusement d'ailleurs, car cela n'aurait fait qu'aggraver les choses.

Et depuis que nous avions quitté la fête, Rachel était sans réaction, malgré mes sollicitations. En un sens, je l'enviais de ne se rendre compte de rien.

Grant a donné un coup de coude à son voisin. « Allez, on s'arrache ! » a-t-il lancé, l'air exaspéré. Puis il a crié au garçon qui se trouvait près de la portière : « Descends, bordel ! T'as l'intention d'attendre toute la nuit que je te dise quoi faire ?

— OK, OK ! »

Le garçon est sorti, et l'autre l'a suivi.

Grant est descendu de son côté et a claqué si fort la portière que la voiture a vibré. Puis Sean, toujours nerveux, l'a imité, la respiration sifflante. Rachel et moi nous sommes retrouvées seules à l'intérieur du véhicule. Prises au piège.

J'ai secoué Rachel.

« Rach, réveille-toi ! Je t'en prie, Rachel ! »

Cette fois, j'avais crié. Je m'en fichais.

Ma portière s'est ouverte, laissant passer l'air froid de la nuit. Puis Grant s'est penché vers moi.

« Tu perds ton temps, ma poule. Elle n'entend rien. (Il a consulté une montre imaginaire à son poignet.) Elle en a encore pour une bonne heure avant de sortir des vapes. »

Il m'a caressé le genou, qu'il a pressé dans un geste faussement affectueux, et j'ai sursauté comme si une araignée venimeuse se promenait sur moi. J'avais envie de hurler et de le gifler, mais j'ai réussi à me contenir et à rester immobile, les yeux baissés.

« Qu'est-ce que vous voulez, Grant ? ai-je demandé d'un ton calme. Qu'est-ce que vous attendez de nous ? »

Il a pris un air pensif, puis il a tiré sur sa cigarette en me recrachant la fumée au visage. J'ai toussé en détournant la tête, la main devant la bouche.

« Merde, excuse-moi, ma poule. Tu fumes pas ?

— Non.

— Tu devrais t'y mettre. Moi, une bourge qui fume, je trouve ça trop sexy. »

Il a aspiré une autre bouffée et m'a de nouveau soufflé la fumée au visage.

J'ai fermé les yeux en retenant mon souffle, mais j'ai senti qu'il introduisait de force sa cigarette dans ma bouche. Je me suis détournée.

Soudain, j'ai eu l'impression qu'on m'arrachait le cuir chevelu. Grant m'avait empoignée par les cheveux et me rejetait brutalement la tête en arrière.

« Espèce de salope, a-t-il sifflé, son visage au-dessus du mien, si près que je sentais le frottement de sa barbe naissante. J'aime pas qu'on me résiste. Alors, t'avise pas de recommencer, d'accord ? D'accord ? »

J'ai fait signe que oui et il m'a lâchée. J'ai fondu en larmes.

« Oh, non, tu vas pas remettre ça ! » a-t-il soupiré. (Il a ouvert en grand la portière et s'est perché sur le siège voisin, une jambe à l'intérieur de la voiture, l'autre sur le sol.) Tout se passera mieux si tu coopères. Si tu fais ce que je te dis, quand je te le dis, d'ac ? »

Il avait l'avantage de la force et du nombre et, devant son air arrogant et autosatisfait, j'aurais donné n'importe quoi pour lui rire au nez et lui cracher au visage. Mais le désir de rester en vie, en souffrant le moins possible, était plus fort encore.

« D'accord, ai-je approuvé. D'accord.

— Bien ! Maintenant, fume. Tu n'en mourras pas. Vas-y. (Il a remis la cigarette entre mes lèvres.) Aspire. »

J'ai tiré une bouffée et me suis aussitôt mise à tousser et à crachoter. Grant a ri, comme devant les singeries d'un enfant, puis il a récupéré sa cigarette et s'est redressé.

« Viens, on y va, maintenant.

— On va où ? (J'ai jeté un coup d'œil inquiet à Rachel.) Et ma sœur ? Je ne veux pas la laisser seule. »

Grant a regardé à l'intérieur de la voiture.

« Qu'est-ce que je t'ai dit, Katie ? Tu n'écoutes pas, Katounette. Tu vas faire ce que je veux, quand je le veux, et tout ira bien. » Il a ôté sa cigarette de sa bouche, l'a retournée en la prenant entre le pouce et l'index, et a contemplé nonchalamment le bout incandescent.

J'ai compris son intention un instant avant d'éprouver une douleur atroce sur le genou. J'ai hurlé. Il a gardé la cigarette appuyée et, par réflexe, j'ai tenté de le repousser en le frappant et en me débattant.

Il m'a saisie par les poignets avec une telle force que cela m'a fait mal. Il était beaucoup plus costaud que moi et je ne pouvais pratiquement plus bouger les bras.

« Ta gueule, a-t-il lancé sur un ton si véhément que j'ai reçu des postillons. Tu ne poses pas de questions. Pas d'autres questions. Tu fais ce que je te dis, bordel ! »

À cet instant, la haine que j'éprouvais à son égard – je l'aurais tué avec joie si je l'avais pu – m'a fait oublier la douleur. J'aurais voulu lui cracher au visage les mots que j'avais un mal fou à contenir. *Comment oses-tu ? Comment oses-tu, pauvre taré, pauvre abruti ? Tu vas le regretter. Tu vas le payer cher. Et si j'en ai l'occasion, si tu me tournes le dos, je te tue. Je t'écrase la tête avec un caillou et je frappe, je frappe jusqu'à ce que ton cerveau soit réduit en bouillie. Je t'écrabouille jusqu'à ce qu'il ne reste plus rien de ta face de trouillard minable, rien de ton pathétique esprit malade.*

« Allez ! » a-t-il crié, me faisant sursauter.

J'ai mis mes bras devant mon visage pour me protéger.

« Sors de cette putain de voiture. Tout de suite ! »

J'ai obéi.

Sean et les autres attendaient non loin de là. Je les entendais marmonner et rire, d'un rire forcé. Ils étaient inquiets, c'était évident, et ils fanfaronnaient. Tous les trois fumaient et leurs cigarettes dessinaient des arcs lumineux orange dans l'obscurité.

Grant m'a prise par le bras. Nous sommes passés devant eux et il m'a entraînée plus loin.

De temps à autre, je trébuchais dans l'obscurité. Il grommelait chaque fois en me tirant violemment. J'essayais de marcher normalement, mais j'étais si terrifiée que mes jambes se dérobaient sous moi. Je devais faire un énorme effort pour ne pas me laisser tomber à terre et me mettre à hurler. Les larmes coulaient en silence sur mes joues, mouillant mon col.

Nous sommes arrivés devant un bâtiment, une sorte de petit entrepôt. Je distinguais à peine ses parois de tôle ondulée. Grant a tiré sur la porte, qui a protesté en grinçant, et m'a poussée à l'intérieur. J'ai entendu qu'il refermait un verrou. J'étais prisonnière.

Il faisait noir dans l'entrepôt et il y régnait une odeur de moisissure comme dans la cave de mes grands-parents, un endroit qui m'avait toujours effrayée. Lorsque j'ai entendu les pas de Grant s'éloigner, je suis tombée à genoux et j'ai gémi de terreur.

« Mon Dieu, ne me laisse pas ici ! » ai-je chuchoté.

Si je m'étais écoutée, j'aurais martelé les parois en hurlant, mais je savais que personne ne pouvait m'entendre. Cela n'aurait fait qu'accroître la fureur de Grant et le rendre d'autant plus violent. Ou le faire s'en prendre à Rachel. Finalement, au prix d'un effort considérable, j'ai réussi à étouffer mes sanglots et à me faire la plus discrète possible.

J'ai posé les mains sur le sol. C'était de la terre battue, humide et froide. Puis je me suis mise à quatre pattes et je suis restée ainsi quelques minutes. J'avais besoin de réfléchir, de garder la tête froide. Après tout, j'étais encore en vie, Rachel aussi, et rien d'irréversible n'avait été accompli. Et mon meilleur, non, mon unique moyen de défense, c'était mon cerveau. Grant et ses copains avaient la force de leur côté, mais je devais me persuader que j'étais plus intelligente qu'eux et que, si je gardais mon calme, je pouvais réussir à m'échapper.

J'ai tâtonné sur le sol pour avoir une idée de l'emplacement des cloisons et de la superficie de l'ensemble. Je cherchais une source de lumière, un endroit par lequel tenter de m'échapper.

En m'appuyant d'une main à la paroi, j'ai progressé à quatre pattes. Je craignais de me blesser en passant sur quelque chose de coupant, ou de me cogner la tête. Mais plutôt que de rester immobile, mieux valait agir et avoir un plan, si peu élaboré fût-il.

Le bâtiment semblait plus petit que vu de l'extérieur. À l'angle de la deuxième paroi, j'ai soudain touché quelque chose. C'était mou, avec une texture bizarre, un peu rugueuse.

Horrifiée, j'ai tout d'abord pensé qu'il s'agissait d'un animal, mais je n'entendais aucun bruit et ne percevais aucun mouvement. J'ai tendu de nouveau la main.

Je me suis aperçue qu'il s'agissait d'une sorte de sac de jute, sans doute rempli de graines ou de foin. Et en me rapprochant, j'ai découvert qu'il n'y en avait pas qu'un, mais plusieurs, soigneusement empilés le long d'une paroi.

J'ai continué mon exploration, sans trouver la moindre ouverture, ni le moindre espace entre le sol et les cloisons. Impossible de m'échapper. Je me suis assise et j'ai tenté de réfléchir. Mes yeux s'étaient maintenant habitués à l'obscurité. J'ai pu constater que l'endroit était vide, mis à part les sacs. Un peu de lumière filtrait par l'encadrement de la porte. Mais je savais que la porte elle-même était verrouillée.

Je pouvais déplacer les sacs. Peut-être y avait-il derrière un trou ou une fissure, et il n'était pas difficile de tordre la tôle ondulée. J'avais juste besoin d'une brèche pour arriver à me faufiler au-dehors.

Les sacs étaient lourds et j'ai eu du mal à les manipuler, mais j'étais animée par l'énergie du désespoir. Tant pis pour la douleur. Je me suis retenue de les entasser n'importe comment dans ma précipitation. Je les ai juste déplacés et rangés comme ils étaient avant, mais en retrait de la paroi. Je ne voulais pas que Grant s'aperçoive qu'ils avaient été changés de place quand il reviendrait.

Et j'ai été récompensée. Quand je suis arrivée à la dernière rangée, j'ai aperçu un reflet argenté au niveau du sol. De la lumière. J'ai accéléré le rythme, encore plus effrayée que tout à l'heure. Mes intestins se tordaient et j'ai eu très envie d'aller aux toilettes. La seule perspective de la fuite me rendait le danger et ma terreur encore plus perceptibles. Mais j'ai serré les fesses et j'ai tenu le coup. Ce n'était pas le moment de m'arrêter.

Une fois les sacs suffisamment repoussés pour me permettre de passer, je me suis accroupie et j'ai examiné la brèche, un espace de dix centimètres de haut et de un mètre de large. Si je réussissais à l'agrandir de façon à y passer la tête et le corps, je pourrais me glisser dehors.

Je me suis relevée, j'ai posé un pied sur la tôle ondulée et j'ai appuyé. Rien n'a bougé. Ce n'était pas suffisant. Je me suis alors allongée sur le sol, la tête contre les sacs, et j'ai poussé de toutes mes forces. La tôle a plié. Un peu.

J'ai réprimé un sanglot et je me suis concentrée, puis j'ai recommencé.

Cette fois, la brèche semblait assez grande. Je me suis mise à plat ventre et j'ai glissé d'abord la tête, la joue plaquée contre le sol caillouteux. Cela a été plus dur pour les épaules, mais, en me démenant, j'ai réussi à les faire passer. Le reste du corps a suivi sans difficulté et je me suis faufilée de l'autre côté, sans me soucier du bord tranchant de la tôle qui entaillait mes vêtements et m'éraflait le dos. Puis je me suis relevée.

Maintenant que j'étais sortie, j'avais encore plus de mal à contrôler mes nerfs. J'étais libre, du moins pour le moment, et j'avais tellement peur que Grant ne me retrouve que j'en étais paralysée. Mais j'ai respiré un bon coup, puis je me suis avancée jusqu'à l'angle de l'entrepôt d'où j'ai jeté un coup d'œil.

Les portières de la voiture étaient ouvertes et la lumière du plafonnier éclairait Rachel, qui était à côté, allongée sur le sol, sa jupe relevée jusqu'à la taille. Grant était agenouillé entre ses jambes écartées, et il s'enfonçait en elle.

À chaque poussée, Rachel gémissait doucement. Les autres garçons regardaient, appuyés contre la voiture.

Ces salauds étaient en train de la violer. Ils violaient ma petite sœur.

J'ai dû plaquer violemment la main sur ma bouche pour étouffer un cri. J'avais envie de me précipiter vers eux, de les frapper, de les labourer de mes ongles, de leur faire mal, de les tuer. Mais il fallait que je garde mon calme pour réfléchir. C'était perdu d'avance.

La haine s'est emparée de moi, une haine puissante dont je sentais le goût acide dans ma gorge. Je me suis accroupie sur le sol et j'ai pris un gros caillou dans la main. Je l'ai serré si fort qu'il m'a écorché la peau, mais la douleur a presque été bienvenue.

J'ai regardé autour de moi, sans savoir ce que je cherchais exactement. C'est alors que j'ai aperçu une lumière au loin, à travers les arbres.

Je me suis retournée vers Rachel. À ce moment-là, Sean a levé la tête. J'ai eu l'impression qu'il avait les yeux braqués sur moi. J'ignore s'il m'a vraiment vue et je ne le saurai jamais. Sans doute que non, car il faisait très sombre à l'endroit où je me tenais, mais je n'ai pas attendu de le savoir. J'ai paniqué.

J'ai fait demi-tour et j'ai couru. Vers la lumière.

23.

Nous roulons vers Circular Quay, puis nous prenons la direction des Rocks. Dans le pub où, d'après Mick, on mange bien, même tard le soir, nous commandons d'énormes steaks frites salade. Nous mourons de faim tous les deux et nous mangeons avec appétit, en souriant lorsque nos regards se rencontrent.

Le repas terminé, nous buvons un Coca-Cola et Mick m'embrasse. C'est tout à la fois surprenant, inattendu et merveilleux. Il se lève, se penche au-dessus de la table et pose ses lèvres sur les miennes. Ce n'est pas un baiser passionné, car Mick garde la bouche fermée, mais il est doux et tendre et dure plus longtemps qu'un bisou fraternel. Il est porteur de promesses et me fait comprendre que j'attire Mick autant qu'il m'attire.

« Pourquoi as-tu fait une sale tête quand on s'est rencontrés ? dis-je. J'ai cru que tu me détestais. En fait, je t'ai trouvé épouvantable. Brutal et malpoli.

— Parce que je me sentais bizarre. Dès que je t'ai vue, j'ai su que quelque chose allait se passer entre nous. (Il sourit et, pour la première fois, il a l'air intimidé.) Tu me rendais nerveux. »

Nous sommes tous les deux heureux et surpris de nous être trouvés. Quand nous quittons le pub pour aller retrouver la moto, Mick me demande où j'habite.

« Je n'ai pas envie de rentrer, dis-je.

— Ah bon ?

— Non. »

Nous allons chez lui. Il partage un appartement avec Simon, un étudiant qui est sorti ce soir. Nous faisons du thé et emportons nos tasses dans sa chambre. Il dort sur un matelas posé à même le sol. Mais la couette est soigneusement mise et les oreillers bien arrangés. Des livres sont empilés à côté, une guitare est posée contre le mur.

Nous nous asseyons en tailleur côte à côte sur le matelas, appuyés aux oreillers, nos genoux se touchant. Puis nous parlons de musique, de nos groupes et de nos chansons favoris. Après avoir bu trois tasses de thé chacun, nous partageons une barre chocolatée trouvée dans le frigo presque vide. Vers trois heures du matin, Mick s'allonge sur le côté, face à moi, la tête sur un oreiller.

« Fais comme moi, me dit-il. Tu dois être fatiguée. »

Je me tortille pour me trouver dans la même position que lui. Nos visages se touchent presque.

Mick promène un doigt sur ma joue, descend le long de mon menton, puis de mon cou.

« Tu es belle », déclare-t-il.

Nous nous embrassons et nos corps enlacés s'emboîtent si bien que, bientôt, nous sommes haletants et brûlants de désir.

Soudain, je me détache de lui, prise d'un irrésistible besoin de parler, de lui raconter mon histoire. « Je n'ai pas fait ça depuis… La dernière fois que j'ai embrassé un garçon… (Je m'interromps, prends une profonde inspiration avant de poursuivre :) Il s'appelait Will. William Holloway. C'était la nuit où Rachel est morte. »

Mick hoche la tête en silence. Il écoute.

« On n'a rien fait cette nuit-là. (Pendant que je parle, je revois le visage de Will. Je me rappelle combien j'étais amoureuse, et combien cela a été pénible et douloureux quand je l'ai revu plus tard.) Mais on avait prévu de perdre notre virginité ensemble. Et puis, après cette nuit, tout est allé de travers. On était mal à l'aise. Gênés, sans doute. Ce qui est une réaction ridicule après un meurtre, mais on n'arrivait pas à se regarder en face. Il venait me voir et on restait là, raides et malheureux, pendant que je pleurais. J'ai fini par lui dire que je préférais qu'on ne se voie plus. Ça l'a soulagé. (J'ai un petit rire.) Tu aurais vu sa tête ! Il essayait de faire semblant d'être triste de cette rupture, mais il a pris ses jambes à son cou.

— C'était sans doute trop difficile à vivre pour un ado.

— C'est vrai. Je ne lui en ai pas voulu, d'ailleurs. Moi aussi, j'étais soulagée. C'était affreux de savoir qu'il souffrait pour moi. Mais il était trop délicat pour me laisser tomber.

— Et depuis, il y a eu quelqu'un d'autre ? demande-t-il.

— Personne.

— Donc, j'ai de la chance. (Mick sourit et m'embrasse sur le front.) Tu sais, on n'est pas obligés de se presser, ajoute-t-il. Je peux attendre. Je ne veux pas te mettre la pression. »

Mais je sais ce que je veux. Avec un sourire timide, je fais « non » de la tête. Je prends la main de Mick et la pose au creux de mon dos, puis je me colle à lui, mes lèvres sur les siennes.

« Katherine », murmure-t-il un peu plus tard.

Nous sommes allongés face à face, nos souffles mêlés.

« Mick.

— J'aime ton prénom, Katherine. Il te va très bien. Katherine. Katherine et Mick. »

Et quand il prononce mon prénom de cette façon, associé au sien, tout est différent. Katherine ne m'a jamais beaucoup plu ; ça m'a manqué de ne pas être appelée Katie. Ça m'a manqué de ne pas être Katie.

Mais je ne suis plus Katie. Je suis Katherine et ce soir, pour la première fois de ma vie, je ne voudrais pas être quelqu'un d'autre.

24.

Tu cours, tu n'arrêtes pas de courir. Tu cours plus vite que tu n'as jamais couru. Tu trébuches et tu tombes, les mains en avant, mais tu te relèves aussitôt et puis tu repars.

Et tu supplies. « S'il vous plaît, aidez-moi. Au secours ! »

Tu meurs de peur qu'ils ne soient derrière toi, en train d'essayer de te rattraper, plus proches à chaque foulée. Tu as dans les oreilles le bruit assourdissant de ton souffle haletant, mais tu crois les entendre et tu accélères encore. Tu ne te retournes pas pour vérifier, tu es trop effrayée pour faire autre chose que courir. Malgré tes poumons qui te brûlent, malgré ton épuisement, tes jambes douloureuses, tu te forces à ne pas ralentir, à ne pas te retourner, à ne pas t'effondrer en sanglots sur le sol.

Et au fur et à mesure que tu te rapproches de la lumière, il devient évident qu'elle provient d'une maison, comme tu l'espérais. Et tu vois bientôt que les fenêtres sont ouvertes pour laisser entrer la brise nocturne, que le porche est éclairé, qu'une voiture stationne dans l'allée. Elle est habitée.

Tu enfiles l'allée à toute allure. Une fois sous le porche, tu t'effondres, puis tu te relèves et tu te précipites vers la porte que tu martèles de tes poings. Tu donnes des coups de pied. Tu essaies d'appeler.

Au bout d'un moment, la porte s'ouvre. Une femme se tient devant toi, visiblement furieuse de cette intrusion. Mais elle prend vite conscience de ta terreur et de l'urgence de la situation, et son irritation laisse la place à l'inquiétude et à la sollicitude. Elle porte une main à sa poitrine, pose l'autre sur ton bras.

« Que se passe-t-il ? » demande-t-elle.

Le temps que la police arrive et lance les recherches, les garçons ont disparu.

Ils l'ont laissée là, allongée sur le dos dans la poussière comme une bête. L'un des policiers te rassure en te disant qu'elle a l'air paisible, avec sur son visage inerte une expression de calme et de sérénité. On peut donc espérer, dit-il, qu'elle ne s'est pas vraiment rendu compte de ce qui se passait.

Elle ne s'est pas rendu compte que tu l'avais laissée là. Seule avec eux.

DEUXIÈME PARTIE

25.

Lorsque j'arrive au café, Alice est déjà installée à une table d'angle devant une tasse fumante.

« Salut ! »

Je m'assieds en face d'elle en souriant.

Elle lève les yeux au ciel.

« J'ai essayé de te joindre tout le week-end. Tu n'emportes jamais ton téléphone ? »

Je vois bien qu'elle est irritée, mais rien ne peut venir entamer ma bonne humeur. Je suis trop heureuse.

« Qu'est-ce que tu me voulais ? » fais-je sur un ton léger, comme si de rien n'était. Je ne juge pas utile de lui donner la moindre explication. Pas un mot sur Mick. Ce qui m'arrive est si nouveau, si merveilleux, que je tiens à le garder pour moi.

« Je tenais à t'annoncer que j'ai un nouvel homme dans ma vie. » Elle se penche en avant, l'air concentrée, son bref moment de colère apparemment oublié.

Ma première pensée est pour Robbie. Il va être dans un état épouvantable.

« Oh ! C'est sérieux ? »

Je m'empare de la carte et y jette un œil distrait.

« *C'est sérieux ?* C'est tout ce que tu trouves à dire ! Il me semble que tu pourrais être un peu plus contente pour moi. »

Je pose le menu et la regarde.

« Excuse-moi. Mais… Et Robbie ? Il est au courant ? Ça va le démolir, car…

— Laisse tomber Robbie, coupe-t-elle. Je ne lui ai jamais rien promis, Katherine, je t'assure. Je lui ai toujours dit clairement que ce n'était pas sérieux entre nous. C'est lui qui s'est fait tout un cinéma. De toute façon, il n'a pas le choix. Je ne lui appartiens pas.

— Effectivement. »

Je suis en train de prendre conscience que c'est mieux ainsi, en fin de compte. D'une certaine manière, je ne peux que me réjouir pour Robbie. Cela va l'obliger à affronter la réalité, à admettre qu'Alice se fiche complètement de lui. Il va souffrir, mais il faut qu'il l'oublie et qu'il trouve quelqu'un d'autre, une fille qui l'appréciera à sa juste valeur.

« Raconte, dis-je. C'est qui ? Il est comment ?

— Génial. Il est beau, sexy et tout. Je suis sur un petit nuage. Je pense à lui en permanence. »

Je souris. Je sais ce qu'elle ressent.

« Comment s'appelle-t-il ? »

Elle porte sa tasse de café à ses lèvres et me regarde par-dessus.

« Il est plus âgé que moi, dit-elle, sans répondre à ma question.

— Vraiment ?

— Beaucoup plus âgé. Dis un âge.

— Trente-cinq ans ?

— Plus.

— Quarante ?

— Plus.

— Quarante-cinq ?

— Plus. »

J'écarquille les yeux.

« Tu plaisantes ?

— Non. Tu y es presque.

— Cinquante ans ?

— Quarante-huit.

— Ça fait une sacrée différence. Et ça ne le dérange pas que tu n'aies que dix-huit ans ? »

Alice prend une expression amusée.

« Il pense peut-être que j'en ai vingt-sept.

— Tu lui as menti ? »

Elle hausse les épaules.

« Disons que j'en ai un peu rajouté.

— Mais il a trente ans de plus que toi ! C'est un vieux. Ça fait bizarre, tout de même.

— Non, c'est formidable, au contraire. Il est super-intelligent et il sait tout. Je crois que j'attendais depuis toujours un homme plus âgé. Il est tellement plus mûr, plus sûr de lui, plus ouvert, plus indépendant ! Et puis, il n'est pas là à baver devant moi. Quel soulagement ! (Elle éclate de rire avant de poursuivre :) Et au lit, il est sensationnel. Il a beaucoup d'expérience et il est incroyablement *doué* ! »

J'essaie de me concentrer sur le menu. Je n'ai pas faim – l'amour me coupe l'appétit –, mais je ne veux pas montrer ma désapprobation à Alice. Avec elle, j'ai tout le temps l'impression d'être la grande sœur qui donne des leçons.

D'ailleurs, je me demande bien pourquoi je devrais être perturbée par la nouvelle liaison d'Alice. Tous les deux sont adultes et, dans la mesure où ils ne font de mal à personne, qu'importe la différence d'âge, après tout. C'est plutôt qu'avec Alice les choses sont toujours plus compliquées qu'elles n'en ont l'air.

« Il n'est pas marié, quand même ? »

Je n'ai pu m'empêcher de prendre un ton soupçonneux.

Alice me tire la langue. « Ouh, la vilaine ! Non, il ne l'est pas.

— C'est une bonne chose. Alors, dis-moi, quel défaut a-t-il donc pour être encore célibataire à cet âge canonique ?

— Il a été marié, mais il est veuf.

— Oh ! c'est terrible.

— Sans doute. Mais pas pour moi. »

La serveuse s'approche de notre table et je commande du café et un sandwich. Alice se contente d'un café.

« Tu ne manges pas ? dis-je.

— Je n'ai pas faim. (Elle prend ma main et la presse dans les siennes.) Katherine, je crois que je suis amoureuse. Je n'ai jamais rien ressenti de pareil. Jamais ! Rends-toi compte. Je ne mange plus, je ne dors plus, je suis dans un état d'excitation permanent. Je ne sais pas comment je vais réussir à passer le HSC dans cet état. Je n'arrive même pas à lire un magazine, alors Shakespeare, tu imagines ! Je passe mon temps à attendre un coup de fil. Quand je ne suis pas avec lui, je suis un vrai zombie. Sincèrement, je crois que c'est l'amour de ma vie. »

Ce qu'elle éprouve, je le ressens aussi et, pourtant, je n'ai pas envie de lui raconter tout ce qui a changé dans ma vie depuis la dernière fois qu'on s'est vues. Même si j'en suis la première étonnée, je tiens à le garder pour moi, à le préserver.

Je l'écoute donc me raconter en détail leur rencontre et leur histoire, mais je ne dis rien sur Mick. Rien, pas le moindre mot.

26.

J'ai dix jours d'autoformation avant le HSC, puis dix jours d'examens proprement dits avant d'en avoir fini avec le lycée, et ces vingt jours me paraissent une éternité. En fait, ce que je redoute surtout, c'est la séparation avec Mick. Et pourtant, c'est moi qui me suis imposé cette épreuve. Je n'arrive pas à me concentrer sur mes études lorsqu'on est ensemble. On a donc admis tous les deux qu'il valait mieux ne pas nous voir pendant ces vingt jours. Sur le moment, ça a eu l'air facile. Mais c'est plus dur que prévu et j'ai mal physiquement tellement il me manque.

Pour travailler, je m'installe confortablement à mon bureau, entourée de mes livres et de mes documents. Chose rare, ma tante Vivien n'est pas en déplacement en ce moment. Elle va rester quelque temps ici avant de repartir en voyage d'affaires en Europe pendant un mois. Elle prend en charge toutes les tâches ménagères pour que je puisse étudier sans interruption et nous prépare des repas sains et délicieux. Chaque jour, je m'arrête vers dix-sept heures, puis je fais une balade pour m'éclaircir les idées. Après le dîner, je travaille encore quelque temps dans ma chambre.

Généralement, je m'arrête vers vingt et une heures, trop fatiguée pour aller au-delà. Je prends ma douche, puis saute dans mon lit et téléphone à Mick. Je suis toujours un peu nerveuse avant d'appeler, car je crains de l'interrompre ou de le déranger. Mais chaque fois, il répond presque aussitôt en prononçant mon prénom, *Katherine*, sur un ton enjoué, comme s'il avait autant hâte d'entendre ma voix que moi la sienne.

Tous les soirs, il me demande sur quoi j'ai travaillé, comment je vais, si je suis prête pour l'examen. Il me parle de sa journée, des répétitions du groupe. S'il a un concert le soir, il est toujours un peu tendu. Je préfère les soirées où il est aussi chez lui, dans son lit. Nous bavardons pendant plus de une heure, jusqu'à ce que nos voix deviennent un murmure ensommeillé. Et son tendre « Bonne nuit » est le dernier son que j'entends avant de fermer les yeux.

L'après-midi de l'épreuve d'histoire ancienne, la dernière, il m'attend à la sortie. Surprise, je m'avance vers lui, toute rougissante. Dans mon uniforme scolaire qui n'a rien de glamour, je me sens moche et j'ai l'impression d'être une gamine. Sous les regards des autres élèves, Mick m'accueille avec son grand sourire. Il me prend par la main et m'attire à lui. Et dans ses bras, je me fiche de ce que les autres pensent. Je me fiche de l'allure que j'ai. Il m'aime et je l'aime. Rien d'autre ne compte. Nous allons chez lui, dans sa chambre, et, dès qu'il commence à m'embrasser, je suis sur un petit nuage.

Quelques heures plus tard, quand je m'éveille d'un sommeil profond, le corps détendu, la nuit est tombée. Mick m'apporte un sandwich et une tasse de thé. Il me regarde manger avec appétit, puis il s'allonge près de moi et nous faisons à nouveau l'amour. Après, nous restons blottis l'un contre l'autre et voilà que je fonds en larmes.

« Qu'est-ce qui se passe ? (Mick se dresse sur un coude, les sourcils froncés.) Qu'est-ce qui ne va pas ?

— C'est trop. Trop bon. Trop de bonheur. Ça m'effraie. »

Il se met à rire, m'embrasse.

« Ne sois pas sotte, Katherine. Tu as le droit d'être heureuse.

— Tu crois ? Parfois, je me demande si...

— Chut, ne dis rien, tu vas nous porter malheur ! répond-il avec une sorte de panique dans la voix. Tu es heureuse, je suis heureux. Cela n'a rien d'extra-ordinaire. C'est normal. Ne pense surtout pas à des choses pénibles, je t'en supplie.

— Entendu. »

Et devant sa superstition et ses craintes, je garde mes inquiétudes pour moi. Je fais semblant de croire que j'ai droit au bonheur comme n'importe qui.

Je rentre dormir à l'appartement, car Vivien part pour l'Europe et je tiens à prendre le petit déjeuner avec elle et à lui dire au revoir.

« C'était bien, hier soir ? demande-t-elle le lende-main matin en attaquant les œufs brouillés que j'ai tenu à préparer.

— Fantastique. »

Le bonheur et l'excitation doivent être perceptibles dans ma voix, parce qu'elle me jette un coup d'œil intrigué.

« À ce point ? »

Je me plonge dans la contemplation de mon assiette, les joues brûlantes. « Oui, c'était fantastique d'avoir terminé. D'être enfin libre. »

Je ne lui dis rien sur Mick. C'est impossible. Si j'en parle trop tôt, je crains de tout faire capoter. Et même si je suis certaine qu'elle saurait garder le secret, je ne veux pas prendre le moindre risque que mes parents soient au courant pour le moment.

« Tu as l'air beaucoup plus heureuse ces temps-ci, dit-elle en m'embrassant au moment de partir.

— C'est vrai. »

Dans la soirée, Mick doit jouer avec son groupe dans un pub voisin, de vingt-deux heures à une heure du matin. Nous passons la journée ensemble chez lui. À vingt heures, quand il s'en va, je prends une douche et m'habille, puis j'attends Philippa, qui doit venir me prendre un peu plus tard pour que nous allions ensemble au concert. Elle arrive accompagnée de Danni, une de ses amies de la fac, et m'apporte un bouquet de fleurs pour fêter la fin de mes examens.

« Bravo pour avoir été jusqu'au bout de ces années de torture, dit-elle en m'embrassant.

— J'ai du mal à croire que l'école est finie.

— Alors, comment ça a marché ? demande Danni.

— Pas mal, je pense. Pour le moment, je suis surtout contente que ce soit terminé.

— Je parie que Mick est content lui aussi, dit Philippa. Tu lui manquais affreusement. »

Mick me l'a déjà dit, mais le fait de l'entendre de la bouche de Philippa donne encore plus de poids à cette affirmation.

Quand nous arrivons au pub, le groupe a déjà commencé à jouer. Assise à notre table, une boisson fraîche à la main, je dévore Mick des yeux. Il est concentré sur sa musique, l'air aussi sérieux que la première fois que je l'ai vu. Danni et Philippa bavardent et essaient de me mêler à leur conversation, mais j'attends nerveusement que Mick me remarque. Cela les fait rire. Philippa me presse affectueusement le bras. Elle est heureuse pour moi, heureuse pour son frère.

Mick se tourne enfin vers nous. Quand il me voit, il sourit, de ce merveilleux sourire qui le change du tout au tout, et mon cœur bondit de joie dans ma poitrine. J'ai envie de sauter sur la scène et de me précipiter dans ses bras. Mais j'aime presque autant le regarder jouer, sachant qu'il pense à moi, que c'est en me voyant que son visage s'est illuminé et que c'est vers moi qu'il viendra quand il aura terminé.

Tandis que le groupe interprète sa dernière chanson, Mick ne me quitte pas des yeux et, dès la dernière note, il se précipite vers notre table. Après avoir salué Danni et Philippa, il me prend par la main et m'entraîne derrière la scène, là où il fait sombre.

Il me plaque contre le mur, enfouit ses doigts dans mes cheveux.

« Tu es venue, murmure-t-il.

— Oui. »

Ma voix est haletante, pleine d'amour et d'une joie immense.

« Il me tardait de te voir. »

Sa propre voix exprime le même bonheur insensé.

« Oui. »

Il n'y a rien d'autre à dire. Que oui. *Oui.*

Puis j'ai ses lèvres sur les miennes, sa langue dans ma bouche, la douce odeur de son haleine, désormais familière. Je sens son désir et j'ai moi aussi envie de lui, envie qu'il le sache. Je me presse contre lui. Pourtant je n'ai pas hâte que cette soirée se termine. Je veux profiter de chaque instant, de l'attente délicieuse du moment où nous serons ensemble, un peu plus tard.

Maintenant, le juke-box passe une chanson que je connais bien.

Je m'écarte de Mick en riant et me mets à bouger en suivant le rythme.

« Rachel l'écoutait tout le temps, dis-je. C'est une chanson stimulante et gaie, impossible à ignorer. Elle l'adorait. Elle dansait dessus.

— Alors, viens. »

Mick me prend par la main. Nous traversons la scène et nous sautons sur le dance floor bondé. Nous commençons à danser, les mains enlacées, en nous rapprochant et en nous séparant alternativement. De temps à autre, nos lèvres se joignent et nous savourons le goût salé de notre bouche, serrés l'un contre l'autre. Puis nous reculons et Mick me fait tourner jusqu'à ce que j'aie le vertige et qu'il doive me maintenir debout tandis que j'éclate de rire. Et nous continuons ainsi, chanson après chanson. Nous sommes en sueur, mais nous nous en moquons. Nous n'avons aucune envie de nous arrêter.

La musique étant très forte, je n'entends pas sonner mon portable. Je le sens néanmoins vibrer contre ma hanche. Un message. Je l'ignore, préférant remettre sa lecture à plus tard, mais, quelques minutes après, cela recommence. Je sors le téléphone de ma poche et le montre à Mick, puis je vais écouter le message aux toilettes.

C'est Alice.

« Katherine, rappelle-moi. (Elle semble sur le point de fondre en larmes.) Où es-tu ? Ça fait un moment que j'essaie de te joindre. Rappelle, s'il te plaît. J'ai vraiment besoin de te voir. »

Je la rappelle sur son mobile.

« Katherine, enfin ! s'exclame-t-elle.

— Ça ne va pas, Alice ?

— Pas très bien, non.

— Qu'est-ce qui se passe ?

— Je m'ennuie. Je n'ai rien à faire. Mon ami est occupé, il ne peut pas me voir ce soir. »

Je lève les yeux au ciel. Il n'y a qu'Alice pour considérer l'ennui comme une urgence. Je n'ai aucune envie de laisser Mick, mais je propose quand même :

« Tu veux que je vienne ? que je t'apporte du chocolat ? »

Elle soupire.

« Je ne sais pas. Où es-tu ? Ça fait bizarre, il y a un écho.

— Je suis dans les toilettes d'un pub, *The William Hotel*. Je n'aurais pas pu t'entendre dans la salle, avec la musique à fond. »

Elle se tait un instant, puis demande :

« Avec qui es-tu ?

— Philippa et une amie à elle, Danni. Et le frère de Philippa. (J'évite de prononcer son prénom.) Mais je peux venir.

— Non, je ne veux pas gâcher ta soirée. C'est moi qui vais te rejoindre. »

Je me rends compte que je n'ai aucune envie de la voir arriver. Je tiens à garder Mick, mon nouvel amour, et Philippa, ma nouvelle amie, à l'écart d'Alice. Elle est capable de tout mettre en l'air.

« C'est trop bruyant, dis-je. On ne pourra pas parler.

— Aucune importance. Je ne veux pas parler, je veux m'amuser. »

Je retourne dans la salle auprès de Philippa et de Danni. Mick, qui est de nouveau sur scène avec son groupe, m'adresse un clin d'œil derrière sa batterie. Philippa et Danni me sourient. Je leur rends leur sourire, mais le cœur n'y est plus. Je suis fatiguée par avance et inquiète à l'idée de voir débarquer Alice.

Elle arrive vêtue d'une robe à paillettes, si courte qu'elle lui couvre à peine les fesses. Avec ses bottes, elle est superbe, incroyablement sexy, et toutes les têtes se tournent vers elle tandis qu'elle se dirige vers notre table.

Elle prend une chaise et s'assied à côté de moi, sans saluer Philippa ni Danni. Elle s'est soigneusement maquillée et elle est ravissante.

« C'est un boui-boui, ici, dit-elle en se penchant vers moi. Allons ailleurs, juste toi et moi. »

Avant que j'aie eu le temps de répondre, Philippa s'adresse à elle.

« Tu ne dis pas bonsoir, Alice ? hurle-t-elle pour couvrir le volume sonore.

— Bonsoir, Philippa.

— Je te présente Danni.

— J'adore ta robe, Alice, déclare Danni. Et tes bottes ! C'est génial. Tu t'habilles où ? »

La flatterie fait visiblement son effet sur Alice, dont l'attitude change radicalement. Elle se tourne vers Danni avec un grand sourire. Toutes deux se lancent alors dans une conversation à propos de fringues et il est évident qu'Alice n'a plus du tout envie de s'en aller. Elle rapproche sa chaise de celle de Danni, se penche vers elle. Philippa me lance un regard amusé.

Alice et Danni passent le reste du set à bavarder, tandis que Philippa et moi écoutons la musique. De temps en temps, Philippa m'adresse un sourire plein de fierté à l'égard de son frère.

Le set terminé, Mick revient à notre table. Il se place derrière moi et m'embrasse dans le cou.

« Je vais chercher quelque chose à boire, me dit-il en prenant ma main. Tu viens ? »

Alice a cessé de parler et nous regarde avec de grands yeux. Je me lève et je suis Mick.

Quand nous revenons du bar, Alice est appuyée au dossier de sa chaise, les bras croisés, le sourire aux lèvres.

« Alors comme ça, Mick et toi…, me lance-t-elle. Philippa a eu la gentillesse de me tenir au courant. »

J'essaie de me comporter aussi naturellement que possible, tout en sachant qu'Alice m'en veut de ne pas l'avoir mise dans la confidence, mais je ne peux m'empêcher de rougir.

« Alice, je te présente Mick, dis-je. Mick, voici Alice.

— Salut, lance Mick.

— Tu es batteur ? demande Alice.

— Oui.

— J'adore la batterie. Mais je ne peux rien dire sur ton jeu, car je ne t'ai jamais vu ici jusqu'à maintenant. Désolée ! J'ignorais que tu connaissais Katherine et je ne savais même pas que tu étais le frère de Philippa. »

Mick me regarde sans répondre. Visiblement, il se demande qui est cette fille bizarre et pourquoi elle a l'air un peu hostile. Il avale une grande goulée de bière, me prend par la main et m'entraîne vers le dance floor.

Il m'attire contre lui et enfouit son visage dans mon cou. Nous nous balançons de conserve, au rythme de la musique. Je respire son odeur et savoure le contact de son corps.

Nous dansons jusqu'à ce que Mick remonte sur scène pour le set final. Alice a changé de place. Elle est assise à une table voisine en compagnie de deux hommes et bavarde en faisant de grands gestes. Ses interlocuteurs semblent captivés et chacun cherche visiblement à attirer son attention. Je suis stupéfaite de voir avec quelle facilité elle oublie son ami, *l'amour de sa vie*, mais je suis trop heureuse pour me préoccuper de ce genre de choses. J'essaie en vain de croiser son regard. Elle ne me remarque pas, occupée par ses nouvelles conquêtes.

Nous partons tous ensemble au moment de la fermeture du bar. Alice marche devant nous, bras dessus, bras dessous avec les deux hommes. Elle parle d'une voix forte, pleine de gaieté.

« Je m'en vais avec Simon et Felix, chantonne-t-elle.

— Entendu », dis-je en riant.

Tous trois se dirigent vers la station de taxis et prennent place dans la file d'attente. Mick a garé sa moto un peu plus loin, ce qui nous oblige à passer devant eux.

Alice s'exclame : « Quelle queue ! On dirait des danseurs de revue qui attendent d'entrer en scène ! »

Certains se mettent à rire, d'autres prennent un air irrité.

Et soudain, la voilà qui se met à danser le french cancan en chantant à tue-tête l'air célèbre. Elle lève la jambe de plus en plus haut, soutenue de part et d'autre par ses deux compagnons, révélant chaque fois ses cuisses fuselées et sa culotte. Visiblement, elle est très contente d'attirer l'attention et se moque des regards désapprobateurs.

Quand arrive leur tour, le trio saute dans le taxi et Alice agite le bras en signe d'au revoir.

« Mais qui est cette fille ? demande Mick, stupéfait.

— Une amie », dis-je.

J'ai l'impression de mentir et je me demande pourquoi.

27.

« C'était drôlement bien, maman ! s'écrie Sarah, les yeux brillants, les joues et le nez rosis par le froid. Je peux recommencer ? Toute seule, cette fois ?

— Bien sûr. »

Je la regarde attraper la luge dans une main et remonter lentement la butte. La pente n'est pas très raide, mais elle permet de prendre de l'élan et de gagner de la vitesse. La première fois, Sarah a poussé des cris pendant toute la descente et je me suis inquiétée, mais en fait il s'agissait de cris de joie.

J'ai oublié à quel point je me sens engoncée dans ma tenue de sports d'hiver. Je n'ai jamais aimé le froid. Je préfère la légèreté de l'été, l'impression de liberté et de joie de vivre qu'il me procure. L'hiver me déprime. Il me fait penser à la mort. Mais je ne veux pas influencer Sarah. Il faut qu'elle développe ses propres goûts, qu'elle fasse ses propres choix, et son enthousiasme me communique un peu de la magie de cet univers glacé.

Elle en est à sa quatrième ou cinquième descente et ma peau commence à tirailler. Et à l'instant même où j'envisage de lui proposer une pause en l'attirant à l'intérieur avec la promesse d'un chocolat chaud, je l'aperçois, lui.

Robbie.

Revêtu du blouson bleu vif des moniteurs, il se tient au bas de la piste de ski et explique à plusieurs personnes comment s'arrêter. Il n'a pas changé ; il est toujours aussi beau. Il rit en rejetant la tête en arrière, une attitude qui m'est tout de suite familière.

Il est si près que je peux voir son souffle faire de la buée et distinguer ses dents blanches et les veines sur le dos de ses mains nues.

C'est un tel choc que je reste figée sur place, le cœur battant à tout rompre. Je ne sais si je dois me manifester ou m'enfuir en faisant comme si je ne l'avais pas vu, pour ne pas le perturber.

Je décide de continuer tout simplement mes activités, sans chercher à l'approcher. Si je tombe à nouveau sur lui, je le laisserai prendre l'initiative. Je me lève et j'appelle Sarah. Elle réussit à me persuader de l'autoriser à faire une dernière descente en luge. Je la prends par la main et, au moment où nous escaladons la butte, je m'aperçois que Robbie m'a vue. Il s'est immobilisé, les yeux écarquillés. Abasourdi. Comme moi quelques minutes plus tôt.

28.

« Ne t'en va pas. »

Mick me prend la main et m'oblige à me rasseoir près de lui sur le matelas.

J'embrasse ses lèvres, sa barbe naissante, son cou.

« Je ne peux pas rester, dis-je. C'est l'anniversaire de Robbie et j'ai promis de l'inviter au restaurant. De toute manière, je dois rentrer à l'appartement pour faire un peu de ménage. Ce ne sera pas du luxe. Vivien m'assassinerait si je le laissais dans l'état où il est.

— Mais elle est en Europe, non ? Elle ne peut pas savoir.

— C'est vrai, mais moi je le sais et je culpabilise.

— Ah, la la ! qu'est-ce que je vais faire sans toi ? » demande-t-il avec une moue comique.

J'éclate de rire.

« Dormir. Tu en as besoin. »

Effectivement, la nuit a été courte et Mick a un autre concert dans la soirée.

« Impossible. Je ne pourrai pas dormir si tu n'es pas là.

— Bien sûr que si. Tu dormais bien sans moi avant.

— Je ne m'en souviens pas et puis, maintenant, je connais la différence. »

Il m'attire sur lui, nos corps séparés par la couette.

« Mick, c'est déjà difficile de m'en aller. Ne me rends pas la chose impossible. Je te retrouverai au concert. Après mon dîner. Je rentrerai tôt.

— Promis ?

— Juré. »

Je l'embrasse et il me serre contre lui de toutes ses forces, m'empêchant de me relever.

« Tu sais, me dit-il, c'est vrai que je ne sais plus comment c'était avant de te connaître. Maintenant, il n'y a que toi qui comptes. C'est fou, limite débile, mais c'est ainsi. Je n'ai jamais éprouvé ça avec une autre fille. »

Je suis aux anges en entendant que les sentiments incroyablement forts que j'éprouve sont partagés. Des larmes de joie me montent aux yeux et j'enfouis mon visage dans son cou pour qu'il ne les voie pas.

« Pareil pour moi », dis-je.

Je rentre à l'appartement et me lance dans les tâches ménagères. Je passe l'aspirateur, je range, j'époussette. Cela me prend plusieurs heures. Quand j'ai terminé, j'écoute le répondeur. Il y a un message de Vivien, qui annonce qu'elle est arrivée à Rome et que tout se passe très bien, un autre de ma mère, qui fait juste un petit signe, et enfin un de Robbie, qui veut savoir si le dîner est confirmé.

Je rappelle d'abord mes parents. Je leur ai parlé brièvement après la dernière épreuve et ils m'ont déjà félicitée, mais je sais qu'ils veulent avoir plus de détails. Je bavarde d'abord avec maman, puis papa prend le relais et la conversation dure presque une heure. Ils me demandent quand je vais aller les voir. Bientôt, dis-je. Je ne parle pas de Mick.

J'appelle ensuite Robbie.

« Bien sûr que le dîner tient toujours, dis-je en entendant sa voix. C'est mon cadeau d'anniversaire, tu n'as pas oublié ?

— Super. Mais on ne sera sans doute que deux. Je n'ai pas de nouvelles d'Alice.

200

« — Eh bien, j'ai de la chance. Je t'aurai pour moi toute seule. »

Au fond, je suis contente qu'Alice ne vienne pas. J'aurais trouvé insupportable de les voir ensemble en sachant qu'elle sort avec un autre. Je me serais sentie complice de l'infidélité d'Alice et malhonnête vis-à-vis de Robbie, que cela placerait dans une situation humiliante. Je n'ai pas encore décidé si je devais dire la vérité à Robbie. En tout cas, ce ne sera pas ce soir. Pas le soir de son anniversaire.

« Mon père organise une soirée samedi, m'annonce-t-il. Vous voulez venir, toi et Mick ?

— Avec plaisir, mais on arrivera tard. Il a un concert. Ce sera l'occasion de te le présenter.

— Génial ! » s'exclame-t-il, mais en vérité sa voix manque d'enthousiasme. J'ai l'impression qu'il est malheureux. C'est sans doute à cause d'Alice et je souhaite plus que jamais qu'il puisse l'oublier et rencontrer quelqu'un d'autre.

Avant de raccrocher, nous décidons de nous retrouver à dix-neuf heures au restaurant. Je choisis ce que je vais porter pour l'occasion – jean, boots et chemisier rose –, puis je me fais couler un bain chaud. Je reste longtemps dans l'eau, les yeux clos, en pensant à Mick et à la chance que nous avons de nous aimer.

Quand j'arrive au restaurant, Robbie est déjà là. Il est plongé dans la contemplation du menu, un verre presque vide devant lui, et il sursaute quand je m'assieds à sa table.

« Bonsoir, dis-je. Tu étais en avance, non ?

— Oui, répond-il avec un sourire. J'avais faim. »

Nous bavardons au sujet de ce que nous avons fait ces derniers temps et je lui parle de Mick, de mon amitié avec Philippa, de mon bonheur. Il a l'air sincèrement heureux pour moi et déclare que je le mérite bien. Il est détendu et enjoué, et je me dis qu'après tout, la nouvelle liaison d'Alice va peut-être l'obliger à réagir. Finalement, il sera forcé de voir la réalité en face.

Nous passons commande et, quand nos plats arrivent, nous découvrons que les portions sont beaucoup plus copieuses que nous ne le pensions. Nous essayons d'en venir à bout en riant de nos efforts pour continuer à manger alors que nous n'en pouvons plus.

« C'est ridicule ! s'exclame Robbie au bout d'un moment. Il y en avait au moins pour dix personnes ! »

Il reste dubitatif devant la quantité qui reste encore dans nos assiettes.

« Tu as raison, dis-je en avalant encore une bouchée de poulet. On va demander qu'on nous enlève tout ça, sinon je vais exploser. Je crois même que, pour le moment, je suis incapable de me lever. Ça ne t'ennuie pas de passer toute la nuit ici, n'est-ce pas, Robbie ? »

Je m'attends qu'il éclate de rire et continue sur le mode de la plaisanterie, mais il a les yeux braqués sur quelque chose ou quelqu'un derrière moi et il n'y a plus la moindre trace d'humour dans son expression. Son visage est crispé et on peut y lire un étrange mélange de confusion et de crainte.

Je me retourne pour voir ce qui le met dans cet état, mais je n'aperçois que des inconnus attablés.

« Robbie, que se passe-t-il ? dis-je en posant ma main sur la sienne. Qu'est-ce qui ne va pas ? »

Mais il ne m'écoute pas. Il libère sa main, repousse sa chaise d'un geste maladroit, se lève et s'appuie pesamment sur la table comme pour prendre son élan. Puis il s'avance dans la salle.

« Robbie ! Qu'est-ce que tu... ? Robbie ! » Je me lève à mon tour et le suis, consciente d'attirer les regards dans le restaurant bondé. Je ne comprends pas ce qui arrive et j'ai peur qu'il ne soit en train de péter les plombs, ou d'être au bord de la crise cardiaque.

Pourtant, non, il se plante devant un homme qui se trouve au bar. L'homme sourit et lui tend les bras, mais Robbie garde une expression glaciale et une atti-tude étrangement agressive.

« Qu'est-ce que tu fous ? lance-t-il d'un ton rageur. Qu'est-ce que tu essaies de me faire, hein ? Qu'est-ce que tu fous avec elle ? Où est-elle ? Où est-ce qu'elle est allée ? »

L'homme ouvre des yeux ronds.

« Où est qui, Robs ? interroge-t-il. Je ne comprends rien à ce que tu racontes.

— Je viens de vous voir ensemble, papa ! hurle-t-il. (J'examine plus attentivement son interlocuteur et découvre alors qu'ils se ressemblent. Ils ont les mêmes yeux, la même mâchoire. C'est son père.) Vous étiez en train de vous embrasser ! poursuit Robbie. Je l'ai vue, elle était là avec toi, à l'instant. Vous étiez ensemble. »

J'essaie de le retenir par le bras.

« Robbie ! S'il te plaît… »

Il se dégage d'un geste brusque et se rapproche de son père à le toucher.

« Je t'ai vu avec elle, papa ! »

Il a baissé le ton, et pourtant sa voix vibre encore de colère. Il est si agité qu'il tremble et pleure presque.

Son père, lui, garde son calme. Il considère Robbie avec affection.

« Calme-toi, voyons. Elle est juste allée aux toilet-tes. Tu vas faire sa connaissance à son retour. Tout ira bien. Tu verras, elle te plaira. »

Je comprends ce qui est arrivé. Robbie vient de voir pour la première fois son père avec une femme, sa nouvelle petite amie, et il exprime ainsi, avec une véhémence inappropriée, sa fidélité au souvenir de sa mère.

Un rire amer le secoue, venu du fond de la gorge. Il jette un regard de mépris à son père.

« Faire sa connaissance ? Comment ça, *faire sa connaissance* ? C'est un cadeau d'anniversaire pour te foutre de ma gueule ou quoi ? »

Je pose la main sur l'épaule de Robbie.

« Robbie, je t'en prie, arrête, dis-je. Revenons à notre table. Laisse ton père tranquille. »

Son père m'adresse un sourire reconnaissant.

C'est alors que je la vois. Alice. Elle vient des toilettes et se dirige vers nous à grands pas, tête baissée, un léger sourire aux lèvres et, pendant un instant, j'ai l'espoir fou qu'elle est là pour Robbie, qu'elle a décidé au dernier moment d'être présente pour son anniversaire. Je suis même contente à l'idée que sa présence puisse faire diversion.

Mais Robbie et son père se retournent et l'aperçoivent à leur tour.

« Ah, ah ! lance alors le père de Robbie avec un enthousiasme forcé. Voilà Rachel. Je vais te la présenter, Robbie. »

Rachel ? me dis-je. *Rachel ?* Et malgré la confusion qui règne dans mon esprit, mon inconscient a déjà fait le lien. D'un seul coup, je comprends tout : ce qu'elle fait ici, qui est son mystérieux petit ami plus âgé et ce dont Robbie vient d'être le témoin.

À cet instant, Alice lève les yeux. Elle s'immobilise et regarde alternativement Robbie et son père avec une expression stupéfaite et effrayée. Elle semble sur le point de faire demi-tour, mais son hésitation et sa confusion sont brèves. Repoussant une mèche de cheveux, elle parvient à arborer un sourire et avance de nouveau vers nous.

Le père de Robbie tend sa main vers elle et l'attire près de lui. Alice semble maintenant à l'aise, presque amusée, comme si toute cette situation n'était qu'un jeu dont nous étions les instruments.

« Rachel, je te présente mon fils, Robbie. Robbie, voici Rachel. »

Le père de Robbie s'efforce de se comporter comme si tout était normal, mais je vois bien qu'il est à la fois interdit et bouleversé par l'attitude bizarre de son fils. Sans aucun doute, il ignore qui est réellement Alice.

Robbie ne prononce pas un mot. Il se borne à regarder Alice, le visage déformé par la colère et la douleur.

« Allons, Robbie, ne fais pas cette tête, dit-elle. Où est donc passé ton sens de l'humour ? »

Le père de Robbie se tourne vers l'un, puis vers l'autre, déconcerté.

« Quoi ? Tous les deux, vous vous… ? »

Il n'a pas le temps de terminer sa phrase. Avec une sorte d'affreux sanglot, Robbie se tourne et se précipite hors du restaurant.

« Robbie, attends ! »

Je le suis, mais je me rends très vite compte qu'il est plus rapide que moi. De plus, j'ai laissé mon sac sous la table et nous n'avons pas réglé l'addition. J'abandonne et rejoins à regret Alice et le père de Robbie. Je ne tiens pas à rester ici et à affronter cette épouvantable situation. Je préférerais récupérer mon sac et filer retrouver Mick. Je n'ai aucune envie de parler à Alice. Aucune envie de la voir et de l'écouter. Aucune envie d'entendre le père de Robbie l'appeler Rachel.

Le père de Robbie est pâle et il a les yeux humides.

« Mais que se passe-t-il ? me demande-t-il d'une voix blanche. Vous avez une idée ? »

Je contemple le bout de mes pieds sans rien dire.

« Excusez-moi, j'ai été très impoli, poursuit-il. Je ne me suis même pas présenté. Je suis Greg, et voici Rachel. Vous devez être Katherine. Robbie m'a parlé de vous. »

Je lui serre la main, mais j'ignore Alice. Et quand elle ouvre la bouche, je me détourne.

« Je crois que je vais m'en aller, annonce-t-elle.

— Je suis un imbécile, dit Greg. Je savais que Robbie serait ici ce soir. Alors, j'ai pensé que ce serait une bonne façon de vous faire faire connaissance, tous les deux. Je ne t'ai rien dit, ni à lui. Je croyais que ce serait bien si… je ne sais pas, si l'on se rencontrait par hasard. Je n'imaginais pas qu'il réagirait ainsi. C'est un garçon formidable et pourtant… Je suis désolé, Rachel, j'aurais dû te prévenir.

— Je t'en prie, ne t'excuse pas », répond-elle.

Elle n'a pas la même voix que d'habitude. Elle semble plus mûre, plus réservée, et je suis étonnée de voir à quel point elle peut jouer la comédie. Mais derrière cette fausse maturité, je sens percer l'impatience. Elle n'a qu'une envie, fuir. Elle est à l'origine de ce désastre et elle me laisse le soin de tout remettre en ordre derrière elle. Je suis tentée de cracher la vérité avant qu'elle ne file, de la forcer à rester, à avouer, à affronter les conséquences et à les laisser ensuite se débrouiller ensemble. Mais je ne peux lui faire confiance pour être honnête avec Greg. Le père de Robbie a été manipulé. On lui a menti. Il mérite une explication.

« Je t'accompagne, dit-il à Alice.

— Non, répond-elle. Sincèrement, je préfère partir. J'ai besoin d'être seule. »

Je me détourne pendant qu'ils se disent au revoir. Je ne peux supporter de voir Greg se montrer innocemment tendre et navré avec elle. Et j'ai envie de hurler quand je l'entends l'appeler Rachel.

Après son départ, je persuade Greg de venir s'installer un moment à ma table. Nous nous asseyons face à face. Hésitante, je contemple mes mains. Comment brise-t-on le cœur de quelqu'un ?

C'est lui qui rompt le silence.

« Je n'y comprends rien, dit-il. Tout commençait à marcher si bien. J'ai eu tort de tenter d'organiser une rencontre de ce genre, mais Robbie devait bien s'attendre qu'un jour… (Il contemple la porte par laquelle Alice vient de sortir.) Après ça, je crains de ne jamais revoir Rachel », soupire-t-il.

Je lève les yeux vers lui.

« Elle ne s'appelle pas Rachel », dis-je.

J'ai les nerfs à vif, mais ma voix est plus assurée que je ne l'aurais cru.

Il se rejette en arrière, les bras croisés sur la poitrine dans une attitude défensive.

« Comment ? Qu'est-ce que vous avez dit ? »

J'entreprends de lui raconter ce que je sais, de manière cohérente. Au début, il ne me croit pas. Il hoche la tête en répétant : « C'est impossible, c'est impossible. » Puis, de plus en plus triste, il cesse de protester.

« J'étais au courant de l'existence d'Alice, bien sûr, dit-il, mais je ne savais pas grand-chose. Robbie ne me l'avait pas présentée. J'avais l'impression qu'ils passaient leur temps à se séparer et à se rabibocher. Quel dommage qu'on ne se soit pas rencontrés. C'est ma faute, j'aurais dû insister, m'intéresser plus. Mais je pensais bien faire en respectant sa vie privée. (Il prend sa tête dans ses mains et poursuit :) Cela n'aurait jamais dû arriver. Jamais.

— Ce n'est pas du tout votre faute. C'est Alice qui est responsable.

— Mais pourquoi ? demande-t-il. Pourquoi ? »

Je me tais. Je ne connais pas la réponse.

« Elle m'a dit qu'elle avait vingt-sept ans, continue-t-il à voix basse. Et je l'ai crue. Elle était si mûre, elle avait une telle assurance… Dix-huit ans ? Je n'en reviens pas. Et pourtant, j'ai tout gobé. »

Il marque une pause et ajoute : « Je commençais à l'aimer. »

29.

Pour le moment, je ne raconte rien à Mick. Je ne veux pas gâcher le temps que je passe avec lui en pensant à Alice ou en parlant d'elle. C'est pourquoi j'attends qu'il parte travailler, le lendemain soir, pour appeler Robbie. Comme ça, il ne risque pas d'entendre ce que je vais dire.

C'est Greg qui répond.

« Il est parti, Katherine. »

Il semble fatigué, accablé.

« Parti ? Où ça ?

— En Suisse. Il a pris un avion cet après-midi. On a de la famille là-bas et il va essayer d'y trouver un emploi. Comme moniteur de ski.

— Mais sa soirée ? (Ma question est stupide. Comme si cela avait de l'importance.) Et son travail ? »

Il rit. « Il n'y aura pas de soirée, mon petit. Quant à son travail, je crois que le restaurant survivra sans lui. Ils ne manquent pas de personnel. »

Greg m'assure qu'il ne faut pas s'inquiéter pour Robbie, qu'il est solide et ne manque pas de ressources. Il me suggère d'attendre un peu pour lui envoyer un e-mail, le temps qu'il panse ses plaies et surmonte l'humiliation. Avant de raccrocher, il me répète que tout va s'arranger.

Même si l'attitude d'Alice m'horrifie et si j'ai des haut-le-cœur rien qu'en pensant à la soirée de la veille, je suis contente que Robbie ait fini par y voir clair. Maintenant, il ne pourra plus faire marche arrière et revenir avec Alice. Et il est loin, très loin de l'Australie. Libre. En sécurité.

J'éteins mon portable afin d'être injoignable pour Alice. Je ne veux pas entendre ses excuses et ses explications.

Je n'allume pas mon téléphone pendant une semaine. Le temps s'écoule entre concerts nocturnes et nuits partagées avec Mick. Je baigne dans le bonheur. Pourtant, Alice est toujours désagréablement présente dans un coin de mon esprit et je sais qu'un jour ou l'autre il faudra bien que je lui parle. Ce serait plus facile de l'éviter jusqu'à ce qu'elle se lasse définitivement, mais je dois lui dire ce que je pense, lui faire part de ma colère, défendre Robbie. De toute façon, je suis sûre qu'elle a essayé d'entrer en contact avec moi et qu'elle continuera jusqu'à ce qu'elle obtienne ce qu'elle veut. Autant régler ça maintenant.

Donc, un après-midi où Mick est sorti pour acheter de la bière, je rallume mon téléphone.

Quatorze messages vocaux et de nombreux textos m'attendent. Je ne prends pas la peine de les écouter ou de les lire. Je suis certaine que la plupart proviennent d'Alice et qu'elle est furieuse parce que je ne réponds pas. Mais ce qu'elle a à dire ne m'intéresse pas. Je veux juste l'appeler une dernière fois pour lui jeter mon dégoût à la figure. Sans attendre, je lance l'appel.

Elle répond presque aussitôt.

« Eh bien, ça fait longtemps ! Je n'aurais jamais cru que tu étais le genre de fille à laisser tomber ses amies dès qu'elle a un copain. Mais il ne faut pas se fier à l'eau qui dort, comme on dit. »

Elle éclate de rire. Elle seule est capable de retourner la situation à son avantage alors qu'elle a tant de choses à se reprocher.

« Désolée, Alice, mais j'étais un peu perturbée, vois-tu. Par toi.

— Perturbée ? demande-t-elle sur un ton méprisant. Ne me dis pas que c'est à cause de Robbie et de son père !

— J'ai parlé à Greg ce soir-là, après ton départ.

— Je m'en doutais. Très bien. C'est déjà quelque chose. Et après ? Que pouvait-on dire ? »

Je ne sais si elle fait exprès de ne pas comprendre, mais soudain je me sens un peu ridicule, et je ne suis plus si certaine d'être dans mon bon droit.

« C'était quelque chose d'incroyablement cruel, Alice.

— Je t'en prie, Katherine ! Je ne pouvais pas savoir que vous seriez là, tous les deux. C'était une brillante idée de Greg. (Elle parle vite, sèchement, comme si le sujet l'ennuyait déjà et qu'elle n'avait aucune envie de se justifier.) Comment aurais-je pu connaître ses intentions ?

— Je ne parle pas du dîner, Alice. Ne sois pas ridicule. C'est ta liaison avec Greg qui était cruelle. Je n'arrive pas à croire que tu aies fait ça. Que tu te sois comportée comme une vraie salope avec Robbie qui a toujours été adorable avec toi. »

Elle reste quelques instants silencieuse, puis elle pousse un soupir.

« D'accord. Je comprends ton point de vue. Le sermon est terminé, maintenant ?

— Non, mais ça ne sert à rien d'aller plus loin. Tu t'en fiches complètement. N'empêche que tout ça est vraiment horrible, Alice. Vraiment perturbant. »

Elle rit méchamment.

« En fait, je ne comprends pas ce que tu as à voir là-dedans. En quoi mes relations avec Greg ou mes relations avec Robbie pourraient-elles te perturber, toi ? »

Pendant quelques instants, je perds pied. Je me dis qu'effectivement je me suis mêlée de ce qui ne me regardait pas. Et puis je réagis. Non, on ne peut pas accepter ce genre de comportement de la part de ses amis.

« En ceci que tu as volontairement fait le mal, Alice. Robbie est détruit. Il est parti en Europe. Tu le savais ? C'est à cause de toi. Et tu as ruiné les relations entre son père et lui. Robbie est un très bon ami. Il n'y a rien d'étonnant à ce que cela me touche.

— Oh, ça va ! Je n'ai pas *ruiné* leurs relations. Ils se réconcilieront. Aucun des deux n'était au courant de ce que faisait l'autre, donc, ils ne sont responsables de rien. Peut-être même que cela les rapprochera, en fin de compte. Et un séjour en Europe est plutôt une bonne chose pour Robbie. Il a besoin de se remettre les idées en place. Il bout de colère, ce garçon, et il est ridiculement possessif. De toute façon, si je suis aussi mauvaise que tu sembles le croire, ils doivent être ravis d'être débarrassés de moi.

— Cela ne change rien à ce que tu as fait. Tu as très mal agi, Alice. Et pourquoi as-tu dit à Greg que tu t'appelais Rachel ? Ce ne peut pas être une coïncidence.

— Écoute, Katherine, je n'aime pas cette attitude de donneuse de leçons. Tu n'es pas ma mère. Et tu n'es pas meilleure que moi. Je n'ai pas besoin de tes remontrances. (Elle a soudain un ton froid et sérieux, qui tranche avec l'indifférence qu'elle affichait un peu plus tôt.) Je ne veux plus en parler, Katherine, poursuit-elle. C'est mortellement ennuyeux. Dis-moi plutôt si tu veux sortir vendredi soir. J'organise un dîner au *Giovanni's*.

— Non, merci », dis-je.

Je suis choquée par son absence de remords, mais ma voix est calme.

« Samedi soir, alors ?

— Non. Je ne veux pas sortir avec toi, Alice, il faut que tu le comprennes. Tout ça m'a bouleversée. Je suis très en colère. Et dégoûtée, vraiment dégoûtée.

— Tu es dégoûtée ?

— Oui. Et j'ai honte. »

Elle éclate de rire.

« Parce que, en plus, tu as honte. Honte pour moi ?

— Oui.

— Tu ne crois pas que tu as suffisamment de quoi avoir honte, toi, Katherine ? »

Je sais ce qu'elle va dire. Mais je garde le téléphone à l'oreille. Je ne peux faire autrement que d'écouter les mots qu'elle prononce :

« Je ne suis peut-être pas blanche comme neige, mais au moins je n'ai jamais abandonné ma sœur en la laissant se faire violer. Je ne suis pas cette mauviette qui s'est enfuie en laissant sa petite sœur se faire assassiner. »

30.

Plus tard dans la soirée, Mick, Philippa et moi nous faisons livrer des pizzas pour dîner. Au moment où nous nous mettons à table, Philippa me demande si j'ai vu Alice récemment.

« Non, mais je l'ai eue aujourd'hui au téléphone, dis-je.

— Et alors ? »

Pendant que nous dînons, je leur explique donc ce qu'elle a fait à Greg et à Robbie, et je leur rapporte notre conversation téléphonique.

« Tu plaisantes ? demande Mick en reposant sa fourchette. C'est incroyable ! Qui oserait agir de cette manière ?

— Quelqu'un de détraqué et de très malheureux, répond Philippa.

— Et ce Robbie ? reprend Mick. Pourquoi était-il avec elle ? Il est cinglé lui aussi ?

— Pas du tout, dis-je. C'est un garçon formidable, vraiment très bien. Et un véritable ami. Mais il est tombé amoureux d'elle. Et quand on ne la connaît pas, on ne peut imaginer à quel point elle peut être charmante. (Bien décidée à persuader Mick, je poursuis :) J'ai été très heureuse quand elle est devenue mon amie. Flattée, aussi, parce que c'est quelqu'un de drôle, que tout le monde veut fréquenter. Depuis la mort de Rachel, j'étais affreusement seule et Alice m'a apporté une bouffée d'air frais. Elle était très distrayante. C'était vraiment chouette d'être avec elle. »

Mick et Philippa me regardent d'un air compatissant et je m'aperçois que je suis allée trop loin. J'ai essayé de justifier mon amitié avec Alice au lieu de parler de Robbie. Mais c'est la même chose, en fait. Robbie et moi étions ensorcelés l'un comme l'autre.

« Pourquoi ne m'en as-tu pas parlé quand tu as découvert tout ça ? demande Mick, vexé.

— Je ne sais pas. On était si bien, toi et moi ! Je ne voulais pas gâcher ces moments.

— Cela n'aurait rien gâché. Je ne connais même pas ces gens. »

Mick a les sourcils froncés. Visiblement, il se sent offensé et je m'apprête à essayer de m'expliquer lorsque Philippa intervient.

« Ne fais pas l'enfant, dit-elle gentiment à son frère en lui donnant un petit coup de coude. Elle te l'a dit, maintenant. C'est bon ! Et tu as raison, tu ne connais pas ces gens, alors laisse tomber. (Elle se tourne vers moi et reprend sur un ton faussement courroucé :) Mais moi, je les connais, Katherine. Pourquoi ne m'en as-tu pas parlé ? Ce n'est pas sympa. Tu m'as privée du plaisir de te dire : "je t'avais prévenue". »

Je souris. « C'est toujours d'actualité. Tu avais raison.

— Philippa avait raison à quel propos ? interroge Mick.

— À propos d'Alice. Ta surdouée de sœur m'avait avertie qu'Alice ne tournait pas rond.

— N'empêche que je l'ai rencontrée, cette Alice, proteste Mick. C'était bien la fille en minirobe au *William Hotel* ? »

Philippa acquiesce.

« Oui, ce canon que tous les hommes dévoraient des yeux.

— Moi, je ne la trouve pas si bien que ça, déclare Mick avec une grimace, et j'en suis toute contente, comme une gamine. Ce n'est pas mon type. Elle en fait des tonnes et ne se prend pas pour de la merde.

— Quoi qu'il en soit, Katherine, j'espère que tu lui as demandé de te laisser tranquille, me lance Philippa.

— J'ai essayé, du moins. Elle n'entend que ce qu'elle veut bien entendre. »

Philippa semble soulagée.

« Tu l'as fait, en tout cas. Je suis contente que tu voies enfin les choses à ma façon. Elle ne mérite pas d'être ton amie, et ne parlons pas de ce pauvre Robbie. J'espère qu'elle ne va pas te manquer ?

— Non. (Je me passe la main sur les yeux.) Je ne peux plus supporter ce côté dramatique. Elle est épuisante. Je ne veux plus la voir, ni entendre parler d'elle. J'ai éteint mon portable et je ne vais pas le rallumer pour le moment. »

Philippa se ressert une part de pizza, et jette un coup d'œil au contenu de mon assiette, auquel je n'ai pratiquement pas touché.

« Tu n'as rien mangé, constate-t-elle.

— J'ai l'appétit coupé rien que de penser à ce qu'Alice a fait à Robbie, dis-je. (La pizza est lourde et indigeste, et le petit morceau que j'ai avalé a du mal à passer.) En revanche, je boirais bien un peu d'eau.

— Je m'en occupe, propose Mick en se levant. (Il se penche vers moi, l'air soucieux.) Ne va pas te rendre malade à cause de cette fille, dit-il. Tu ne lui dois rien. Oublie-la. »

Philippa le suit des yeux tandis qu'il se dirige vers la cuisine, puis elle chuchote :

« Il t'aime vraiment, Katherine.

— Je sais. »

Je souris, mais je me sens soudain si lasse que je dois lutter contre le besoin de poser ma tête sur la table et de fermer les yeux.

« Je ne l'ai jamais vu comme ça avec une autre, poursuit Philippa à voix basse. Il était plutôt du genre poli, mais indifférent. C'était un vrai bourreau des cœurs. Il avait tout un tas de filles autour de lui.

— Pas étonnant », dis-je.

Aucun sujet ne m'intéresse plus que celui-ci, mais je n'arrive pas à me concentrer, car je sens la nausée monter.

« Ça ne va pas ? demande Philippa. Tu es blanche comme un linge.

— Pas très bien. »

Je bondis sur mes pieds et me précipite aux toilettes, où j'arrive juste à temps pour vomir le peu de pizza que j'ai mangé.

31.

Mick a cinq jours de repos et nous les passons ensemble. Excepté quand il répète ou que nous sortons faire des courses, nous restons enfermés chez lui à parler. Il me raconte son enfance, ses rêves d'avenir, son amour de la musique. Je lui décris ma vie avant et après la mort de Rachel. Nous avons un besoin inépuisable de connaître l'autre.

Le dernier jour, nous téléphonons à Philippa et décidons de prendre le petit déjeuner avec elle au café du coin. Quand nous arrivons, elle est déjà installée. Avec sa robe jaune et ses cheveux coiffés en queue-de-cheval, elle est fraîche et jolie. À côté d'elle, je me sens moche dans mon jean et mon T-shirt froissé.

Elle est enjouée et d'humeur bavarde et, par contraste, je me rends compte que je ne me sens pas très bien et que c'est ainsi depuis quelques jours. En temps normal, j'apprécie sa vivacité, mais aujourd'hui c'est un effort de suivre sa conversation. J'ai une seule envie, retourner chez Mick et me mettre au lit.

Quand les tartines et les croissants que nous avons commandés arrivent, je suis prise de nausées.

« Excusez-moi », dis-je en plaquant la main sur ma bouche.

Je me lève et me précipite aux toilettes, où j'ai tout juste le temps de me pencher au-dessus du siège.

Mais je ne vomis qu'un peu de bile, car je n'ai rien dans l'estomac.

Philippa me rejoint.

« Katherine, ça va ? demande-t-elle d'une voix inquiète. Ma pauvre chérie ! »

Je me rince la bouche dans le lavabo et me lave le visage. En me voyant dans la glace, je me trouve affreusement pâle et je me demande si je n'ai pas une maladie grave. Peut-être suis-je condamnée à mourir jeune, comme Rachel.

« Tu avais déjà mal au cœur l'autre jour, poursuit Philippa. Tu as mangé quelque chose de pas frais ? Tu as attrapé un virus ?

— Je n'en sais rien.

— Tu devrais consulter un médecin. »

J'approuve d'un signe de tête.

« Ce sont peut-être les nausées de la femme enceinte », reprend-elle en riant.

Enceinte. Philippa plaisante, mais je suis soudain persuadée que c'est exactement ça. Cela expliquerait bien des choses, les nausées épisodiques, la fatigue invalidante, les seins douloureux et gonflés. Et j'ai beau faire un effort, je n'arrive pas à me souvenir de la date de mes dernières règles.

« Merde, alors !

— Comment ? (Philippa me regarde dans le miroir et écarquille les yeux devant mon expression.) Tu veux dire que… tu serais enceinte ? Sérieusement, ce serait possible ?

— Putain ! (Je hoche la tête, incrédule.) Je n'en sais rien, mais…

— Quand as-tu eu tes règles pour la dernière fois ?

— C'est bien là le problème, je ne sais plus. Bon sang ! je crois même que je ne les ai pas eues depuis que je connais Mick. Sinon, il me semble que je me le rappellerais parce qu'il l'aurait remarqué. Nous n'aurions pas pu… »

J'essaie de réfléchir. Oui, maintenant j'en suis sûre. Cela aurait été gênant. J'aurais dû l'expliquer à Mick quand il aurait voulu faire l'amour avec moi et je m'en souviendrais.

« Comment ai-je pu ne pas m'en apercevoir, Philippa ? Comment ai-je pu être nulle à ce point ? »

Philippa passe son bras autour de mes épaules.

« Ne t'en fais pas. C'est peut-être une fausse alerte. Avec le stress, il arrive qu'on saute un mois. J'ai lu ça quelque part.

— Mais je n'étais pas particulièrement stressée.

— Tu oublies Alice et tes examens.

— J'aimerais que tu aies raison, Philippa. Mais non, j'étais très heureuse, tu sais bien. Et mes soutiens-gorge sont soudain devenus trop petits. Mes jeans aussi.

— Tu as peut-être simplement grossi.

— Non. Qu'est-ce que je vais faire ? Pauvre Mick, que va-t-il penser ?

— Pauvre *Mick* ? Voyons, c'est un grand garçon. Il est au courant de l'histoire des petites graines. Non, pauvre de *toi*, car c'est toi qui te retrouves avec les seins comme des pastèques. (Elle regarde ma poitrine et sourit.) C'est vrai qu'ils sont impressionnants.

— Je me demande comment cela ne m'a pas alertée.

— Tu devais avoir la tête ailleurs.

— Il faut croire. »

Je me regarde de nouveau dans le miroir. Mes traits n'ont pas changé et j'ai du mal à penser qu'une nouvelle vie est en train de se développer en moi sans que cela se lise sur mon visage. Sans que je le sache. Et sans que j'y aie consenti.

« Un bébé ! Philippa, c'est trop… Je veux dire, je n'ai même pas dix-huit ans. Que vais-je faire ? »

Elle hausse les épaules, l'air soudain solennelle.

« Je ne sais pas, Katherine. »

Je contemple mon ventre, pose mes mains dessus. Une nouvelle vie. À l'intérieur.

Philippa me saisit le bras.

« Tu crois que tu vas le garder ? Ce serait merveilleux, à bien y réfléchir. Et Mick ferait un père formidable. (Elle parle à toute allure, très excitée.) Quant à moi, je serais la meilleure tante du monde ! Je ferais la baby-sitter. Je t'aiderais au maximum. Comme ça, tu pourrais poursuivre tes études. Mes parents adorent les bébés. Ils donneraient un coup de main, eux aussi. Comme les tiens, je suppose. »

Je frémis en pensant à mes parents.

« Philippa, s'il te plaît, arrête. Si c'est ça, je dois d'abord le dire à Mick. Je ne peux prendre aucune décision maintenant.

— Non, bien sûr. Excuse-moi. (Elle se tait un instant, puis reprend :) Allons t'acheter un test de grossesse. Il y a une pharmacie près d'ici. »

Elle a raison. Il faut que je sois très vite fixée. Mais je préfère être seule pour ce genre de choses. Je me tourne et entreprends de me laver les mains tout en réfléchissant à la façon de le dire à Philippa sans la vexer. Quand enfin je lève les yeux vers elle, j'ai l'impression qu'elle a lu dans mes pensées.

« Écoute, dit-elle. Pourquoi ne retournes-tu pas d'abord chez Mick ? Tu peux acheter le test en route. Pendant ce temps, lui et moi, on termine tranquillement notre petit déjeuner ici. Toi, tu fais le test et, quand il te rejoint dans l'appartement, tu lui parles. Si besoin est. Tu n'as pas besoin de moi. »

Je lui souris, reconnaissante.

« Entendu, Philippa.

— Mais tu m'appelles bientôt pour me tenir au courant, d'accord, Katherine ? »

De retour dans la salle, nous prévenons Mick que je préfère rentrer, car j'ai un peu mal au cœur. Il bondit aussitôt sur ses pieds et propose de m'accompagner.

222

« Mais non, reste, dis-je avec un petit rire. C'est à trois minutes à pied et je peux très bien marcher toute seule. »

Il accepte, l'air soucieux. Sur le seuil du café, je me retourne et agite la main de la façon la plus rassurante possible. Dehors, je respire avec soulagement l'air frais, qui me change agréablement de l'odeur de bacon et de café. D'habitude, cela me donne faim, mais là, ça m'écœure.

Je suis pratiquement certaine d'être enceinte. Avec Mick, nous avons utilisé des préservatifs, mais il y a eu deux ou trois fois où nous ne l'avons pas fait et, même s'il s'est retiré, cela n'a sans doute pas suffi.

Dans la pharmacie, j'examine vainement les rayons, ne sachant où se trouvent les tests de grossesse, jusqu'à ce que la pharmacienne me demande ce que je cherche.

Quand je lui réponds, je m'attends qu'elle réagisse et me fasse un petit discours sur le préservatif et la contraception, mais elle ne manifeste aucune réaction. « C'est là », dit-elle. Elle entreprend de m'expliquer les différences entre les divers modèles et enveloppe celui que j'ai choisi dans un sac en papier avant de me conduire à la caisse. Malgré tout, je ne peux m'empêcher de m'interroger sur ce qu'elle pense. Elle a l'air très jeune dans sa blouse blanche et j'imagine qu'elle me considère avec une certaine condescendance, contente sans doute de ne pas être à ma place et de ne pas avoir à affronter ce problème.

Au moment où je m'apprête à sortir de la pharmacie, quelqu'un me tape sur l'épaule.

« Tss, tss, Katherine ! » dit une voix.

Je blêmis en la reconnaissant. Alice. Elle se plante devant moi et demande : « Qu'en penserait Helen ? »

Je serre mon sac en papier sur mon cœur. Curieusement, je suis intimidée, presque effrayée, et j'ai envie de m'enfuir à toutes jambes. L'expression d'Alice n'est absolument pas chaleureuse et personne ne pourrait penser que nous avons été amies.

Elle pointe le menton vers le sac en papier et demande : « Alors, on n'a pas été sage ? »

Je suis sur le point de répondre, de me justifier, mais je me ravise. Je ne lui dois rien. Ma vie privée ne la regarde plus désormais. Je hausse les épaules et tente de passer devant elle, mais elle me retient par le bras, son visage désagréablement proche du mien.

« Les gens dans ton genre pensent qu'on peut se passer des gens dans mon genre, mais tu ne te débarrasseras pas de moi comme ça, lâche-t-elle.

— C'est une menace ? (J'essaie de rire, mais je ne produis qu'un son peu convaincant. Elle sourit sans répondre et je poursuis, en me forçant à la regarder dans les yeux :) Laisse-moi tranquille, Alice. Laisse-moi tranquille ou je… »

Elle hausse les sourcils, l'air faussement étonnée.

« Ou tu quoi ? Ou tu appelles la police, c'est ça ?

— Oui. Si tu te comportes comme une malade mentale, je n'hésiterai pas.

— Oh, mais j'en suis bien persuadée ! Je te connais, tu sais. Mieux que tu ne le penses. Mais je n'ai rien fait. Qu'est-ce que tu vas raconter à la police ? Tu ne peux rejeter la faute sur quelqu'un d'autre, cette fois. (Elle penche la tête et, avec un grand sourire, ajoute sur un ton innocent :) Et puis on est amies, n'est-ce pas, amies pour la vie ? »

Je me remets en route.

« Va-t'en, Alice, dis-je. Je ne sais pas de quoi tu parles. Tu devrais te faire soigner. Tu es malade.

— Peut-être. À moins que tu ne le sois, toi, Katherine. Ça ne t'a jamais effleuré l'esprit ? »

Son rire retentit dans mon dos. Je m'oblige à marcher en regardant droit devant moi et, une fois arrivée à l'angle de la rue où habite Mick, je me retourne. Elle se trouve toujours devant la pharmacie. Cette fois, elle est en grande conversation avec un homme séduisant. En train de draguer, sans aucun doute.

Je me hâte de tourner le coin de la rue et cours jusque chez Mick. C'est sans doute une précaution absurde, mais je ne veux pas qu'elle sache où j'habite en ce moment. Les mains tremblantes, j'introduis la clé dans la serrure, puis claque la porte derrière moi. Une fois à l'intérieur, je retrouve instantanément mon calme. Tout est paisible et familier, et je me sens tellement en sécurité que je ne peux m'empêcher de sourire en pensant à la panique qui m'a saisie, comme lorsque, petite fille, je me retrouvais seule dans le noir. Je me précipitais vers l'endroit où étaient mes parents pour être rassurée. Pas plus que l'obscurité, Alice ne peut me faire du mal. Pas si je l'en empêche. Elle a beau avoir une personnalité pleine d'ombre et de zones de mystère, elle n'a pas de pouvoir réel.

Je vais dans la salle de bains, me contemple dans le miroir. J'ai une tête à faire peur. J'ai l'estomac noué et il me faut un moment avant de me souvenir que j'ai un autre souci, bien réel cette fois. Quelque chose de sérieux, qui peut engager mon avenir et celui de Mick. Et cela n'a rien à voir de près ou de loin avec Alice.

Je sors le test de grossesse de son emballage et suis le mode d'emploi, puis je pose le test sur la tablette du lavabo sans le regarder. Je me rends ensuite dans le séjour où je fais les cent pas jusqu'à ce que le temps nécessaire se soit approximativement écoulé. Je reviens alors dans la salle de bains et saisis le test. Deux lignes roses parallèles sont apparues.

Je consulte de nouveau la notice. Deux lignes signifient que le test est positif.

Je suis enceinte.

Je jette le test à terre comme s'il me brûlait les doigts. Je me doutais du résultat, mais c'est autre chose de l'avoir sous les yeux. J'ai le cœur qui bat, la bouche sèche. Incapable de me tenir debout, je me laisse glisser à terre où je reste assise, immobile, les genoux dans les mains. Des visions d'un avenir gâché se bousculent dans ma tête jusqu'à ce que j'entende la clé qui tourne dans la serrure, et la voix de Mick qui crie mon prénom. Quelques instants après, il est près de moi et m'entoure de ses bras en me demandant si je vais bien.

Incapable de lever les yeux ou de répondre, je pointe le doigt vers le test.

« Qu'est-ce que c'est ? » demande-t-il.

Il va l'examiner, puis revient s'asseoir en face de moi.

« Tu es enceinte ? » Il semble surpris et bouleversé, mais il n'est ni effondré ni furieux comme je l'aurais pensé.

Je fais « oui » de la tête.

« Oh ! (Je l'entends passer sa main sur sa barbe naissante.) Je ne sais pas quoi dire, Katherine. C'est un… euh… un problème ?

— Eh bien, oui. J'attends un bébé et je n'ai que dix-sept ans. (Je me redresse, croise les jambes en tailleur.) Dix-sept ans, Mick. »

Il pose la main sur moi et parle d'une voix douce, comme s'il craignait de m'effrayer.

« D'accord, c'est un choc, mais ce n'est pas la fin du monde. Il y a des choses qu'on peut faire, si tu le souhaites.

— Un avortement. N'aie pas peur de prononcer le mot. Je ne suis pas idiote.

— D'accord. Un avortement. »

Désemparée, je laisse mon regard errer autour de moi, sur le carrelage, le rideau de douche – partout, sauf sur le visage attentif de Mick.

« Mais tu n'es pas obligée, reprend-il en se penchant en avant, de sorte que je suis forcée de le regarder dans les yeux. Tu n'es pas obligée d'avorter, Katherine. Ce n'est pas ce que je veux dire.

— Quelle est l'autre possibilité ? Avoir un bébé si jeune ? Tu plaisantes ?

— Tu ne serais pas la première.

— Je sais, Mick. Je suis enceinte, pas débile. »

Il pousse un soupir.

« Ne te mets pas en colère. Je ne suis pas ton ennemi, voyons.

— Excuse-moi, dis-je en prenant sa main dans la mienne. C'est juste que... je n'arrive pas à croire qu'on n'ait pas fait assez attention.

— Moi non plus.

— À mon âge, on n'a pas un bébé. On va à la fac, on apprend un métier. Mes parents seraient fous.

— Tu pourrais continuer tes études malgré tout. Ce n'est pas comme si tu étais mère célibataire. (Il presse ma main – fort – et me sourit.) Oublie tes parents quelques instants. Oublie l'opinion des autres. »

Il a raison. Si je repousse l'idée d'une grossesse, c'est surtout à cause du qu'en-dira-t-on. De ce que penseraient mes parents, mes camarades de classe, mes professeurs. Je me représente avec un ventre énorme, puis avec un bébé qui hurle, tandis que les gens me dévisagent d'un air compatissant et chuchotent sur mon passage. J'imagine leur désapprobation. Du coup, j'ignore ce qu'est mon véritable souhait.

Mick se lève et m'aide doucement à me relever.

« Je vais faire du thé. Pourquoi ne te reposerais-tu pas un peu ? »

Je suis son conseil et, malgré les idées qui tournent dans ma tête, je sombre rapidement dans un profond sommeil. Quand je m'éveille, Mick est assis à côté de moi sur le matelas, en train de feuilleter une revue de musique.

« Tu te sens mieux ? » demande-t-il en posant la main sur mon front.

Je ne peux m'empêcher d'éclater de rire.

« Voyons, je n'ai pas de fièvre !

— Je sais, mais je parie que, lorsque tu étais malade, ta maman faisait ce geste et que tu te sentais mieux.

— Je ne suis pas malade, je suis enceinte.

— Oui. Tu es triste ? »

Je m'assieds et scrute son visage. « Finalement, non. Et toi, Mick, tu es triste ?

— Non, si tu ne l'es pas.

— En fait, maintenant, la situation ne me paraît plus si difficile. »

Et c'est vrai. Curieusement, ces quelques heures de sommeil ont modifié ma vision des choses et je ne considère plus ma grossesse comme une catastrophe. Une bouffée d'espoir et d'excitation m'envahit.

« Rends-toi compte, un bébé, dis-je.

— *Notre* bébé, corrige Mick. C'est une partie de toi et une partie de moi. On ne peut pas tuer ce que nous avons fait ensemble.

— Non.

— Sauf si tu le souhaites. Mais tu ne veux pas avorter, n'est-ce pas ?

— Non. Non, je crois que je veux le garder. »

Nous passons le reste de la journée dans une sorte d'état de choc. Le lendemain matin, nous prévenons Philippa et elle est tellement excitée, tellement pleine d'enthousiasme et d'idées pour l'avenir qu'elle nous fait rire. J'ai toujours des nausées, mais, maintenant que j'en connais la cause, je les supporte mieux. Et ma fatigue, ma somnolence constante ne sont plus à mes yeux qu'un simple symptôme de l'activité de mon corps, qui est en train de fabriquer un autre être humain.

Nous nous rendons à la bibliothèque, où nous empruntons quantité de livres sur la grossesse. Ils sont illustrés de photos représentant l'embryon à différentes étapes de son développement et nous essayons de calculer le nombre de semaines qu'a le nôtre. C'est extraordinaire de penser qu'il a sans doute déjà des bras, des jambes, des yeux, un nez, une bouche. Et un petit cœur qui bat.

Mick est d'avis que nous cherchions un appartement. « J'ai toujours rêvé d'une fille comme toi, me dit-il. Inutile d'attendre plus longtemps. Je n'ai pas besoin de mieux te connaître. J'ai simplement besoin d'être avec toi. »

Et quand je me demande à voix haute si nous n'allons pas trop vite, si ce n'est pas un engagement trop important, il sourit.

« Nous allons avoir un bébé, Katherine. C'est l'engagement le plus important qui soit. On n'a plus le temps de faire les choses tranquillement, rationnellement. (Il me prend dans ses bras, m'embrasse.) Ne t'inquiète pas. Tout ira bien. Très bien. »

Au milieu de la nuit, il se penche vers moi et murmure à mon oreille : « Marions-nous. Occupons-nous des formalités dès demain. »

J'éclate de rire.

« Pas question, je suis trop jeune », dis-je.

Mais au fond, je suis enchantée des idées romantiques de Mick, de son amour pour moi, qui est aussi fort que mon amour pour lui. Au point qu'il songe à m'épouser.

Finalement, ce ne serait pas une mauvaise idée de louer tous les deux un appartement. Mick ne peut pas venir s'installer avec moi chez ma tante Vivien et, chez lui, c'est trop petit. Sans compter qu'on ne pourrait imposer la présence d'un bébé à son colocataire.

Le lendemain matin, je me lève tôt, avant Mick. Je nous fais du thé, puis je retourne dans la chambre avec le journal de la veille. Je me glisse à nouveau sous les couvertures et consulte les petites annonces.

« Écoute ça, dis-je à Mick. "Deux pièces, parquet, cuisine installée, près plage de Bondi. Trois cent cinquante dollars par semaine." »

Mick ouvre un œil et me sourit.

« Répète, je n'ai pas bien entendu », dit-il.

Je lui relis l'annonce, mais en même temps des pensées préoccupantes viennent tempérer mon enthousiasme.

« Il va falloir que j'appelle mes parents, dis-je en soupirant. Ils voudront te rencontrer. On ne peut rien organiser avant que je leur aie parlé de toi. Ce sont eux qui paient tout, y compris mon loyer et ma voiture.

— Bien sûr. (Mick s'assied, pose la main sur ma jambe.) Même s'ils refusent de payer pour nous deux, nous nous débrouillerons. Je trouverai un travail dans la journée.

— Ce ne sera pas nécessaire. Ils ne sont pas comme ça. Aucun risque qu'ils me coupent les vivres. Ils feraient n'importe quoi pour moi.

— C'est compréhensible.

— Il y a pourtant quelque chose qu'ils n'accepteront jamais, Mick. Ta moto. Ils seraient fous s'ils savaient que je suis déjà montée dessus. »

Mick hausse les épaules.

« Mes parents détestent ça, eux aussi. Et c'est vrai que ce sont des engins dangereux.

— Dans ce cas, pourquoi en as-tu une ?

— Pour le plaisir. Ça va vite. On ne peut passer sa vie à avoir la trouille de tout. »

Je proteste : « Je n'ai pas peur de tout. D'ailleurs, je suis montée sur la tienne des tas de fois. Et je…

— J'ai dit "on", me coupe-t-il. Je ne parlais pas de toi, mais des gens en général. (Il fronce les sourcils et déclare sèchement :) Ne t'inquiète pas, j'avais l'intention de la vendre de toute façon.

— Parfait, dis-je sur le même ton. Tu n'en auras pas besoin, on a ma voiture. Ça ne vaut pas la peine de mourir pour quelques moments de plaisir. Mais à t'entendre, on dirait que c'est un énorme sacrifice de t'en débarrasser.

— C'en est un. J'aime ma moto. »

Je le dévisage, incrédule.

« Tu *aimes* ta moto ? Mais ce n'est qu'un objet inanimé. Comment peux-tu éprouver de l'amour pour un tas de ferraille ?

— Eh bien, je peux. Je suis triste à l'idée de la vendre. Elle me manquera. »

Je repousse le journal.

« Elle va te manquer ? (Je me lève et défie Mick du regard, les mains sur les hanches, au bord des larmes. Je sais que je réagis de manière excessive, mais je ne peux m'en empêcher.) Et moi, alors ! dis-je en pointant l'index sur mon ventre. Tu ne crois pas que je vais en faire, des sacrifices ? que je vais avoir des raisons d'être triste ? »

Je cherche la dispute, mais il ne mord pas à l'hameçon. « Recouche-toi, Katherine, dit-il en me prenant par la main.

— Non.

— Bon, alors, je déteste ma moto. Elle est affreuse. Elle est rouge et j'ai horreur du rouge. Tu es beaucoup plus jolie, toi. Et tu as une odeur beaucoup plus agréable. »

Je ne peux m'empêcher de rire.

« Idiot ! dis-je en me réinstallant sous les couvertures. Excuse-moi. Je ne sais pas pourquoi je réagis comme ça. Je l'aime bien, ta moto, et je serai triste, moi aussi, quand on ne l'aura plus.

— Je sais.

— Mais si mes parents étaient au courant que...

— Rassure-toi. Je t'aime plus que ma moto. (Il sourit.) Un tout petit peu plus, on va dire.

— Tu vas devoir les rencontrer bientôt...

— Et toi les miens. Ce sera officiel. »

Je pose la tête contre sa poitrine.

« Tu n'as pas peur qu'ils nous trouvent complètement cinglés d'avoir un bébé ? de vouloir nous installer ensemble ?

— Bien sûr, c'est ce qu'ils vont penser ! Ce sera à nous de leur prouver le contraire. Et mes parents vont t'adorer, Katherine.

— Les miens vont t'adorer aussi », dis-je.

En fait, je n'en suis pas certaine. Mes parents ne vont pas du tout apprécier la situation. J'imagine déjà leur tête quand je vais leur annoncer la nouvelle. Maman prendra un air désapprobateur, papa sera sous le choc. Ils ne réagiront pas violemment, mais je sais qu'ils considéreront tout cela comme une tragédie, et leur expression navrée sera mille fois plus douloureuse pour moi que s'ils se mettaient à hurler.

Il y a autre chose. Je me sens encore plus coupable vis-à-vis de Rachel. Car ma vie suit son cours, évolue de façon nouvelle et imprévue. Comme dirait ma conseillère psychologique, *j'avance*. La mort de Rachel ne joue plus autant qu'avant un rôle charnière, mon existence ne tourne plus de la même manière autour d'elle, et je prends conscience maintenant que tout cela aura de moins en moins d'importance au fur et à mesure que le temps passera et qu'il m'arrivera des choses. J'oublierai. Rachel cessera de me manquer à tout moment de la journée. Et en un sens, je le vis comme une trahison de ma part, une façon de l'abandonner encore une fois.

Et sans doute cela va-t-il faire souffrir mes parents. Chaque événement important pour moi, comme ma réussite au HSC, ma rencontre avec Mick ou ma grossesse, ne peut que leur rappeler cruellement tout ce que Rachel n'aura jamais, ne fera jamais.

Je ferme les yeux et j'essaie de ne plus penser à Rachel, ni à mes parents. Blottie contre Mick, je respire son odeur désormais familière. Et j'ai beau être réveillée depuis une heure à peine, je suis à nouveau fatiguée et je sombre dans un sommeil bienfaisant.

32.

« Ce n'est vraiment pas mal, dis-je en considérant de nouveau la pièce principale. Un peu petit, mais sympa et ensoleillé. Ça va plaire à Mick, tu ne crois pas ? »

L'appartement est très clair, avec des murs blanchis à la chaux et un joli parquet. Il comporte un séjour avec une minicuisine incorporée – en fait un évier, un four et un placard –, une chambre grande comme un mouchoir de poche, avec à côté une pièce minuscule, présentée comme un bureau, mais qui fera une chambre d'enfant parfaite. Malgré sa surface réduite, il est propre et gai.

« Il va adorer, me dit Philippa en passant son bras autour de mes épaules. « Parce que tu y vivras avec lui.

— Tu ne le trouves pas trop petit pour nous deux et le bébé ?

— Mais non. Un bébé ne prend pas beaucoup de place.

— Alors, je dépose un dossier ?

— Évidemment. Et demande si tu peux le visiter à nouveau demain avec Mick. Je vous vois très bien ici. Un vrai conte de fées. Et ils vécurent heureux... Tu seras la princesse dans son château.

— Un château miniature, Philippa ! » dis-je en riant.

Mais la façon dont elle décrit mon avenir me plaît bien. J'apprécie son optimisme et sa vision positive de notre avenir.

Je remplis donc le dossier de candidature pour la location de l'appartement, que je remets à l'agent immobilier. Une fois dans la rue, je propose à Philippa d'aller déjeuner quelque part.

« Bonne idée, répond-elle. Tu as faim ?

— Oui. Je suis toujours affamée. Simplement, certains aliments que j'aimais avant me donnent maintenant envie de vomir. »

Et c'est pendant que nous discutons du choix d'un restaurant que j'aperçois soudain Alice.

Elle est de l'autre côté de la rue, mais je ne peux me cacher ni essayer de me glisser discrètement dans la boutique la plus proche, parce qu'elle nous a vues. Elle se tient immobile, un étrange sourire aux lèvres. Mon cœur se met à battre à tout rompre. Ce n'est pas une coïncidence. Elle me suit.

« Qu'est-ce que… ? (Philippa se retourne pour voir ce que je regarde.) Oh, merde, Alice ! »

Alice agite le bras.

« Katherine, attends ! lance-t-elle, avant de traverser la rue et de s'avancer vers nous à grands pas. Comment vas-tu ? Et ton petit test ? Tu as eu le résultat que tu voulais ? »

Elle s'adresse à moi seule et évite de regarder Philippa.

Je sais que je devrais prendre mes jambes à mon cou, mais je reste là, clouée sur place.

« Je parie qu'Helen est ravie de devenir grand-mère, poursuit-elle en me scrutant d'un air mauvais, les bras croisés sur la poitrine. À moins qu'elle ne soit pas encore au courant ? Les vilains petits secrets, tu aimes bien ça, n'est-ce pas, Katherine ? Katherine la sainte-nitouche ! Ah, et puisque tu me le demandes si gentiment, oui, je vais très bien, merci. (Elle se force à sourire, puis, l'instant d'après, elle se renfrogne et ajoute :) Quoique je sois un peu déçue par quelqu'un que je considérais comme une amie, j'avoue.

— Alice, excuse-nous, nous sommes pressées », la coupe Philippa.

Mais Alice l'ignore.

« Je ne devrais pourtant pas être surprise, sachant ce que je sais, reprend-elle. Chassez le naturel, il revient au galop. Une trouillarde est une trouillarde, point final. (Elle éclate de rire, tête rejetée en arrière, puis redevient sérieuse et me dévisage.) Mais tu es plus qu'une simple trouillarde, n'est-ce pas, Katherine ? Tu t'es enfuie en laissant ta sœur se faire assassiner. Et, à bien y réfléchir, on pourrait dire qu'elle a été assassinée *parce que* tu t'es enfuie. Tu y as pensé ? Ces garçons avaient sans doute juste l'intention de vous violer. Toutes les deux. Ils ont dû paniquer en découvrant que tu n'étais plus là. Ils ont paniqué et ils ont tué la pauvre petite Rachel. Alors, tu es plus qu'une trouillarde, Katherine. Plutôt quelque chose comme une complice. D'une certaine manière, c'est ta faute si ta sœur est morte. Tu as sauvé ta peau, ta précieuse peau. À son détriment. »

Philippa intervient.

« Ferme-la, Alice, ordonne-t-elle d'un ton glacial en me prenant par le bras et en me rapprochant d'elle. Ferme ta gueule, connasse, ou tu vas te prendre une branlée dont tu te souviendras longtemps. »

Je suis si surprise par le vocabulaire de Philippa et son agressivité soudaine que je reste bouche bée.

« Je vois. »

Alice toise Philippa, le regard méprisant, mais son assurance hautaine a disparu. Elle se tourne ensuite vers moi et poursuit :

« C'est le genre de personne que tu fréquentes maintenant, Katherine ? Pas du premier choix, dis-moi. Mais ça ne m'étonne pas. Qui se ressemble s'assemble. »

Sans attendre, Philippa me fait faire demi-tour et m'entraîne. Nous nous éloignons à vive allure.

« Au revoir, les filles ! lance Alice dans notre dos sur un ton faussement jovial. J'ai été enchantée de vous rencontrer. À bientôt, j'espère. »

« Je n'arrive pas à croire que tu lui aies balancé ça, dis-je à Philippa, aussi impressionnée par sa réaction courageuse et inattendue qu'horrifiée par les paroles d'Alice.

— Je n'ai pas pu m'empêcher de l'insulter, telle-ment elle m'a rendue furieuse, s'exclame-t-elle avant d'ajouter avec un soupir : si ma mère avait été là, je lui aurais fait honte.

— Moi, j'ai trouvé ça formidable. On aurait dit la reine d'Angleterre en train de menacer quelqu'un de lui casser la figure. »

Philippa se retourne et annonce :

« On peut ralentir, maintenant. Elle part dans l'autre direction. Cette fille est horrible, Katherine. Elle est vraiment tarée. Ça fait froid dans le dos.

— Je sais. Tu crois qu'elle me suit ? Je n'arrête pas de la rencontrer au moment où je m'y attends le moins. Ce n'est pas un hasard.

— Elle en serait bien capable. À mon avis, elle ne supporte pas l'idée que tu ne sois plus son amie. Elle en souffre, ou alors son *ego* monumental en prend un coup. (Philippa s'arrête et me dévisage.) Tu n'es pas touchée par ce qu'elle a dit, au moins ? Toutes ces monstruosités à propos de Rachel ? Tu sais bien que c'est n'importe quoi.

— Difficile de les ignorer. (Les yeux baissés, je poursuis d'un ton calme :) Parce qu'elle a raison. J'ai *vraiment* abandonné Rachel. Je me suis *vraiment* enfuie. C'est même un élément que la défense a mis en avant, au procès. Les avocats ont expliqué que les garçons n'ont jamais eu l'intention de tuer. C'est arrivé parce qu'ils ont paniqué quand j'ai disparu.

— Et alors ? Ils n'allaient pas admettre qu'ils avaient prémédité de tuer Rachel depuis le début. C'était leur seul axe de défense. Ça ne veut pas dire que ce soit la vérité. »

Je jette un coup d'œil derrière moi. Alice est en train de s'éloigner à l'autre extrémité de la rue.

« Mais comment arrive-t-elle à savoir ce qui va faire le plus mal ? dis-je. Comment une fille centrée sur elle-même peut-elle avoir autant d'intuition ?

— Parce qu'elle est pourrie à l'intérieur. C'est une experte en saloperies. Elle met le doigt sur ce qu'il y a de plus laid au monde. Et ça ne m'étonnerait pas qu'elle ait lu les journaux et fait des recherches, pour trouver le meilleur moyen de te blesser.

— Il n'empêche qu'elle a peut-être raison. Parce que, enfin, je me suis enfuie, Philippa.

— Évidemment. Que pouvais-tu faire d'autre ?

— J'aurais pu mieux veiller sur elle. J'aurais pu m'assurer qu'elle rentre à la maison au lieu d'aller à cette fête. J'aurais pu m'assurer qu'elle ne boive pas et ne soit pas incapable de marcher. Et puis, il y a autre chose. Quelque chose que je n'ai jamais dit à personne.

— Quoi donc ?

— J'étais furieuse après Rachel, ce jour-là. Je lui en voulais énormément d'être venue. Car c'étaient mes amis à moi. En plus, elle n'aimait même pas sortir. Elle n'aurait pas dû être là ! »

À ma grande surprise, j'éclate en sanglots.

Philippa me conduit vers un petit jardin public, de l'autre côté de la rue. Nous nous asseyons sur un banc et je donne libre cours à mes larmes, la tête dans les mains. Un bras passé autour de mes épaules, Philippa attend patiemment que je me calme.

« Désolée, dis-je au bout d'un moment. Je n'arrête pas de pleurer, ces temps-ci. C'est pathétique.

— Ne dis pas ça. Pleurer n'a rien de pathétique.

— Tu as raison. C'est juste que cette histoire est toujours là. Est-ce que je suis censée me sentir coupable jusqu'à la fin de mes jours ? Est-ce que c'est ma punition pour être restée en vie ? »

Elle secoue la tête. « Évidemment non. Mais qu'est-ce qui fait que tu te sens coupable ? Je connais les grandes lignes, bien sûr, mais tu pourrais peut-être essayer de me l'expliquer, de mettre tout cela en mots, de t'en libérer. »

Et malgré mes doutes sur les vertus de la parole, j'ai soudain un besoin urgent d'avouer mes pensées les plus sombres.

« En temps normal, elle ne serait jamais allée à une soirée, mais elle changeait peu à peu. Elle devenait plus sociable, plus ouverte, et ça me déplaisait. Elle était censée être la fille timide, raisonnable, le petit génie. La fille qui aimait sortir, celle qui avait du succès, c'était moi. Et ça, j'avais l'impression qu'elle allait me le prendre. Elle avait un tel talent ! Elle était parfaite. Si elle commençait à être sociable, elle aurait… elle aurait tout. Tout le monde l'aimerait encore plus. Je deviendrais invisible. (Je parle à voix basse, pleine de honte.) Je l'ai détestée à cause de ça. »

Philippa reste quelques instants pensive, et je me demande si elle n'est pas dégoûtée par ce qu'elle vient d'entendre. Puis elle prend la parole :

« Je vais te dire quelque chose, Katherine. Autrefois, Mick était un vrai cancre. Il était en retard dans toutes les matières. Il avait besoin de cours particuliers pour ne pas redoubler. Moi, c'était le contraire, et je faisais semblant d'être désolée pour lui. Mais secrètement, j'appréciais cette situation. Cela m'arrangeait d'être plus brillante que lui, car, pour le reste, il était supérieur. Doué pour le sport, drôle, mignon, avec plein de copains. J'étais la vilaine rouquine couverte de taches de rousseur – particularité dont il n'a pas hérité, soit dit en passant, ce qui n'est pas juste… (Elle s'interrompt, jette un coup d'œil à mon ventre.) Mais c'est dans ses gènes et peut-être que le bébé... Bref, quand Mick a eu onze ans, il a changé. Il a commencé à travailler sérieusement. Du coup, il a été premier dans presque toutes les matières et il a réussi un parcours sans faute. J'étais furax. Follement jalouse, alors que je n'allais déjà plus en classe. Simplement, je ne pouvais pas le *supporter*. Je dois quand même préciser qu'il n'a jamais été délégué, contrairement à moi. »

Elle fait une grimace comique et j'éclate de rire.

« Maintenant, reprend-elle, je suis ravie qu'il soit intelligent. Je détesterais qu'il n'aime pas lire et se cultiver. Rends-toi compte, si c'était un abruti, on n'aurait rien de commun. Quelle catastrophe !

— Une véritable tragédie, Philippa. »

Elle me presse affectueusement l'épaule.

« Bon, j'espère que mes divagations t'ont consolée ! D'accord, tu n'étais pas une sœur parfaite, et après ? Tu n'as tué personne, Katherine. Tu n'es pas responsable de ce qui est arrivé. Et tu as agi comme toute personne sensée l'aurait fait à ta place. Tu as pensé au chagrin de tes parents si vous aviez été tuées toutes les deux ? Parce que c'est ce qui se serait passé si tu avais essayé de te battre au lieu de t'enfuir. Cela aurait simplement aggravé les choses.

— Peut-être que oui. Peut-être que non. On ne le saura jamais, de toute façon. Mais c'est moi qui ai emmené Rachel à cette fête. Et peut-être que si j'étais restée là, dans cet entrepôt, ils se seraient contentés de la violer et seraient partis. Ils ne l'auraient pas tuée et elle serait encore vivante.

— Avec ce genre de raisonnement, on pourrait aller loin. Et tes parents, alors ? Dans ce cas, on pourrait dire aussi qu'ils devraient s'en vouloir de ne pas avoir été à la maison ce jour-là. Et ce garçon, ton petit copain, qui t'a laissée monter dans cette voiture ? Lui aussi devrait se blâmer. Le blâme pourrait s'étendre à tous ceux qui sont impliqués, comme un poison.

Peut-être d'ailleurs qu'ils éprouvent des regrets, qu'ils se demandent comment les choses auraient tourné s'ils avaient fait ceci ou cela. Mais avoir pris une mauvaise décision ne fait pas de toi une meurtrière. Tu avais quinze ans et tu es allée t'amuser sans autorisation. Quelle fille de ton âge n'en aurait pas fait autant ? Tu ne pouvais prévoir le drame. Arrête de croire ça, Katherine. C'est de la folie. Les seuls coupables, dans cette affaire, sont les meurtriers de ta sœur. Tu étais une victime. Toi, Rachel, tes parents, vous étiez tous des victimes. Tu t'es trouvée dans une situation terrifiante et imprévue, et tu as fait ce que tu pensais être le mieux. »

J'approuve d'un signe de tête, pour que Philippa pense qu'elle m'a aidée, qu'elle m'a dit quelque chose que je n'avais jamais entendu auparavant. Le problème, avec les mots, c'est qu'ils ont beau toucher juste en théorie, ils ne peuvent changer ce que l'on ressent à l'intérieur. Et je commence à comprendre que tout cela n'aura pas de fin, qu'il n'y aura pas d'absolution complète. Je vais devoir vivre avec la mort de Rachel et le rôle que j'y ai joué. Tout ce que je peux espérer, c'est d'apprendre à me pardonner à moi-même d'avoir été une sœur très imparfaite.

33.

Quand je retourne chez Mick, plus tard dans l'après-midi, il est déjà là et il m'attend. Il ouvre la porte avant même que j'aie eu le temps de frapper et m'accueille avec un grand sourire. « On vient de recevoir un appel, m'annonce-t-il en me serrant dans ses bras. On a l'appart. On peut emménager la semaine prochaine. »

Il me prend par la main, m'entraîne vers la cuisine, et me met entre les mains un verre de jus d'oranges fraîchement pressées. Il a préparé le repas. Des légumes sont émincés sur une assiette et la petite pièce, qui habituellement ressemble à un vrai chantier, est propre et rangée.

« J'ai pensé qu'on pouvait fêter ça avec une nourriture saine. Des légumes sautés.

— Formidable.

— Ce sera peut-être une catastrophe, mais j'essaie quand même. (Il s'interrompt pour me jeter un coup d'œil inquiet.) Ça va ? Philippa m'a dit que vous étiez tombées sur Alice.

— Oui, ça va. »

Je m'assieds sur un tabouret et pose les coudes sur le comptoir.

« Il paraît qu'Alice t'a raconté des horreurs et que ça t'a perturbée.

— Oui, mais ce ne sont pas vraiment les paroles d'Alice qui m'ont perturbée. Ce qu'elle m'a dit, je me le suis dit des centaines de fois.

— Explique-moi.

— Évidemment qu'Alice est une vraie peste. Elle cherche délibérément à me faire le plus de mal possible, je sais bien, et c'est quelque chose de terrifiant, cette volonté de me nuire. Mais ce qu'elle a dit, je l'ai toujours pensé. Je me suis enfuie en laissant Rachel se faire assassiner. (Mick veut protester et je me hâte de poursuivre en élevant la voix :) Les faits sont là. Et j'ai effectivement emmené ma sœur à cette fête. Je l'ai effectivement laissée boire. Je suis responsable. Et ce n'est pas Alice qui m'a mis ces idées en tête. Elles y étaient déjà. En fait, on pourrait même dire qu'Alice est la seule à s'être montrée vraiment honnête. La seule à avoir osé dire ce que les autres ont dû penser à un moment ou à un autre.

— Mais tu ne pouvais pas…

— S'il te plaît, Mick, laisse-moi terminer. Aujourd'hui, j'ai pris conscience de quelque chose. Quelque chose de positif, je crois. Jusqu'à maintenant, je pensais qu'un jour ou l'autre je me sentirais mieux, comme par magie. Que je me réveillerais sans éprouver de tristesse et de culpabilité. J'attendais ce jour où je pourrais enfin profiter à nouveau de la vie. (Je m'efforce de dissimuler mon émotion par un petit rire, puis je reprends :) Mais aujourd'hui, j'ai compris que je traînerais toujours cette histoire derrière moi. Et je l'accepte.

— C'est très bien, Katherine, mais tu ne penses pas que… »

Un bruit soudain l'interrompt. Quelqu'un frappe à la porte, avec une telle violence que les murs tremblent.

« Katherine, Katherine, tu es là ? Ouvre ! » s'écrie une voix à l'extérieur.

Je me sens devenir toute pâle.

« Seigneur, c'est mon père ! »

Mick me regarde, interloqué.

« Que se passe-t-il ?

— Je ne sais pas. »

Je vais ouvrir en toute hâte. Mes parents se tiennent côte à côte devant la porte. En me voyant, tous deux ont l'air surpris, comme s'ils ne s'attendaient pas à me trouver là. Ils se regardent, puis me regardent, visiblement très tendus.

« Papa ! Maman ! Que faites-vous ici ?

— Oh, Katherine ! (Maman se précipite vers moi et me serre contre sa poitrine à m'étouffer.) Tu vas bien, ma chérie ? »

Je me dégage pour pouvoir parler.

« Mais oui ! Je vais très bien. Tout va bien. »

Mon père me prend par le menton et plonge ses yeux dans les miens.

« Tu en es sûre ? » demande-t-il, visiblement inquiet.

À ce moment, Mick me rejoint sur le seuil. Il pose une main sur mon bras et tend l'autre à mes parents.

« Bonjour, je suis Mick. Voulez-vous entrer ? »

Mon père ignore cette main tendue et examine Mick des pieds à la tête avec une impolitesse que je ne lui ai jamais connue auparavant. Maman, elle, fait un pas en avant et serre la main de Mick avec un sourire forcé.

« Je suis Helen, dit-elle, et voici mon mari, Richard. Oui, merci, nous voulons bien entrer un moment. »

Mick et moi nous effaçons pour les laisser passer et nous les suivons dans l'appartement. Mick me lance un coup d'œil interrogateur derrière leur dos, mais je ne peux que répondre par un geste évasif. Je suis aussi étonnée que lui par cette arrivée inattendue et par leur comportement bizarre.

Nous nous rendons dans la cuisine lumineuse et bien rangée, où les préparatifs du repas nous attendent. Je remarque que mes parents échangent un coup d'œil. Ils ont l'air presque aussi déconcertés que moi.

Ma mère se tourne vers nous.

« Mieux vaut aller droit au but, lance-t-elle. Alice nous a téléphoné.

— Pourquoi donc ? Qu'est-ce qu'elle voulait ? »

En entendant prononcer le prénom d'Alice, annonciateur d'ennuis, une grande lassitude me tombe dessus.

« Elle se faisait du souci pour toi, commence maman, mais mon père l'interrompt brutalement.

— Elle a dit que tu te droguais et que tu vivais avec un... (Il désigne Mick d'un signe de tête.) Eh bien, avec – je la cite – "un musicien, un type brut de décoffrage, le genre qui roule en moto et pousse à consommer des substances illicites." (Puis il ajoute, en me lançant un regard triste et effrayé qui me fend le cœur :) Elle a dit aussi que tu étais enceinte. »

Je pourrais me défendre facilement. Mick ne correspond pas à la description d'Alice et je ne me drogue pas. Il suffit d'ailleurs de regarder notre appartement impeccable, la nourriture saine et le jus d'orange qui nous attendent pour comprendre qu'elle a menti. Mais le fait qu'elle ait révélé ma grossesse me serre la gorge et me paralyse.

« Alice est une menteuse, dit Mick. (Il a pris l'initiative de répondre et je lui en suis reconnaissante. Il est si bien élevé, si honnête, si raisonnable. Mes parents vont forcément s'en rendre compte.) Katherine ne se drogue pas, c'est absurde ! (Il regarde mon père sans ciller, avec une expression de totale franchise.) Et moi non plus », ajoute-t-il.

Pendant quelques instants, personne ne parle, mais le soulagement de mes parents se lit sur leur visage. Il est évident qu'ils ont envie de le croire.

« Mais pourquoi Alice raconterait-elle des choses pareilles ? demande enfin maman, et je perçois déjà une note d'espoir dans sa voix.

— Parce qu'elle a des problèmes, répond Mick. De sérieux problèmes mentaux. »

244

Mon père se tourne vers moi. La tension qui l'habitait a disparu et son expression inamicale a laissé place à un air interrogateur.

« C'est vrai que tu ne te drogues pas, Katherine ? Tu peux nous le promettre ? »

Je le rassure d'un sourire.

« Mais oui, bien sûr. Je me demande même comment tu as pu le croire un seul instant. »

Ma mère intervient :

« On était sans nouvelles de toi. Tu ne répondais pas au téléphone chez Vivien et on ne pouvait pas non plus te joindre sur ton portable. On t'a laissé au moins dix messages. On commençait vraiment à s'inquiéter quand Alice a appelé.

— Je suis désolée, maman. J'ai éteint mon téléphone parce que je n'avais pas envie de parler à Alice. Je ne pouvais pas imaginer qu'elle allait vous appeler et inventer des mensonges pareils. C'est ma faute, j'aurais dû vous dire où j'étais.

— Cela n'a plus d'importance, maintenant, dit-elle en secouant la tête pour dissimuler son émotion. L'essentiel, c'est que tu ailles bien. »

Presque simultanément, mes parents s'avancent vers moi et me prennent dans leurs bras. Ils m'embrassent en riant, heureux et soulagés, et nous restons là tous les trois, dans une attitude un peu gauche, jusqu'à ce que Mick approche trois sièges et nous propose de nous asseoir.

« Je me sens toute bête, dit ma mère en posant sa main sur la mienne. (Puis elle s'adresse à Mick, qui est en train de nous verser un jus d'orange.) Vous avez dû nous prendre pour des fous en nous voyant faire intrusion avec nos accusations insensées !

— Pas du tout, répond-il calmement. Vous étiez seulement inquiets, comme n'importe quels parents dans les mêmes circonstances. »

Il lui offre son sourire irrésistible et je vois à la réaction de ma mère qu'elle est sous le charme.

Nous passons l'heure qui suit dans une atmosphère étrangement gaie, presque festive. Mick insiste pour que mes parents restent dîner. Pendant que nous partageons les légumes sautés qu'il a préparés, je me demande pourquoi Alice est si malveillante envers moi. En même temps, je ne peux m'empêcher de penser que ses mensonges nous ont rapprochés un peu plus, mes parents et moi. Leur inquiétude m'émeut. Je me sens aimée.

Ils ne m'ont pas demandé si j'étais ou non enceinte. Peut-être pensent-ils que cela fait partie des mensonges d'Alice, à moins qu'ils n'aient trop peur de poser la question. Tout en mangeant et en bavardant, je réfléchis aux différentes façons de leur révéler la nouvelle. *À propos, Alice n'a pas menti sur tout. J'attends vraiment un bébé. Vous n'êtes pas ravis d'être bientôt grands-parents ?* Mais c'est un sujet trop sérieux pour l'aborder de cette façon. Du coup, je me tais. Chaque fois que Mick ouvre la bouche, j'imagine qu'il va le leur dire, mais il ne le fait pas et, pendant tout le repas, la conversation tourne autour de notre rencontre, de la musique et d'Alice.

Le dîner terminé, il déclare qu'il va laver la vaisselle et il me fait discrètement signe d'emmener mes parents dans le séjour. Je sais pourquoi. Il veut que je sois tranquille avec eux pour que je leur dise que j'attends un bébé.

Pourtant, lorsque j'essaie de les entraîner hors de la cuisine sous prétexte de leur montrer quelques photos prises récemment à l'école, papa refuse. Il préfère aider Mick, explique-t-il.

Maman hausse gentiment les épaules.

« Laissons-le, chuchote-t-elle. Il veut sans doute faire mieux connaissance avec ton compagnon. »

Et j'ai beau avoir réfléchi à la façon d'annoncer la nouvelle avec tact et délicatesse, j'oublie ma résolution sitôt que nous sommes dans le séjour et je lance brusquement :

« Maman, je suis enceinte. »

Ma mère me regarde, les sourcils froncés.

« Comment ? Tu peux répéter ?

— Je suis enceinte.

— Mon Dieu ! Ainsi, il y avait du vrai. »

Elle se détourne, mais j'ai eu le temps de voir son menton trembler et ses yeux se remplir de larmes.

« Je t'en prie, maman. Je sais que tu espérais autre chose pour moi. Ce n'est pas non plus ce que je voulais. Mais tout ira bien, je te le jure. Mick est quelqu'un de formidable. Il ne va pas me laisser tomber ou je ne sais quoi. On va se débrouiller, tous les deux. Je vais faire mes études. Ne t'inquiète pas.

— Enceinte ! »

Elle répète le mot, comme si elle n'arrivait pas à en comprendre le sens, puis elle se laisse tomber sur le canapé.

Je m'assieds à côté d'elle.

« Je te déçois ?

— Non.

— Je te fais honte ?

— Pas du tout ! me répond-elle d'une voix forte, indignée. Tu ne comprends pas, Katie. Je ne suis pas du tout déçue. Quant à avoir "honte" de toi, c'est un mot qui ne fait pas partie de mon vocabulaire. Bien sûr, je suis un peu sonnée d'apprendre que tu attends effectivement un bébé, mais rends-toi compte… Il y a encore une heure ou deux, on craignait que tu ne prennes de la drogue. On avait vraiment peur de te perdre… (Elle hoche la tête et pousse un long soupir.) J'ai une fille qui est morte, alors je suis au-delà de… Je ne *pense* même plus comme ça. »

Je la regarde, déconcertée, ne sachant que répondre.

« Ma chérie, reprend-elle, j'aurais du mal à considérer ce qui arrive comme une catastrophe.

— Alors comment le considères-tu, maman ? »

Elle pose un doigt sur ses lèvres, contemple quelques instants le plafond, puis baisse les yeux vers moi et m'adresse un sourire malicieux et rempli d'allégresse.

« Pour être honnête, cela me met dans un état d'excitation incroyable ! »

Je dois avoir l'air ahurie, parce qu'elle éclate de rire et se rapproche de moi sur le canapé.

« Écoute, dit-elle en me prenant dans ses bras, j'ai peut-être tort, à moins que ce ne soit de l'égoïsme, mais tout ce que j'arrive à penser, c'est que c'est merveilleux. Grâce à toi, la famille va s'agrandir. Tu nous donnes un nouveau petit être à aimer. Tu fabriques une vie. Je vais être grand-mère. Pourquoi devrais-je dire que c'est mal ? Et je trouve ton compagnon charmant, vraiment, c'est un garçon très bien. En plus, il a de la conversation et il est très intelligent. (Elle tire un mouchoir de sa poche, s'essuie les yeux, se mouche.) Je me souviens quand je suis tombée enceinte de toi, comme c'était merveilleux.

— Tu ne crois pas que c'est un peu fou de garder le bébé alors qu'on se connaît à peine ?

— C'est difficile à dire, mais, pour moi, vous avez autant de chances de rester ensemble que n'importe quel couple. Certains se connaissent depuis des années avant de se marier et ça ne les empêche pas de divorcer. Dans la vie, rien n'est garanti, tu sais.

— Mais je suis si jeune ! »

Soudain, sans trop savoir pourquoi, je confie à ma mère mes doutes et mes craintes. J'ai envie qu'elle me rassure encore sur l'avenir. C'est tellement bon d'entendre des paroles positives dans sa bouche !

« Aucune fille de mon âge n'a un bébé, maman.

— Je croyais que tu ne te préoccupais pas de l'opinion des autres.

— Ce n'est pas ça...

— Je sais ce que tu veux dire, ma chérie. Bien sûr, tu vas perdre une partie de la liberté dont profitent les autres jeunes et ce sera plus difficile que tu ne l'imagines, je te préviens. Mais, d'un autre côté, c'est une ouverture fantastique sur un autre univers. La maternité va apporter une nouvelle dimension à ta vie. C'est presque magique, tu verras. (Elle me caresse la joue.) Et ton père et moi, nous serons là pour t'aider. »

Elle est radieuse et je ne suis pas habituée à la voir ainsi laisser libre cours à son émotion. Ma surprise doit se lire sur mon visage, car elle demande : « Qu'y a-t-il, ma chérie ?

— C'est simplement que… tu n'es plus la même. Vous avez l'air heureux, papa et toi. C'est génial, mais… je crois que j'en avais perdu l'habitude. »

Elle m'attire contre sa poitrine. J'écoute le son rassurant de sa voix, les battements réguliers de son cœur. « Je vais te dire, répond-elle. Au fond, ton idiote d'amie nous a rendu à tous un grand service. Elle nous a tellement inquiétés, ton père et moi, que lorsqu'on a su que tu allais bien, c'était comme si la vie nous donnait une seconde chance. (Elle pousse un soupir, prend une profonde inspiration et poursuit :) Et puis… je sais ce que tu éprouves au sujet de Rachel. Je sais que tu te sens coupable de ce qui est arrivé ce jour-là, coupable d'être en vie alors qu'elle est morte. Et j'espère que tu me pardonneras de ne pas t'en avoir parlé, de ne jamais t'avoir dit clairement que tu n'étais coupable de rien, que tu devais absolument continuer de vivre, d'exister. Il faut, comment dire, tourner la page. Que la plaie se referme. Du moins pour toi, ma chérie. C'était ta sœur, pas ta fille. Tu ne peux pas souffrir indéfiniment. Ce n'est pas juste que ta vie soit gâchée.

— Mais maman… »

Je voudrais lui parler de ma nouvelle perception des choses, lui expliquer pourquoi elle n'a pas besoin de me dire tout cela, mais elle m'interrompt.

« J'ai été injuste, reprend-elle. J'avais tellement mal que je n'ai pas eu assez d'énergie pour prendre en compte ta souffrance. Je sais depuis longtemps que je pouvais t'aider à aller mieux en te parlant. Pourtant, je ne l'ai pas fait et je le regrette énormément. Mais ces mots, des mots simples, je peux les prononcer maintenant. (Elle s'éclaircit la gorge, puis continue :) Ton père et moi, nous ne t'avons jamais tenue pour responsable de ce qui est arrivé à Rachel. C'est plutôt à nous-mêmes que nous en voulons. Et n'imagine pas un seul instant que nous aurions préféré que ce soit toi qui sois à sa place. Nous vous avons toujours aimées autant l'une que l'autre. »

L'émotion m'étreint. Je reste silencieuse, de peur d'éclater en sanglots comme une petite fille.

« J'ai deux faveurs à te demander, reprend-elle. Tout d'abord, je voudrais que tu pardonnes mon égoïsme. Ces dernières années, je n'ai pas vraiment joué mon rôle de mère et, par mon attitude, j'ai même pu te laisser croire que ton père et moi t'en voulions. Ce qui n'est absolument pas le cas. »

Cette fois, je ne peux retenir mes larmes. Des larmes de joie. Je suis soulagée à un point inimaginable de savoir que ma mère ne m'en veut pas. Je sanglote convulsivement, blottie contre sa poitrine, et elle me serre dans ses bras tout en continuant à parler.

« Ensuite, ce que je te demande, ma chérie, c'est de vivre. D'avoir une vie aussi heureuse que possible. Et de ne jamais, jamais te sentir coupable d'être heureuse. Fais-le au moins pour ton père et moi. Parce que, si tu n'es pas heureuse, si tu ne vis pas ta vie, nous aurons tout perdu. Nous aurons perdu nos deux filles. »

Finalement, maman décide que c'est elle qui annoncera la nouvelle de ma grossesse à mon père. Elle préfère qu'il l'apprenne quand ils seront seuls tous les deux, sachant que ce sera un choc pour lui, évidemment.

« C'est normal, déclare-t-elle. Tu seras toujours pour lui sa petite fille. Mais ne t'inquiète pas, il s'habituera à l'idée et je suis sûre qu'en fin de compte il sera aussi excité que moi. »

Au moment de partir, papa se lance dans un petit discours sur les dangers de la moto et il est soulagé d'apprendre que nous allons la vendre. Il nous fait promettre qu'en attendant je ne monterai pas dessus et que Mick conduira prudemment, s'il ne peut éviter de s'en servir.

Après leur départ, nous bavardons avant de nous endormir, serrés l'un contre l'autre dans le lit. Mick se montre particulièrement doux et affectueux avec moi et me répète qu'il m'aime.

« Tu dois en avoir assez de parler d'Alice, déclare-t-il au bout d'un moment, mais dis-moi simplement si tu n'es pas trop perturbée par ce qu'elle a raconté.

— Non, je n'y pense même pas. Je suis bien trop heureuse. »

Finalement, les manigances d'Alice auront abouti à cette soirée chaleureuse avec mes parents. Il y avait longtemps que ma mère n'avait pas exprimé ses sentiments et c'était merveilleux de la voir si démonstrative et affectueuse. Et si rassurante non seulement à propos du bébé, mais également de Rachel.

« Il est évident qu'Alice est complètement folle, Mick, et je suis contente de ne plus être son amie. C'est à elle seule qu'elle fait du tort, en réalité, en se comportant ainsi. J'en suis désolée pour elle. »

Mick réprime un bâillement.

« Moi aussi. Elle doit être désespérée. C'est vraiment triste.

— De toute façon, quand on va déménager, elle ne saura pas où nous habiterons. Et comme je vais changer de numéro de téléphone, elle ne pourra plus m'appeler. Elle ne peut plus rien contre moi, maintenant.

— Plus rien. (Mick éteint la lampe de chevet et dépose un baiser sur mes lèvres dans l'obscurité.) Elle ne peut plus te faire de mal. Tu es en sécurité. »

34.

Le lendemain, pendant que Mick est en répétition, un colis arrive pour lui. À son retour, tard dans la soirée, je le lui montre, mais il se borne à y jeter un vague coup d'œil avant de le déposer négligemment sur la table basse.

« Tu devrais l'ouvrir, dis-je en reprenant le paquet. C'est peut-être quelque chose d'intéressant. Un cadeau d'anniversaire, par exemple.

— Ça m'étonnerait. On est loin de la date. »

Je le lui fourre entre les mains.

« Tu ne vas pas rester sans savoir ce qu'il y a dedans ! Allez, je meurs d'impatience. »

Mick l'examine. Il est enveloppé dans du papier kraft, sans adresse d'expéditeur. « Ce doit être hyper ennuyeux ! Un truc des impôts ou je ne sais quoi. À moins…, ajoute-t-il avec un grand sourire, à moins que ce soit toi qui me l'aies envoyé, ce qui justifierait ton impatience.

— Non, promis. »

Visiblement, il ne me croit pas. Il déchire l'emballage avec curiosité. À l'intérieur, il y a un objet qui ressemble à un livre ou un album photo, avec, sur la couverture, une image en noir et blanc et quelque chose d'écrit dessus.

« *Tu sais avec qui tu es ?* » lit-il à haute voix, toujours souriant, mais avec une nuance d'étonnement dans la voix.

Puis il se met à tourner les pages, en tenant le volume trop haut pour que je voie le contenu.

« Je t'assure que ça ne vient pas de moi ! » dis-je.

J'éclate de rire, mais je redeviens sérieuse en voyant son expression. Il a maintenant le front plissé et il est devenu tout pâle.

« Seigneur ! » s'exclame-t-il, et je devine aussitôt qui est l'expéditrice.

Alice.

« Fais voir, dis-je en tendant la main.

— Non. Je t'en prie.

— Montre-moi ce truc ! (J'ai parlé sur un ton plus tranchant que je ne l'aurais voulu.) Excuse-moi, Mick. Mais cela ne sert à rien de me le cacher. »

Il me le tend à regret.

« Katherine, c'est vraiment une cochonnerie. Ne la laisse pas te… C'est une folle.

— D'accord. Je sais tout ça. »

Une photo découpée dans un vieux journal orne la couverture. Elle nous représente, Rachel et moi. C'est une photo de famille que les journalistes se sont procurée on ne sait comment après la mort de ma sœur. Nous posons sur la plage en nous tenant par la taille, un grand sourire aux lèvres, le vent jouant dans nos cheveux humides. L'innocence et la joie de vivre personnifiées.

La photo a été coupée en deux, de manière volontairement irrégulière, puis collée sur l'album. En dessous, un mélange de lettres en capitales et en minuscules découpées dans un journal forme la phrase : SaiS-tU vRaimenT aVec qUi tu ES ?

La page suivante est couverte d'extraits d'articles parus peu de temps après l'assassinat de Rachel, réunis pour ne former qu'une seule coupure. Alice a même constitué son propre titre :

« InNoCentS cONdamNéS ? cOUPable eN liBerTé ?

Mais qui est vraiment responsable dans cette affaire ? À notre époque prétendument évoluée, comment pourrait-on décemment attribuer à un groupe de jeunes défavorisés l'unique responsabilité d'un crime qui reflète les carences de ce que nous considérons au XXIe siècle comme notre devoir d'éducation envers la jeunesse ?

Dans son enfance, Grant Frazer a été victime de violences. Son père, un alcoolique, le frappait régulièrement et sa mère, une droguée, ne l'aimait pas. Il n'est donc pas étonnant qu'il ait grandi en marge de la société.

Les sœurs Boydell étaient choyées et privilégiées. Elles habitaient une grande demeure, calme et élégante, entourée d'un jardin de conte de fées, avec des endroits secrets, un court de tennis et une piscine.

La bonne éducation qu'a reçue Katie Boydell ne l'a pas empêchée d'entraîner sa sœur de quatorze ans à une fête illégale et non surveillée, et de la laisser boire jusqu'à ce qu'elle s'écroule sous la table.

Qui est vraiment responsable dans cette affaire ? Qui faut-il vraiment blâmer ? »

Après tant de temps, je découvre avec étonnement que ces mots ont encore le pouvoir de me blesser. J'ai toujours envie de protester à grands cris, de me défendre, de me justifier, de m'expliquer.

Les autres pages sont couvertes de photos et d'articles tirés de différents journaux, découpés et placés apparemment au hasard. Le plus frappant, ce sont les grosses lettres collées au-dessus pour former des mots comme : TROUILLARDE, MEURTRIÈRE,

RIVALITÉ ENTRE SŒURS, TRAHISON, IRRESPON-
SABLE, JALOUSIE.

Il y a une photo de moi sur l'avant-dernière page,
la seule à ne pas avoir été empruntée à un journal.
C'est un cliché très récent, sur lequel je ris aux éclats,
la tête rejetée en arrière, l'air très heureuse. Il est
barré par la formule : KatHeriNE PatTerSon
auJourD'hui. lA vIe sanS sa Sœur.

Sur la dernière page, on lit simplement : kAthe-
RInE paTteRsOn/KAtiE bOydeLL viCtImE ou
MeUrtrIèRE ?

« Balance-moi ça, c'est un truc de malade. »

Mick m'arrache l'album des mains, le referme d'un
coup sec et le jette à travers la pièce. L'album va
s'écraser contre un mur avant de retomber sur le sol.

Je suis incapable de parler. Sentant la nausée
monter en moi, je fais demi-tour et vais me coucher
sur le lit, en position fœtale.

Mick vient s'asseoir près de moi. « On devrait peut-
être prévenir la police, dit-il doucement en posant la
main sur mon épaule. Elle va trop loin. C'est une
forme de harcèlement.

— Pas question.

— Mais il faut qu'elle cesse ! »

J'ai peur de voir resurgir le passé comme un cadavre
nauséabond, tandis que les journalistes se jetteraient
dessus comme des vautours.

« Je ne veux pas que la police s'en mêle. Les policiers ne pourront rien faire. »

Mick s'allonge à côté de moi. Il me prend dans ses
bras et nous finissons par nous endormir enlacés. Au
matin, quand je m'éveille, l'album a disparu.

35.

Les jours suivants, pendant que Mick travaille, je passe quelques heures chaque soir à préparer notre emménagement. Je vais empaqueter mes affaires chez Vivien. La fatigue a en grande partie disparu et je prends plaisir à organiser notre installation, tout en rêvant à ma vie future avec Mick. La plupart de mes doutes se sont envolés quand j'ai vu que mes parents appréciaient mon compagnon et que ma mère était ravie de l'arrivée du bébé, à ma grande surprise. Je me dis que nous agissons comme il faut. Nous nous aimons et notre avenir s'annonce radieux.

J'envoie un e-mail à Vivien pour la prévenir de mon départ. Je m'excuse de la prévenir si tard et je lui promets d'aller prendre le courrier et de garder un œil sur l'appartement en attendant son retour.

Ne t'excuse pas, me répond-elle. *Je savais bien qu'il y avait une raison à ton air radieux. Je trouve merveilleux que tu aies rencontré quelqu'un qui te rende si heureuse. J'ai hâte de te voir (et de faire la connaissance de ton Mick !) à mon retour.*

Veille bien sur toi. Plein de bisous.

Ta tante Vivien.

Je passe trois soirées chez Vivien à emballer mes affaires et à faire disparaître toute trace de mon séjour. Je veux laisser l'appartement dans un état impeccable, pour remercier ma tante de m'avoir hébergée. Je termine le vendredi à vingt-deux heures trente, en me disant que j'ai peut-être le temps d'aller voir la fin du concert de Mick. Il avait prévu de m'appeler quand il aurait terminé et de profiter du véhicule du chanteur de son groupe pour venir me retrouver et me donner un coup de main si nécessaire. Mais comme il n'a pas téléphoné, je me dis que le public devait être enthousiaste et que le concert se prolonge. Je décide donc de lui faire la surprise.

Dehors, il pleut et la route est humide. Je conduis prudemment et il est déjà vingt-trois heures lorsque je me gare devant le pub. Il n'y a presque plus personne à l'intérieur et tout est rangé sur la scène.

Comme Mick n'est pas au bar, je me rends en coulisses. J'entends sa voix et, guidée par elle, je me dirige vers une pièce éclairée dont la porte est ouverte. Arrivée sur le seuil, je recule d'un pas. Alice est là.

Elle est appuyée à une table, ses longues jambes croisées devant elle.

« Voyons, ça ne fera de mal à personne, déclare-t-elle d'une voix pâteuse. Et d'ailleurs, qui sera au courant ? »

Mick lui tourne le dos. Il secoue la tête tout en enroulant des fils électriques.

« Tu es folle. Va-t'en. »

Elle éclate de rire, rejette ses cheveux en arrière d'un geste provocant, mais c'est peine perdue, car Mick ne la regarde pas.

« Un peu de sexe en passant, voilà ce que je propose. Et du bon. Juste pour le plaisir. Pourquoi dire "non" ? Quel genre d'homme es-tu ? »

Mick a un petit rire.

« On peut plutôt se demander quel genre de personne tu es. Quel genre d'amie. (Il se retourne pour lui faire face et m'aperçoit.) Katherine ! »

Alice suit son regard. Un instant, elle semble sur le point de perdre contenance, mais elle se reprend aussitôt et me tend les bras en souriant. « Katherine ! » s'exclame-t-elle à son tour.

Je reste sur le seuil, les yeux fixés sur elle.

« Qu'est-ce que tu fais là ?

— Oh ! j'ai vu la pub dans le journal. Alors je me suis dit que j'allais venir écouter mon ami. (Elle pointe le doigt vers Mick.) D'ailleurs, je pensais te trouver ici, Katherine. Je me suis dit que c'était l'occasion de renouer. On avait un peu de mal à te joindre, ces temps-ci. »

J'envisage de l'affronter, de lui demander pourquoi elle cherche avec une telle obstination à me faire du mal, mais je renonce aussitôt. Ce serait inutile. Je n'ai aucune envie de l'entendre. Il n'y a aucune excuse à ce qu'elle a fait. Je veux juste partir d'ici.

« Tu es prêt ? dis-je à Mick.

— Oui. »

Il dépose les fils à la hâte. D'habitude, il aime que les choses soient bien rangées, mais il est visiblement aussi pressé que moi de planter là Alice.

« Bien ! lance Alice en claquant dans ses mains puis elle fait quelques pas mal assurés. On va où ?

— Tu vas où tu veux. Nous, nous rentrons à la maison », rétorque Mick sur un ton glacial en me prenant par les épaules.

Alice ne se démonte pas.

« Je vous accompagne. Ce devrait être sympa, à trois. » Elle quitte le bar sur nos talons et remonte la rue à notre suite.

« Trois, c'est mieux que deux, n'est-ce pas, Katherine ? » lance-t-elle.

Lorsque nous arrivons à l'endroit où est garée la voiture, Mick m'ouvre la portière côté passager, mais, avant de monter, je me retourne vers Alice.

« Va-t'en, dis-je, laisse-moi tranquille. À partir de maintenant, je ne veux plus jamais entendre parler de toi. »

Elle me considère d'un air dégoûté.

« Viens, Katherine ! » Mick m'interpelle d'un ton ferme. Il s'est installé au volant et a mis le moteur en marche.

J'obéis. Je m'assois à côté de lui. Il verrouille les portières, met le clignotant et jette un coup d'œil dans le rétroviseur pour vérifier que la voie est libre. Alice a le regard rivé sur moi à travers la vitre et je ne peux détacher les yeux de son visage. Et soudain, au moment où la voiture démarre et s'éloigne du trottoir, Alice s'avance sur la chaussée, un étrange sourire aux lèvres.

Je pousse un hurlement. « Attention, Mick ! » Trop tard. Il y a un horrible bruit mat et Alice s'effondre, tandis que Mick écrase la pédale de frein avec un juron.

Il bondit hors de la voiture. Je reste à l'intérieur, paralysée, le cœur battant à tout rompre. *Et voilà*, me dis-je. *Elle a eu ce qu'elle voulait. Elle a tout détruit. C'est fini, terminé.*

J'entends Mick crier d'un ton angoissé : « Alice ! Alice ! Tu es blessée ? »

Un silence, puis un son résonne : le rire hystérique d'Alice.

36.

Je suis en train de déballer des cartons dans notre nouvelle cuisine lorsque cela se produit. En me relevant, je sens un peu de liquide qui coule entre les jambes. Sur le moment, je me demande si je n'ai pas eu une petite fuite. Je me précipite dans la salle de bains et baisse ma culotte. Ce n'est pas de l'urine. C'est du sang.

Je m'essuie avec du papier-toilette et me précipite vers Mick, qui est en train de remplir de livres les étagères de notre bibliothèque improvisée en chantonnant. Il m'accueille avec un grand sourire.

« Mick, je saigne ! »

Il sursaute.

« Quoi ? C'est mauvais signe, n'est-ce pas ?

— Oui, je crois.

— Allons à l'hôpital. »

Il attrape les clés de la voiture, tandis que je me protège avec une serviette-éponge enroulée autour de ma taille, puis nous marchons avec précaution jusqu'à notre véhicule.

Le service des urgences est débordé et une infirmière nous annonce que notre attente sera longue.

« Mais elle est peut-être en train de perdre notre bébé, proteste Mick. Elle doit voir un docteur tout de suite !

— Désolée. Nous devons trier les urgences et j'ai bien peur qu'à ce stade précoce, si vous êtes en train de faire une fausse couche, nous ne puissions pas grand-chose, sauf vous mettre sous surveillance. (Elle me sourit gentiment et poursuit :) Mais ce n'est peut-être pas le cas. Beaucoup de femmes ont des saignements pendant la grossesse et elles mettent au monde des bébés en parfaite santé. Asseyez-vous et ne vous inquiétez pas. »

Nous allons nous asseoir d'un pas lourd. Il n'y a pas deux sièges libres côte à côte, mais une dame se déplace aimablement pour éviter que nous soyons séparés. Mick la remercie et, bien qu'elle tente d'accrocher mon regard avec un air de sympathie, je détourne les yeux. Je ne veux pas de la compassion que peuvent me manifester des inconnus. Si je dois avoir du chagrin, je tiens à ce que ce soit en privé. La salle d'attente est bondée et tout le monde a dû entendre notre conversation avec l'infirmière. Avec ma serviette autour de la taille, je suis exposée à la curiosité.

Je m'assieds à côté de Mick et ferme les yeux, la tête sur son épaule.

Quarante minutes plus tard, une infirmière appelle mon nom. Elle demande à Mick de rester dans la salle d'attente, mais en me voyant fondre en larmes et m'accrocher à lui, elle l'autorise à m'accompagner. Elle nous conduit jusqu'à un lit et me demande de m'asseoir.

« Vous avez perdu combien de sang ? demande-t-elle.

— Je ne sais pas. Ça m'a paru beaucoup.

— De quoi tremper une serviette hygiénique ? Plus ?

— Non, pas plus. »

Elle griffonne sur une feuille de papier avant de reprendre son interrogatoire :

« Vous saignez encore ?

— Je pense que non, je ne sens rien.

— Si vous ne sentez rien, c'est que vous ne saignez plus. »

Elle inscrit encore quelque chose, puis prend ma tension et ma température.

« Bien. Le médecin ne va pas tarder. Allongez-vous et reposez-vous. »

Après m'avoir recouverte d'une couverture, elle s'éloigne. Mick s'assied sur la chaise.

« Je n'aurais pas dû te laisser déballer, dit-il sur un ton attristé en me prenant la main.

— Ce n'est pas ça qui a provoqué les saignements. Je n'ai rien soulevé de lourd. On n'est pas censé traiter les femmes enceintes comme des invalides. (Je presse sa main et ajoute :) De toute façon, il faut être optimiste.

— Tu as raison. Excuse-moi. C'est juste que je voudrais que tout se passe bien, que le bébé...

— Moi aussi. »

Je me mords les lèvres pour ne pas pleurer.

À ce moment, une femme entre. Elle est grande et mince, avec des cheveux roux frisés qui me font vaguement penser à Philippa et, curieusement, cette idée me rassure. Je regarde avec des yeux écarquillés la grosse machine qu'elle pousse.

« C'est un échographe, explique-t-elle en s'approchant de moi. Je suis le docteur King. On va jeter un coup d'œil à ce petit bébé. »

Tandis qu'elle promène la sonde sur mon ventre, je contemple, terrifiée, l'écran sur lequel apparaissent des masses grises et des ombres auxquelles je ne comprends rien.

« Ah ! (Le médecin immobilise la sonde, puis elle pointe le doigt sur l'écran et me sourit.) Le cœur bat. Vous voyez ? Ses battements sont forts et réguliers. Et le fœtus a une taille parfaitement normale à ce stade de la gestation. »

Je distingue les battements de cœur de mon bébé. Un son étranglé, mi-rire, mi-sanglot, m'échappe.

Mick me serre la main.

« Formidable ! »

Le docteur King nous rassure. Pour elle, tout va bien. Il s'agit d'un saignement isolé et inexpliqué, comme cela arrive parfois. Elle demande à Mick de me ramener à la maison et de veiller sur moi. Et si quelque chose se passe, je devrai revenir aussitôt aux urgences.

« Ne vous inquiétez pas, conclut-elle, mais faites attention pendant quelques jours, par sécurité. »

Je passe les trois jours suivants au lit. Mick se rend à la bibliothèque et revient avec une pile d'ouvrages pour futures mamans, que je lis de la première à la dernière page. Au-dehors, le temps est froid et venteux, et je me sens bien sous les couvertures. Mick s'exerce à la batterie électronique, avec le son si bas que je l'entends à peine, et il m'apporte tous les repas au lit. Quand j'en ai assez de la lecture, il approche la télévision et nous regardons des feuilletons en riant de l'absurdité des intrigues et de la maladresse des acteurs.

Les saignements ne se reproduisent pas.

Au matin du quatrième jour, je me réveille pleine d'énergie. Je me lève et vais me faire du thé pendant que Mick dort encore. Puis je prends ma tasse et descends m'asseoir sur les marches qui conduisent au petit jardin commun à notre immeuble et à trois autres.

Il est encore tôt, mais le soleil chauffe déjà. Le ciel immense est d'un bleu superbe, un ciel propre à l'Australie, car je n'en ai jamais vu de semblable quand, avant la mort de Rachel, nos parents nous ont emmenées en Indonésie et dans le sud de l'Europe. Je suis alors envahie par une joie si intense, un tel bonheur d'être en vie que je souris toute seule.

L'escalier de bois est tiède, le thé est délicieux et le soleil m'enveloppe de sa caresse matinale.

Pendant trop longtemps, je me suis empêchée de jouir du plaisir sensuel de me sentir vivante, pensant que c'était trahir Rachel. Mais là, je repense aux paroles de ma mère et, soudain, j'ai la certitude absolue que Rachel aurait voulu que je sois heureuse. Elle ne m'aurait jamais reproché d'avoir une vie épanouie. Je prends maintenant conscience que je peux décider de ce que je ressens et que, si je choisis d'être malheureuse, je laisse les assassins de Rachel détruire mon existence comme ils ont détruit la sienne.

« Je suis heureuse, Rachel », dis-je tout haut, comme si je faisais une sorte de prière.

Mais bientôt, le ciel s'assombrit et je dois rentrer. Je passe une autre journée à lire dans l'appartement, pendant que Mick est en répétition à l'extérieur. Au bout d'un moment, je m'ennuie et il me tarde qu'il revienne.

Lorsque j'entends la clé tourner dans la serrure, en fin de journée, je me précipite vers lui et je lui saute au cou.

Il éclate de rire sans me prendre dans ses bras, car il dissimule quelque chose derrière son dos. « Surprise ! » s'exclame-t-il en me tendant une grande enveloppe blanche.

À l'intérieur, il y a une liasse de billets de cent dollars. Je le regarde avec curiosité.

« Qu'est-ce que c'est, Mick ?

— J'ai vendu la moto. Trois mille dollars.

— Oh, Mick ! Tu es triste ? »

Il me serre contre lui.

« Tu plaisantes ! Ton père m'a fichu la trouille. Il a réussi à me convaincre que j'allais me tuer si j'enfourchais une seule fois encore cet engin. Je ne veux pas mourir. Écoute, on va fêter ça ! Je vais acheter quelque chose chez le traiteur.

— Allons plutôt dîner dehors. Je deviens claustro, à rester ici.

— Tu es sûre qu'il n'y a pas de risque pour toi ?

— Absolument sûre. Le docteur King m'a dit de me reposer quelques jours, pas six mois ! Je n'ai pas bougé depuis l'autre jour. »

Je me déshabille et me dirige vers la douche.

« Dans ce cas, on prend la voiture, déclare Mick.

— On ne trouvera pas de place pour se garer, tu sais bien. On va marcher lentement, comme un couple de petits vieux. »

Le restaurant n'est pas très loin et nous y allons en longeant la mer. Il ne pleut pas, mais d'épais nuages noirs obscurcissent le ciel. De grosses vagues s'écrasent sur la plage. Le spectacle est impressionnant et nous prenons le temps de le contempler, bras dessus, bras dessous, en avançant à petits pas. Nous sommes heureux l'un et l'autre d'être au grand air, dans ce décor magnifique.

Nous dînons tranquillement. Mick me parle de son groupe, de la musique qu'il compose. Nous imaginons une future tournée mondiale : argent, célébrité, innombrables fans en délire.

En riant, je déclare que j'écarterai de sa route toutes les groupies.

« Je serai une méchante épouse au foyer, jalouse et obèse, avec une demi-douzaine d'enfants.

— Je t'imagine très bien comme ça », plaisante-t-il.

Nous envisageons de prendre un taxi, car la pluie menace, puis nous décidons finalement de rentrer à pied. S'il pleut, ce ne sera pas bien grave.

37.

Tu entends des pas derrière toi, le claquement de talons hauts sur le béton, mais tu n'y attaches pas d'importance. Quand ils se rapprochent, lui et toi vous rabattez sur le côté pour laisser passer celle qui marche ainsi. Mais elle s'arrête à votre hauteur. Comme la nuit tombe, il te faut un certain temps avant de comprendre qu'il s'agit d'Alice.

Les mains sur les hanches, elle incline la tête, sourit. « Katherine », dit-elle. Et tu te rends compte, en entendant sa voix pâteuse, qu'elle est ivre. Elle se penche en avant.

« Je savais que je te trouverais ici. J'étais certaine qu'avec un peu de patience je tomberais sur toi et sur ce cher Mick. »

Il te tire par la main, t'entraîne. Tu continues à marcher.

« Belle nuit pour une promenade, non ? continue-t-elle sur un ton faussement amical en vous suivant. Je suis ravie de vous avoir rencontrés tous les deux. On a pas mal de choses à se dire. »

Tu hâtes le pas sans répondre, en regardant droit devant toi.

« Allez, vous deux, vous ne voulez pas parler un peu ? »

Il serre fort ta main. Tu avances toujours.

« Bien. Vous n'avez pas envie de bavarder. Je peux le comprendre. Mais moi, si. J'ai besoin de parler, même. Car il reste beaucoup de choses à dire, Katherine, beaucoup de choses que tu ignores sur cette nuit-là. (Elle a un rire mauvais et reprend :) Et tu sais très bien à quelle nuit je fais allusion, n'est-ce pas ? »

Tu t'arrêtes net.

Son rire retentit à nouveau derrière toi.

« Ah, on dirait que cela t'intéresse ! Tu ne peux passer ta vie à fuir, n'est-ce pas, Katie ? Il faut bien que tu affrontes la vérité, un jour ou l'autre. »

Tu lui fais face.

« De quoi parles-tu ? Qu'est-ce que tu as encore inventé ? »

Elle te dévisage.

« Ça fait quoi de mener une vie idéale ? d'avoir une famille idéale ? Ce doit être agréable d'être gâtée et d'oublier la souffrance des autres. »

Tu n'en crois pas tes oreilles.

« Une famille idéale ? Oublier la souffrance des autres ? Tu plaisantes, ou quoi ? Ma petite sœur a été assassinée et ma famille est loin d'être heureuse.

— Mais tes parents t'aiment, n'est-ce pas ? ricane-t-elle. Je le sais, je les ai rencontrés. Tu es leur petite princesse. La prunelle de leurs yeux. C'est pourquoi tu es si contente de toi. Pourquoi tu t'en fiches.

— Pourquoi je me fiche de quoi ? Arrête de parler par énigmes, Alice.

— Pourquoi tu te fiches des gens comme nous.

— Comme nous ? Qui ça, nous ?

— Mon frère et moi. Mon petit frère et moi. »

Tu secoues la tête, désemparée.

« Qu'est-ce que… ?, bégaies-tu.

— Tout est facile pour les gens comme toi, Katherine. Tes parents t'aiment. Le monde entier t'aime. Tu n'as jamais rien eu à prouver. Et si ta sœur se fait assassiner, tout le monde prend ton parti, bien sûr.

Tout le monde accepte l'idée que tu étais innocente, que tu n'étais pas coupable.

— Mais je n'étais pas coupable. (Et malgré l'hystérie qui monte en toi, malgré la colère qui te donne envie de hurler et de lui sauter dessus, tu arrives à garder un ton calme, presque normal.) Comment oses-tu dire une chose pareille ? De toute façon, tu te trompes, les gens ont été épouvantables à la mort de Rachel. C'était horrible. Je te l'ai déjà dit.

— Horrible ? Quel terme pathétique ! Je ne crois pas que c'était aussi horrible que tu le dis. On ne t'a pas jetée en prison, n'est-ce pas ? On ne t'a pas accusée de meurtre ? »

Mick te tire de nouveau par le bras et te demande de laisser tomber, de la planter là, mais tu es beaucoup trop furieuse, beaucoup trop impliquée maintenant pour t'en aller. Tu résistes. Tu ne bouges pas d'un centimètre.

« Évidemment non ! (Cette fois, la rage que tu éprouves contre Alice, contre les journalistes, contre les meurtriers eux-mêmes est perceptible dans ta voix.) Je n'avais rien fait !

— Oh que si ! En apparence, tu es innocente. Disons, pour quelqu'un qui ne chercherait pas à aller plus loin. Mais toi et moi sommes plus avisées, n'est-ce pas ? »

Tu comprends que cette conversation n'a aucun sens, mais tu te sens obligée de te défendre.

« Ce que tu dis est écœurant, Alice. C'est faux et c'est injuste. J'ai simplement eu peur. J'ai vu de la lumière et me suis précipitée pour chercher de l'aide. J'étais terrifiée. Je n'avais pas le choix.

— Mais si, tu avais le choix. Tu avais plusieurs choix à faire, ce soir-là, et, chaque fois, tu as fait le mauvais. Chaque fois », répète-t-elle en détachant les syllabes.

Tu secoues la tête en essayant de ne pas éclater en sanglots.

Elle se penche vers toi et articule calmement :

« Tu n'avais pas besoin de courir, Katherine. (Puis elle se redresse, croise les bras sur sa poitrine et poursuit avec autorité :) Quand tu t'es enfuie, tu ne leur as pas laissé le choix. Tu les as forcés à faire quelque chose qu'ils ne voulaient pas faire.

— Qu'est-ce que tu racontes ? (Maintenant, tu hurles littéralement. Tu attrapes Alice par le bras et serres très fort.) Pourquoi dis-tu que j'avais le choix ? Ils nous ont emmenées de force. Eux avaient le choix, pas nous. Rachel et moi, nous étions les victimes. Pourquoi veux-tu défendre ces bêtes sauvages ?

— Ces bêtes sauvages ? Tu vois comment tu parles d'eux !

— Ce sont des bêtes sauvages, craches-tu. Ils ont tué ma sœur. J'espère qu'ils brûleront en enfer. »

Le visage d'Alice exprime une telle amertume que, pendant quelques instants, elle est laide.

« Mon frère n'est pas une bête sauvage, martèle-t-elle.

— Ton frère ? Qu'est-ce que tu veux dire ? »

Son expression change de nouveau. Elle fond brusquement en larmes.

« Personne ne l'aimait, personne, dit-elle d'une voix tremblante. Ni notre vraie mère ni les ordures qui nous ont séparés. Tu ne crois pas que ça a pu lui faire du mal ? Tu ne crois pas que tu peux être bousillé si ta mère ne veut pas de toi ? que tu as des excuses de perdre pied ?

— Alice ! »

Tu ne la lâches pas. Tu as envie qu'elle te regarde, qu'elle se calme, qu'elle cesse de dire n'importe quoi. Son comportement est effrayant, irrationnel, maladif. Tu te demandes si tu ne devrais pas la conduire chez un médecin.

« Alice, je ne sais pas de quoi tu parles. Je ne comprends rien à ce que tu racontes. »

Elle recule et te jette un regard méprisant.

« Tu as fait de mon petit frère un meurtrier, lance-t-elle. Tu l'as envoyé en prison.

— Voyons, Alice…

— Je ne peux pas être plus claire. (Lentement, avec un sourire qui te glace le sang, elle poursuit :) Sean, mon petit frère, tu l'as envoyé en prison.

— Mais je ne connais pas ton frère. Comment aurais-je pu… ?

— Sean, coupe-t-elle, Sean Enright.

— Mais il n'est pas…

— Si. »

Et soudain, tu comprends. Tu comprends tout. Son amitié avec toi. Son venin. C'était donc cela depuis le début. Son frère. Ta sœur.

Sean. Le garçon à l'arrière de la voiture. Le garçon grassouillet aux traits agréables qui semblait si nerveux, si effrayé…

Tout de même. Il a fait du mal à ta sœur, volontairement, sans la moindre pitié. Il a choisi.

Tu restes là, muette comme une carpe, et tu la regardes, partagée entre l'envie de la gifler et le désir de t'excuser. Elle soutient ton regard, l'air triomphante, et tu lèves la main pour la frapper, mais Mick te tire par le bras.

« Katherine, viens ! Allons-nous-en ! »

Il passe le bras autour de tes épaules et te force à te retourner, à avancer de nouveau. Il s'est mis à pleuvoir et l'eau ruisselle sur ton visage et tes cheveux. Tu seras trempée en arrivant à la maison.

Elle vous suit.

« Bonne idée, Mick. On commence à se faire mouiller pour de bon. On devrait aller chez toi pour parler de tout ça un peu plus en détail. »

Il s'arrête net et tu sens sa fureur dans la façon dont il appuie sur ton épaule.

« Lâche-nous, Alice. Va-t'en ou j'appelle la police. Je parle sérieusement.

« — La police ! Qu'est-ce qu'elle peut faire, la police ? Elle n'a rien fait pour mon frère. (Elle tourne la tête de côté et ajoute avec une moue :) Sauf qu'elle aime bien les petits cons privilégiés dans votre genre. Les flics prennent toujours votre défense, c'est pas vrai ? »

Elle continue à dénigrer la police pendant que vous marchez. Puis, brusquement, elle change de ton.

« Eh, on va pas se disputer ! J'ai une idée. Si on allait se baigner tout nus, tous les trois ? Ça nous permettrait de faire connaissance de manière un peu plus intime, hein ? »

Aussitôt, elle se met à courir devant vous et dévale la pente herbeuse qui descend vers la plage. Arrivée sur le sable, elle se penche, ôte ses chaussures et les jette sur le sable. Puis elle enlève son cardigan et fait passer sa robe par-dessus sa tête dans un mouvement fluide.

« Viens, Katherine ! crie-t-elle, les cheveux plaqués sur le visage par le vent. Ne sois pas une poule mouillée, pour une fois. C'est l'occasion de faire enfin preuve d'un peu de courage ! »

Elle se précipite vers la mer, avance parmi les vagues déchaînées jusqu'à ce que l'eau lui arrive à la taille, puis plonge en dessous et disparaît.

Mick échange un regard avec toi. La peur se lit dans ses yeux. « Merde ! » s'exclame-t-il. Puis il dévale à son tour la pente vers la plage. Tu le suis.

Tous les deux, vous criez son nom. « Alice ! Alice ! »

Vous courez au bord de l'eau sans vous être débarrassés de vos chaussures et vous continuez à l'appeler, les mains en porte-voix.

« Elle va se noyer ! » s'exclame Mick.

C'est alors que tu entends l'appel. « Au secours ! » Il est faible et lointain, à cause du vent et du vacarme incessant des vagues, mais tu l'entends à nouveau.

« Au secours !

— Par ici. Alice, Alice ! Je crois que je l'aperçois. »

Tu sais ce qu'il faut faire. Tu sais, par expérience, ce qu'il est bien de faire. Cette fois, tu n'agiras pas comme une trouillarde. Tu ne vas pas t'enfuir, reproduire la même erreur. Tu seras courageuse. Tu ôtes tes chaussures, commences à t'avancer dans les vagues.

« Katherine, qu'est-ce que tu fais ? »

Il te tire en arrière en hurlant.

« Elle va se noyer ! t'exclames-tu. Elle va se noyer ! »

Il te traîne en dehors de l'eau et tu te retrouves assise sur le sable.

« Attends-moi ici ! » t'ordonne-t-il.

Il est déjà en train de se débarrasser de son T-shirt, de ses chaussures et de ses chaussettes.

« Non ! » cries-tu. Mais il est trop tard. Avant même que tu aies pu lui dire d'ôter son jean, il court déjà dans les vagues.

Tu te lèves et tu le suis, mais il fait si sombre, le bruit de la mer est si assourdissant, que tu le perds instantanément de vue. Tu t'avances dans l'eau en l'appelant sans cesse, parce que tu ignores où il est. L'eau t'arrive maintenant aux cuisses et le courant est si fort que tu sens qu'il te renverse. Tu le laisses t'entraîner vers le fond, vers les profondeurs obscures. Et puis tu as de l'eau dans le nez et dans la bouche, et tu hurles en silence le prénom de Mick, mais cela ne sert à rien, il n'est nulle part, tu ne le trouves pas.

Quelqu'un alors t'attrape par les cheveux, te traîne. Il y a des lumières et des voix. Des cris.

De l'air.

Tu passes la nuit à l'hôpital. Tu as du mal à respirer. La gorge et les poumons te brûlent.

« Ça va aller, disent-ils. Encore un tout petit peu de patience. »

Mais quand tu demandes Mick, ils se détournent.

« Vous avez fait preuve de beaucoup de courage »,
répondent-ils.

Non, ça ne va pas aller. Ni toi ni rien.

Tu poses ta main sur sa joue et tu la retires aussitôt.

Au toucher, la peau des morts ne ressemble plus à
de la peau. Elle n'a même plus rien d'humain. Elle est
froide, dure, inerte. Mick n'est plus là. Il ne reste sur
le lit qu'une chose grise, raide, une enveloppe vide, et
tu n'as aucune envie d'embrasser ces lèvres violettes,
d'effleurer cette joue de marbre. Dans cette chambre
sinistre d'hôpital, il n'y a rien pour toi qu'un néant
glacé qui n'apporte aucune réponse, aucune paix, aucun
réconfort aux vivants.

38.

Pendant que les parents de Mick et les miens démé-
nagent l'appartement, je reste au fond de mon lit
dans la maison de mes parents. Je n'aurais jamais pu
les aider à débarrasser nos affaires, et nos souvenirs
et nos rêves d'avenir avec elles. En une journée, ils
ont terminé et, à leur retour, maman vient dans ma
chambre et s'assoit sur le lit.

« On a la batterie de Mick et ses disques. Ses parents
ont pensé que tu voudrais les garder. »

L'idée de conserver la batterie désormais muette
m'est insupportable, mais je la remercie d'un signe de
tête avant de me détourner en plaquant la main sur
ma bouche.

Maman me caresse doucement la jambe. « Nous
leur avons dit pour le bébé, bien sûr.

— Ah ! »

J'essaie de me montrer polie, de manifester de
l'intérêt, mais je n'ai qu'une envie, c'est qu'elle me
laisse seule, pour que je puisse hurler ma douleur.
J'ai du mal à croire qu'il y a quelques jours encore je
me demandais ce que les gens penseraient en appre-
nant ma grossesse. Aujourd'hui, cela me paraît incon-
gru.

« Sur le moment, cela leur a fait un choc, évidemment, reprend ma mère. Mais je suis persuadée qu'à

la fin, ils étaient contents. C'est l'enfant de leur fils. Une forme de consolation. »

Je crois qu'elle va s'en aller, mais elle ne bouge pas et je sens à la pression de sa main qu'elle a quelque chose à ajouter. Je me tourne vers elle, m'efforce de sourire.

« Ils tiennent à ce que je te dise combien ils ont apprécié que tu aies essayé de sauver la vie de Mick en risquant la tienne », ajoute-t-elle enfin.

Je détourne la tête.

« Tu as fait ce que tu as pu. »

Mais ce n'était pas assez, me dis-je.

Je fais la connaissance des parents de Mick à l'enterrement. Sa mère lui ressemble, son père ressemble à Philippa. Elle me serre fort, très fort dans ses bras, et je m'accroche à elle en humant son odeur, tant et si bien qu'il faut presque m'arracher à elle.

Pendant les six mois suivants, je vis comme un robot. J'accomplis les gestes nécessaires – je me nourris correctement et je fais de longues promenades dans le voisinage –, mais je me sens en dehors de tout et ne m'intéresse pas au bébé. Les parents de Mick viennent me rendre visite à plusieurs reprises, tout comme Philippa, et c'est seulement dans ces moments où je me sens en quelque sorte reliée à lui que j'ai un peu l'impression d'exister. Le reste du temps, je suis un vrai zombie. Une morte vivante.

Les premières contractions ont lieu la veille du jour prévu et, au début, je suis heureuse de souffrir, car c'est une douleur physique, beaucoup plus supportable que la souffrance morale. Et plus les douleurs s'accentuent, plus j'éprouve une sorte de satisfaction perverse.

Mais elles durent deux jours et deux nuits et finissent par devenir si violentes que je prie le ciel qu'elles s'arrêtent et supplie les sages-femmes de m'aider, mais elles se contentent de hocher la tête en me demandant de m'accroupir. Je pousse, je pousse, j'ai l'impression que j'expulse l'univers. Et soudain elle est là. Sarah. La fille de Mick. Ma petite fille.

Et je ne sais si c'est le fait de ne plus souffrir enfin, ou si c'est dû à une libération d'hormones, mais je suis submergée par un sentiment d'amour et de gratitude. Envers mon bébé, envers maman et Philippa qui m'ont aidée à le mettre au monde, envers les sages-femmes, envers la terre entière. Pour la première fois depuis la mort de Mick, j'éprouve avec force un sentiment. Je soulève ma fille, encore tout humide et gluante, et je la pose sur ma poitrine en murmurant une prière silencieuse à Mick, la promesse solennelle de la protéger et de l'aimer toujours. De la garder en sécurité.

39.

Robbie sourit. Au début, son sourire est timide, presque craintif. Mais quand je hoche la tête en souriant à mon tour, son visage s'illumine. L'instant d'après, il est devant moi et prend mes mains dans les siennes.

« Katherine, c'est toi ! Je n'arrive pas à le croire. »

De près, je m'aperçois qu'il paraît plus âgé, ce qui est normal, au fond, car je ne l'ai pas vu depuis cinq ans, et ça lui va bien. Ses traits se sont affirmés, sont devenus plus virils.

« Maman, maman, c'est qui ? »

Sarah me tire par la manche et le dévisage avec curiosité. Il se baisse, de façon à être à sa hauteur.

« Bonjour, je suis Robbie, un vieil ami de ta maman. »

Sarah penche la tête de côté et le regarde avec sympathie.

« Mais t'es pas vieux ! Tu ressembles pas à ma mamie et mon papi. »

Il éclate de rire. Sarah, incapable de résister à l'envie de faire de la luge, ramasse la sienne et entreprend de remonter la butte en la tirant derrière elle.

Robbie et moi la regardons s'éloigner côte à côte.

« Elle est ravissante, constate-t-il.

— Oui, elle ressemble à son père.

— Et à toi. »

J'ai quantité de choses à lui dire et il me faudrait des heures pour cela, mais là, sur le moment, rien ne me vient. Nous restons ainsi, silencieux l'un et l'autre, puis il pose la main sur mon bras.

« Je dois retourner travailler, annonce-t-il. Je n'ai pas le droit de m'arrêter ainsi. (Il se tourne et regarde un groupe de gens derrière nous.) Ils m'attendent.

— Bien sûr, dis-je en évitant son regard.

— C'était formidable de te revoir. Ça m'a fait un choc.

— À moi aussi. Je ne m'y attendais vraiment pas. (Maintenant que je sais qu'il s'en va, je peux le regarder dans les yeux.) Un choc agréable, en fait. »

Il acquiesce et commence à s'éloigner. Je m'apprête à rejoindre Sarah au sommet de la butte quand il lance mon prénom.

Je me retourne.

« Oui ?

— Tu es libre ce soir ? Et si on dînait ensemble ? »

Nous décidons que le plus simple serait que nous restions dans mon chalet afin de ne pas perturber les habitudes de Sarah.

Il arrive en fin de journée avec de quoi préparer le repas. Sarah a déjà mangé et pris son bain et elle regarde un DVD, pelotonnée en pyjama sur le divan.

Robbie s'assoit à côté d'elle et lui parle des personnages du film pendant que je débouche une bouteille de vin. Nous nous installons à la petite table ronde, face à face.

Au début, nous sommes mal à l'aise et d'une politesse excessive, et la conversation a quelque chose de forcé. Nous parlons du temps qu'il fait, du travail, de choses sans intérêt, et puis, finalement, Robbie prononce le prénom d'Alice.

« Elle t'a manqué la première année où tu étais en Europe ? dis-je.

— Oui, malgré tout ce qu'elle avait fait. Elle m'a beaucoup manqué. Au début, avant sa mort, j'ai été tenté de rentrer. Je me disais que j'avais juste envie d'être avec elle. Et ensuite, cela n'avait plus de sens. Je ne suis même pas revenu pour assister à l'enterrement. Je ne pouvais le supporter.

— Je sais. Je n'y suis pas allée, moi non plus. (Je contemple mes mains, croisées sur mes genoux. J'ai honte aujourd'hui de mon animosité, de ma colère.) À l'époque, je la haïssais tellement que cela aurait été de l'hypocrisie. J'étais heureuse qu'elle soit morte. Je ne pouvais aller à son enterrement en faisant semblant d'avoir du chagrin.

— Katherine…, dit Robbie, et je lève les yeux vers lui. (Il me regarde tendrement et poursuit :) Mick était mort par sa faute, tout le monde le savait. Tu étais enceinte. Tu étais heureuse pour la première fois depuis des années et elle a tout fichu en l'air. C'était normal que tu la haïsses. Je l'ai haïe pour ça, moi aussi.

— Tu n'as quand même pas hésité à assister à ses obsèques ?

— Pas vraiment. Mon père m'a appelé et m'a annoncé qu'elle s'était noyée. Il l'avait lu dans les journaux et il a fini par téléphoner à ta mère. Elle lui a tout raconté, à propos de Mick, de Sean, le frère d'Alice, des liens avec ce qui était arrivé à Rachel, et c'était tellement choquant, tellement écœurant, que j'étais incapable de l'affronter. Cela m'a fait m'interroger sur ma relation avec Alice, sur la période où nous étions amis tous les trois. Était-ce seulement un jeu malsain ? Qu'y avait-il d'authentique là-dedans ? J'étais furieux contre elle. Je n'aurais pas pu venir.

— Je me suis posé les mêmes questions. Est-ce que son amitié était sincère ? Est-ce qu'elle me haïssait en secret depuis le début ? Attendait-elle simplement le moment idéal pour se venger ? (Je hausse les épaules avec un sourire amer avant de poursuivre :) J'ai mal choisi mon école, apparemment. Entre toutes celles de Sydney, il a fallu que j'aille à Drummond, là où était Alice.

— Mais comment a-t-elle su que tu y étais ?

— Elle a dû me reconnaître d'après une photo. Après sa mort, ses parents ont retrouvé tout un dossier sur le procès dans sa chambre. Des coupures de presse, des comptes rendus d'audience. Les journaux avaient reproduit des photos de moi et de Rachel. Quand elle m'a vue au lycée Drummond, elle n'a pas dû en revenir. Elle savait depuis le début qui j'étais.

— C'est terrifiant, dit-il, puis il se penche soudain en avant et me regarde intensément. Tu sais, je regrette maintenant de ne pas être revenu à l'époque. Pour toi. J'aurais pu t'aider, t'apporter mon amitié.

— Tu n'aurais rien pu faire. Cela n'aurait rien changé. »

Il baisse les yeux sans répondre et je crains de l'avoir heurté.

« Robbie ?

— J'étais juste en train de penser au temps que j'ai perdu à cause d'elle. Au temps passé à souffrir de ne pas la voir, alors que rien n'était réel. J'aurais pu tout aussi bien être amoureux d'une pierre. »

J'éclate de rire.

« Au moins, tu n'aurais rien attendu d'une pierre. Elle ne t'aurait pas déçu.

— Effectivement. »

Il s'efforce de sourire, mais je m'aperçois que ses yeux sont embués de larmes.

« Et mon père... Je ne lui ai pas parlé pendant un an. C'était une idiotie, un gâchis total. Rien n'était sa faute dans son histoire avec Alice. Il s'est fait avoir, comme nous tous. Mais je lui en ai voulu, même après avoir appris la mort d'Alice. Je ne sais pas pourquoi, d'ailleurs. Et cette année qu'on a perdue à cause d'elle, ça me fout encore les boules.

282

— Tu sais, dis-je en jetant un coup d'œil à Sarah qui s'est endormie sur le canapé en suçant son pouce, c'est curieux, mais si je regrette chaque jour que les choses se soient passées ainsi, je n'arrive pas vraiment à regretter d'avoir connu Alice. Sans Alice, je n'aurais jamais rencontré Mick et je n'aurais pas eu Sarah.

— Que dire ? Tu ne peux que regretter la mort de Mick. Il n'avait rien à voir là-dedans. Mais tu ne peux regretter l'existence de Sarah. Alors c'est très bizarre, effectivement. Mais avec Alice, tout était bizarre. Des embrouilles, rien que des embrouilles.

— Tu es toujours en colère ? Tu la hais encore ?

— Un peu, répond-il tristement. Mais seulement quand je pense à elle, c'est-à-dire rarement, maintenant. Et toi, Katherine ? Tu lui en veux toujours ? »

Je m'efforce d'analyser ce que je ressens vraiment, de descendre en moi-même en examinant les endroits sensibles et d'atteindre le cœur même de ma colère, qui est resté si longtemps incandescent. Et je me rends compte qu'il a disparu. « Non, dis-je à Robbie, c'est fini. Je crois que j'ai simplement pitié d'elle. »

Il me dévisage avec étonnement.

« Vraiment ?

— Je sais que ça peut sonner faux, mais elle était incapable de s'occuper de quelqu'un d'autre que d'elle-même. Personne ne lui a appris à aimer. Sa propre mère ne l'aimait pas. Imagine ce que cela devait être. (Je me tourne de nouveau vers Sarah, que j'aime plus que la vie même.) Elle avait un grand vide à l'intérieur. Elle était sans cœur et ce devait être épouvantable de vivre ainsi. »

Comme Robbie n'a pas l'air très convaincu, je reprends :

« Regarde Sarah. Elle m'observe, imite tout ce que je fais. Si je suis gentille, elle est gentille. Si je suis affectueuse, elle l'est aussi. Quand on n'a pas ce genre d'exemple et qu'on n'apprend pas à aimer les autres, on doit être terriblement abîmé.

— Peut-être. Peut-être que ça explique certaines choses à son sujet, mais ça ne l'absout pas complètement. À mes yeux, en tout cas. Certains ont une enfance plus difficile et deviennent des adultes bien. »

Nous restons silencieux quelques minutes, chacun plongé dans ses pensées.

« Quoi qu'il en soit, tu m'as manqué, Robbie, dis-je enfin. Beaucoup. Je ne m'en étais pas vraiment rendu compte jusqu'à ce soir.

— Tu m'as manqué aussi, énormément. La seule différence, c'est que je l'ai compris dès le jour où je suis parti.

— Pourtant, tu n'as pas tenté de rester en contact avec moi.

— Non. Avant la mort d'Alice, j'ai délibérément évité de te faire signe. Je pensais que cela rendrait mon absence plus pénible encore. Et après la mort d'Alice, j'étais en état de choc. Déprimé, je pense. Ensuite, le temps a passé et je n'étais plus certain que tu aurais envie d'avoir de mes nouvelles. J'avais pourtant énormément de choses à te dire. Je t'ai écrit une bonne centaine de longs e-mails que j'ai effacés chaque fois. »

Je lui souris.

« Dommage. »

Il me rend mon sourire.

« Je trouve aussi. »

Nos mains se joignent, puis nous levons nos verres et buvons notre vin.

Robbie prépare le dîner et nous parlons si longtemps, si tard dans la nuit, que je l'invite à dormir au chalet avec Sarah et moi. Il s'allonge à côté de moi dans le grand lit. Nous sommes comme frère et sœur : il a gardé son T-shirt et je lui ai passé un de mes bas de pyjama, et, pour ma part, je suis revêtue d'une chemise de nuit d'hiver très décente. Mais nous nous tenons la main au moment de nous endormir et j'apprécie d'avoir la chaleur d'un corps d'adulte à mon côté, de me sentir un peu choyée. Et quand Sarah monte dans mon lit au milieu de la nuit, elle pousse des petits cris de joie en découvrant sa présence et se glisse entre nous.

Les yeux mi-clos, j'observe Robbie qui tapote l'oreiller de ma fille, remonte les couvertures sur elle et lui sourit tendrement.

Le lendemain matin, il nous fait des œufs brouillés et des toasts et nous petit-déjeunons tous les trois, assis à la table.

« Est-ce que tu vas être mon nouveau papa ? » lui demande soudain Sarah, la bouche pleine.

Je m'efforce de le prendre en riant.

« Sarah ! Tu dis des bêtises. »

Mais Robbie ne semble pas choqué. Il se contente de sourire sans la contredire. Et je suis contente qu'il ne me regarde pas, parce que je sens mes joues devenir brûlantes.

Lorsqu'il est temps pour lui de partir, je l'accompagne jusqu'à sa voiture. Sarah s'accroche à sa jambe en le suppliant de rester.

« Impossible ! s'exclame-t-il en riant. Il faut que j'aille donner mes leçons de ski. Je dois apprendre aux gens à ne pas prendre de risques en montagne.

— Tu reviens quand ? insiste-t-elle. Je te lâche si tu me le dis. »

Il se tourne vers moi et je lis dans ses yeux une question, mais j'ai déjà fait mon choix. À vrai dire, je l'ai fait le jour où Mick est mort. Je refuse de souffrir désormais.

Je me penche vers Sarah et la soulève du sol, puis j'enfouis mon visage dans ses cheveux pour ne pas avoir à croiser le regard de Robbie.

« Robbie est très occupé, ma chérie, dis-je. Il n'aura pas le temps de revenir. »

« Tante Pip, tante Pip ! »

Sarah ouvre la porte à la volée et se précipite dans l'allée pour aller à la rencontre de Philippa. Avec un grand sourire, Philippa la prend dans ses bras et l'étreint affectueusement.

« Mon trésor en sucre, il me tardait de te voir », dit-elle.

Elle doit emmener ma fille au zoo pendant que je remplis des demandes d'admission à l'université. Sarah ira à l'école l'an prochain et j'aurai finalement du temps pour continuer mes études.

Philippa remonte l'allée et m'embrasse. Nous rentrons pour prendre les petites affaires de Sarah.

« Je te la ramène vers trois heures, me dit-elle. On ira sans doute déjeuner au McDo. Un vrai festin ! »

Sarah saute de joie.

« Au McDo ? C'est vrai, maman, on peut ?

— Mais oui. Tu as bien de la chance ! »

Je les accompagne jusqu'à la voiture de Philippa, qui a fait mettre un siège enfant juste pour ma fille. Une fois Sarah installée, Philippa me tend un bout de papier.

« Robbie m'a donné ça pour toi, me dit-elle. C'est son numéro de téléphone. Il voudrait que tu l'appelles. »

Au lieu de prendre le papier, j'enfonce les mains dans les poches de ma veste.

« Il m'a téléphoné. Il tient vraiment à te voir, Katherine. »

Je secoue la tête.

« Non, je ne veux pas.

— Mais pourquoi ?

— Je ne veux pas, c'est tout.

— Tu ne veux pas le voir, ou ça te fait trop peur ? »

Je hausse les épaules.

« Je n'en sais rien. Peut-être que j'ai peur.

— Peur de quoi ? Qu'il meure ?

— Mais non. (J'ai envie qu'elle s'en aille, qu'elle me laisse seule.) Écoute, Philippa, je n'en sais rien. »

Elle s'avance vers moi, prend ma main et déclare d'une voix douce : « Tu ne t'es jamais demandé quel exemple tu donnais à ta fille ?

— Qu'est-ce que tu veux dire ?

— Eh bien, tu ne prends jamais le moindre risque. Tu es en permanence apeurée et sur tes gardes.

— Apeurée ? (Je me tourne vers Sarah qui est dans la voiture, en train de parler à sa poupée et de la coiffer.) Tu crois vraiment que c'est comme ça qu'elle me voit ?

— Pas maintenant, mais ce sera le cas quand elle sera plus grande. Si tu n'essaies pas d'être heureuse. Si dans ta vie tu ne fais pas preuve de courage. »

C'est ce dernier mot qui provoque le déclic. Courage. Je saisis le bout de papier qu'elle a dans la main et je le fourre dans ma poche. Puis j'envoie un baiser d'au revoir à Sarah.

Du courage.

Il répond presque tout de suite. « Allô ? » Mais je suis incapable d'articuler un mot, soudain terrifiée. Je couvre le micro de ma main et consacre toute mon énergie à respirer.

« Allô ? » répète-t-il. Puis il demande : « Katherine ? C'est toi, Katherine ? »

Il me faut un certain temps pour recouvrer l'usage de ma voix, mais, quand je parviens à parler, elle ne tremble pas, à ma grande surprise.

« Robbie, tu pourrais passer me voir, dis-je. Aujourd'hui ?

— Oui, répond-il. J'arrive le plus tôt possible. »

Il ne cherche pas à dissimuler son enthousiasme et je me rappelle alors à quel point je lui suis attachée, à quel point il est drôle, gentil et généreux. Et je sais, sans le moindre doute, que j'ai fait ce qu'il fallait faire.

REMERCIEMENTS

Tous mes remerciements à Jo Unwin, qui est non seulement un infatigable et remarquable agent littéraire, mais aussi une éditrice de talent et une personnalité chaleureuse, enrichissante, quelqu'un de formidable.

Trois fois merci aux éditrices qui m'ont aidée à améliorer ce texte : Sarah Brenan en Australie, Kate Miciak aux États-Unis et Julia Heydon-Wells en Angleterre.

Toute ma gratitude à Erica Wagner, chez Allen and Unwin, qui a eu le courage d'acquérir la première les droits de ce roman. J'imagine combien ce doit être angoissant de miser sur un auteur inconnu.

Mille mercis à ma sœur, Wendy James, qui a eu la générosité de lire et de commenter tout ce que j'ai écrit et qui a été la toute première personne à m'encourager à écrire.

Merci également à tous ceux qui ont eu la gentillesse de lire le manuscrit : mes parents, Prue James, Haidee Hudson, Sam Ackling et Kath Harris. Leurs encouragements ont été et sont toujours précieux.

Mes remerciements particuliers à Jake Smith-Bosanquet qui s'est donné un mal fou pour vendre le livre dans le monde, ainsi qu'à Sally Harding, l'agent qui a cru en moi au début et m'a encouragée. Merci aussi à ma petite sœur, Emma James, pour sa lecture et son indéfectible enthousiasme.

Et bien sûr, une infinité de remerciements affectueux à l'homme merveilleux avec lequel je vis, Hilary Hudson. Il mérite une médaille pour avoir supporté ces dernières années ce qui était pour moi une véritable obsession et pour m'avoir apporté tant de tasses de thé préparées à la perfection.

Merci enfin à nos fils, Charlie, Oscar, Jack et Jimmy, pour le joyeux chaos.

Composé par Nord Compo Multimédia
7, rue de Fives, 59650 Villeneuve-d'Ascq